TRANSLATOR'S
SUBJECTIVE
CREATIVITY

文化认知视阈下
译者主体创造性研究

A Study of the Translator's
Subjective Creativity from the Perspective
of Cultural Cognition

闫怡恂 / 著

外语教学与研究出版社
FOREIGN LANGUAGE TEACHING AND RESEARCH PRESS
北京 BEIJING

图书在版编目（CIP）数据

文化认知视阈下译者主体创造性研究 / 闫怡恂著. —— 北京 ：外语教学与研究
出版社，2024.12（2025.7重印）. —— ISBN 978-7-5213-6012-7

Ⅰ. I046；I206

中国国家版本馆 CIP 数据核字第 20245U8M46 号

文化认知视阈下译者主体创造性研究

WENHUA RENZHI SHIYU XIA YIZHE ZHUTI CHUANGZAOXING YANJIU

出 版 人　王　芳
责任编辑　付分钗
责任校对　闫　璟
封面设计　彩奇风
出版发行　外语教学与研究出版社
社　　址　北京市西三环北路 19 号（100089）
网　　址　https://www.fltrp.com
印　　刷　北京九州迅驰传媒文化有限公司
开　　本　650×980　1/16
印　　张　15
字　　数　239 千字
版　　次　2024 年 12 月第 1 版
印　　次　2025 年 7 月第 2 次印刷
书　　号　ISBN 978-7-5213-6012-7
定　　价　73.90 元

如有图书采购需求，图书内容或印刷装订等问题，侵权、盗版书籍等线索，请拨打以下电话或关注官方服务号：
客服电话：400 898 7008
官方服务号：微信搜索并关注公众号"外研社官方服务号"
外研社购书网址：https://fltrp.tmall.com

物料号：360120001

记载人类文明
沟通世界文化
www.fltrp.com

前　言

　　译者主体性研究从20世纪八九十年代开始到今天，涉及诸多研究视角及重点，研究成果较为显著。由于译者主体性源自哲学的主体性内涵，早期译者主体性研究主要在哲学层面上展开，后来也涉及具体翻译策略研究。不论是哲学层面的概念探讨，还是实践层面的技巧探究，都强调译者的主体地位、主体角色（许钧，2003；查明建、田雨，2003），强调译者角色从隐身到现身的转换。这些研究大多属于一种置身事外的冷静观察，因此更注重译者主体的静态特征研究。近年来，也有学者关注翻译过程实质，认为翻译具有创造性（余光中，2014；郭建中，2014），肯定翻译创造性这一内涵特质。创造性叛逆从最初引入译学研究引起极大关注，其中不乏各种误读，尤其表现在将"翻译总是一种创造性叛逆"的描述误认为翻译策略等（谢天振，2012）。以上这些概念盘根错节，界限不清，经常混用。在梳理这些研究成果基础上，本研究提出译者主体创造性这一概念，强调译者主体性的同时，重点聚焦译者主体的创造性内涵与特征研究，注重译者主体的动态行为与译者实际深入译文创作的个体文化认知体验，为译学研究增添新的理论研究内容与概念补充。

　　译者主体创造性强调译者在翻译过程中其文化认知的持续参与，因此译者主体创造性是在一个动态的、与翻译过程中出现的多方因素互动中实现的。这一概念提法肯定了译者从"仆人"到"主人"，从"隐身"到"现身"的主体性研究历程。在此基础上，本研究提出创造性是译者主体的核心特征与重要表现。本研究尝试以认知语言学、文化阐释学、文化翻译及认知翻译研究等作为理论基础，系统建构文化认知这一研究视角。本研究立足该视角，分析、论证译者主体创造性的动态实现过程。具体研究问题如下：

　　1. 译者主体创造性指的是什么？有何特征？

　　2. 译者主体创造性研究的理论依据是什么？译者主体创造性为何在这一理论视角下来研究？

3. 文化认知视阈下译者主体创造性在翻译过程中，尤其是在文学翻译过程中是如何实现的？

本研究通过综述、梳理、评析译者主体性、翻译创造性、创造性叛逆等相关文献研究，提出译者主体创造性这一概念提法，并在认知语言学、文化阐释学、文化翻译及认知翻译等研究成果基础上构建文化认知视角。本研究以葛浩文（Howard Goldblatt）代表性翻译作品为例，即两版《呼兰河传》（1979版，2002版）、《马伯乐》（完整版）、《丰乳肥臀》、《青衣》（与林丽君合译）等5个代表译作为主要研究语料，通过访谈数据整理、文本对比分析等描述性翻译研究，追溯文化认知视阈下译者主体创造性在文学翻译过程中的实现。本研究是以译作分析为导向的描述性翻译研究。

本研究主要观点如下：

1. 译者主体创造性是译者主体性研究的一个层面，侧重译者主体的创造性研究，强调译者主体创造性的动态研究、过程研究。译者主体创造性在文学翻译中的文本呈现形式是译者文化认知持续参与加工的结果。译者主体创造性不是对译者主体性的否定，而是对译者主体性研究内容的延伸与延展，它更加强调译者主体性中创造性在翻译活动中的核心作用。译者主体性研究层面是相对静态的，是哲学层面的释义与阐释，是对译者地位的肯定，这是译者主体创造性研究的基础。译者主体创造性则是动态研究，强调文学翻译过程中译者主体能动性的最高表现形式，即译者主体创造性的动态实现过程。译者主体创造性是对译者主体地位的进一步探寻与追问。

2. 译者主体创造性的提出是有理论依据的。翻译是基于人类经验的跨文化交际活动。本研究基于认知语言学、文化阐释学、文化翻译及认知翻译研究成果，梳理构建文化认知视阈。文化认知视阈下的翻译观认为，翻译是一种文化认知行为，并在此基础上提出译者主体创造性的实现是译者文化认知参与加工的结果。本研究基于认知翻译观（王寅，2007），在文化认知视阈下提出了译者主体创造性研究的四个分析维度，即翻译的文化体验性、翻译的创造性认知、翻译的多重互动性以及翻译的文化语篇性，并以此重点分析译者主体创造性的动态实现过程与运作机制。

3. 本研究以葛浩文 5 个译本及多个译本的副文本（译者序言、前言等）为研究语料，根据译者主体创造性研究的四个分析维度，对应提出译者主体体验过程、译者创造性认知过程、翻译多重互动过程、翻译语篇循环过程等四个过程，逐一验证译者主体创造性在文学翻译中的动态实现过程。研究表明，首先，译者主体创造性是译者主体文化体验的结果，是译者对原文阅读以及读者世界兼顾的文化认知体验的必然发生。这个译者主体体验过程，既是语言认知体验，也是文化认知体验；其次，译者主体创造性强调译者创造性这一行为，在翻译过程中，体现为创造性认知行为。译者主体创造性并不等于创造性叛逆。译者主体创造性是译者主体的主动行为，特别是译者主体的创造性行为，表现为一种主观的内部力量；创造性叛逆是文学文本或翻译文本的必然发生，是一种客观的外部表现。第三，译者主体创造性的实现依赖于译者与作者、译者本体、读者世界、编辑及出版社等多重互动关系，这种多重互动关系是多维的空间互动形式，他们之间互动方式与结果促成了译者主体创造性在文学译本中的表现形式；最后，译者主体创造性的实现是在语篇循环过程中完成的，这一过程既包括语篇内循环过程，也包含语篇外循环过程。

本研究创新点在于开拓性地提出了译者主体创造性的概念，把译者主体性研究进行了延伸与延展，从而把主体性研究引入了一个动态的、过程性的翻译研究领域与空间。本研究对认知语言学、文化阐释学、文化翻译及认知翻译研究成果系统梳理，构建了文化认知视阈，阐述了文化认知视阈作为译者主体创造性研究的理论依据，同时指出文化认知是译者主体创造性形成的根源所在，译者的文化认知决定了译者主体创造性的表现形式与实现过程，译者文化认知是译者主体创造性的操作基础，也是操作工具。因此研究意义的创新具有以下两个方面：一是理论层面的创新。译者主体创造性研究丰富了译者主体性研究，使得译者主体性研究更为动态、立体、全面。文化认知视阈的构建进一步明确了译者主体创造性提出的理据，以及这一视角的系统性论述，从而对译者主体创造性研究提供了研究视角。二是实践层面的创新。葛浩文译作研究较好地呈现了译者主体创造性，对译文实践研究具有较好的指导意义。

本研究还存在一定的局限性。译者主体性研究正处于发展时期,译者主体创造性研究虽然为该领域尝试提供了新鲜理论血液或内容补充,但仍待完善及充分论证,理论创建方面还有待于完善。本研究的主要语料来源是葛浩文代表性译作,本研究无法穷尽所有其译本作为语料,还有待进一步完善与拓展。总之,本研究希望通过译者主体创造性这一提法,以译作导向进行翻译研究,追溯译者主体创造性在文学翻译中的实现过程。在文化认知视阈下,提出译者主体创造性研究的四个分析维度,并以此一一对应译者主体创造性的四个动态实现过程,以期进一步丰富译者主体性研究及相关翻译理论研究。

《文化认知视阈下译者主体创造性研究》是基于本人在东北师范大学攻读博士学位期间完成的博士论文修改而成,在此感谢东北师范大学博士生导师成晓光教授的指导以及学校的培养。敬请读者、专家批评指正。

本书出版受到国家留学基金委访问学者项目、中央高校基本科研业务经费【04442024003】与大连民族大学领军人才支持计划的资助支持。在修改、完善著作的过程中,所涉及的研究内容也是国家社科基金项目【23WJYB009】、国家民委研究项目【2024-GMI-034】与辽宁省教育厅基础科研项目【WJC202031】的部分研究成果。

目　录

表目录

图目录

第一章
导论

　　主体性是近代哲学的概念，主要指人的主体的主观性与能动性，"主体与主体性的思想也是文艺复兴以来才有的"（严春友，2000：25）。译者主体性的关注最早发端于20世纪七八十年代，特别是随着西方哲学研究中语言哲学转向，以及译学研究中"文化转向"的提出，译者主体性研究得以迅速发展。杨武能是国内译学研究最早倡导翻译主体研究并做出界定的，他在《阐释，接受与创造的循环》（1987：3）一文中指出，"与其他文学活动一样，文学翻译的主体同样是人，也即作家、翻译家和读者"。法国学者安东尼·伯尔曼（Antoine Berman）在其著作《翻译批评论：约翰·唐》（*Toward a Translation Criticism: John Donne*）一书中指出，译学研究应该"寻找译者"（1995：52），并通过翻译立场（translation position）、翻译设计（translation project）、译者视野（horizon of the translator）等三个方面研究译者主体。许钧（2003）对"翻译主体"的界定进行了归纳，对谁是翻译主体这一问题，大致归纳了四种类型，特别指出狭义的翻译主体就是指向译者的。新千年前后，与译者主体性相关的研究中，翻译的创造性、创造性叛逆研究等也逐渐进入译学研究领域，不断丰富着译者主体性的研究内容。本研究拟基于译者主体性的研究成果，提出译者主体创造性，旨在为译者主体性研究增添新的研究内容。

1.1　研究背景与必要性

　　翻译的历史是一部跨文化、跨语言的历史，世界各国关于翻译这一角色的记载都是始于文化与社会交流。从最早期的中西方翻译史上看，译者的角色主要是用于各民族、各国家的政治交往或者文化交流。据《中西翻译简史》(谢天振，2009：3) 谈及最早的中国历史上有关翻译形式的记载始于公元前 11 世纪周公制礼作乐，越裳国 (今越南、柬埔寨境内) 赠献珍禽白孔雀，因为语言不通，"故重译而朝"，也就是说经过多次口头传译人员才完成这一文化交流任务。战国时期的《越人歌》被公认为是中国历史记载的第一首翻译诗歌，也是最早的有关笔译的历史记载。西方翻译史中早期文字记载的是用拉丁语翻译的荷马史诗《奥德赛》。可见，世界各国、各民族文化发展与交流中，翻译的角色不可或缺、至关重要。

然而，对于译者本身的研究却始于最近几十年。1972 年詹姆斯·霍姆斯 (James Homles) 在哥本哈根第三届国际应用语言学研讨会上发表的《翻译研究的名与实》(*The Name and Nature of Translation Studies*) 几乎成了翻译学科的独立宣言 (廖七一，2010)。虽然这篇论文在当时哥本哈根会议上并没有得到广泛重视，但后来但凡谈及翻译学科，这篇文章的历史地位无人绕过。从那以后，翻译研究的学科性质，翻译学科研究内涵都逐渐开始明晰。霍姆斯翻译研究图谱对于今天翻译研究极具启示意义。霍姆斯将翻译研究分为纯理论翻译以及应用翻译学，其中纯理论翻译学的一个分支——描述性翻译学——又分为三个导向，分别是译作导向、过程导向、功能导向。虽然没有明确提出译者研究属于哪个范畴，但是描述性翻译研究以及作为"专门理论"(属于纯理论翻译学范畴) 之一的"翻译媒介研究"对译者研究理论归属、研究渠道及研究方法都作了阐述。译者研究较为正式的开端大约是在 20 世纪的八九十年代，主要始于译者主体性问题的思考。较早的代表人物法国学者贝尔曼 (Berman) 认为，"译者绝不是一个消极地接受文化规则复制出来的中转站，译者的主体性必须被理解为传介活动的复杂过程的一部分"(滕威，2006：126)。巴斯奈特与勒菲弗尔 (Bassnett & Lefevere，1990：13) 在《翻译、历史与文华》(*Translation, History and Culture*) 一书中的导论部分指出，把译者比作是一个雕塑家，是重新创造雕塑作品 (recreate the work of a painter)，而不是机械的根据线条或比例重复一幅画的复制 (not a copy of painting)。译者主体性研究开始逐渐引起重视。随着翻译研究"文化转向"的兴起，译者主体性研究趋势更加猛烈，因为"文化转向"使得翻译研究走出形式主义的束缚，开始了多元化的研究进程。

　　译者主体性研究经历了大约三四十年的发展，从早期的确立翻译主体的探讨，到译者主体地位的确立，再到翻译的创造性研究以及创造性叛逆研究引起的广泛重视，其研究内容逐渐深入发展。然而，译者主体性研究历程中也显示了一些模糊不清的问题。比如，到底应该如何开展译者主体性研究？如何解释翻译的创造性问题？创造性叛逆与译者的创造性的概念性质有何区别？基于这些问题，本研究提出了译者主体创造性这一说法，重点探讨译者主体的创造性问题。提出译者主体创造性是把译者主体性研究从哲学问题中解放出来，也就是说，仅仅明确译者的主体地位、探讨译者主体性的概念内涵还远远不够。本研究强调译者主体的主要表现形式为创造性，认为译者主体性研究中的一个重要命题应该就是关于译者主体的创造性研究。同时译者主体的创造性研究不是"创而无度"，而有一定的"制约性"。对于这种限度的表述，或者说是对译者主体创造性的"制约性"的研究，本研究并不强调译者主体的受限或译者主体的能动性与被动性的对立，而是强调译者主体作为翻译活动中的主要因素是受到译者本身的感知、体验等认知行为影响的，强调译者主体的感知行为与体验性。因此译者主体创造性研究必须放在一个具有体验认知功能的视角下进行。

　　至此，必须提到的是译者主体创造性的研究视角。译者主体性的研究不论是相对目的论视角，还是后殖民主义、女性主义以及接受理论视角，都属于一个静态的观察性研究。这些研究的弊端之一就是无法从译者本身作为感知与体验的一个个体出发，去体验他所面对的一个客观世界。认知语言学、文化阐释学、文化翻译以及认知翻译研究成果为本研究提供了充实的理论基础与思想启发。认知语言学与体验哲学给翻译研究的启示是强调译者的感知与体验行为；文化阐释学是文化人类学的一个解读视角，可以通过深度描写、文化阐释等方式来解释某些翻译现象中出现的创造性问题；认知翻译研究不仅提倡译者的感知与体验，还强调翻译本身就是一个认知过程。以上这些研究成果为本研究提出文化认知视阈提供了重要的理论基础。因此，译者主体创造性的研究必须放置在一个全新的视角，从而才能更加清晰透彻的观察译者主体的创造性翻译行为。因而构建文化认知视阈的必要性是显而易见的。具体而言，首先，译者主体创造性的提出旨在丰富译者主体性研究内涵，同时使得译者主体性研究倾向动态性、过程性研究；其次，以文化认知视阈为理据，其研究必要性重点体现在通过这一视角，可以观察译者主体创造性的动态实现过程。再次，认知翻译观认为翻译是一种认知活动。那么，本研究接过这个说法，并接受文化阐释学与文化翻译观的影响，指出文化认知视阈下的翻译过程即为文化认知过程，或者说翻译就是一种文化认知活动。这不仅仅是因为翻译离不开文化这一基本认识，最重要的，译者的认知也离不开文化，译者的认知具有文化性；译者面临的文化阐释也具有认知性。因此，文化认知视阈下的翻译过程就是一种译者的文化认知的活动过程，这也是文化认知视阈下的翻译观的核心观点。它的特征呈现出两个方面，一是翻译是一种指向译者本身的、一种向内的文化认知活动；二是翻译还表现在外化为文化翻译及文化阐释的文化认知行为。因此有必要将译者主体创造性的研究放置于文化认知视阈下进行。

1.2 研究目的与意义

本研究旨在明确提出译者主体创造性这一提法并论述其合理性，同时试图在文化认知视阈下论证译者主体创造性是如何在文学翻译过程中实现的。译者主体创造性研究不是与译者主体性对立的概念，而是译者主体性研究的延伸与扩展，是对创造性这一动作发出者的进一步追问与探究；它强调译者主体性研究的动态性以及译者创造性实现的过程性；因此，译者主体创造性研究旨在扩充译者主体性研究的内容涵盖领域，丰富译者主体性研究的理论内涵；这是其一。其二，译者主体创造性研究旨在强调对译者主体性研究的动态观察；译者主体性研究的静态分析，已经不能满足目前译者研究的需求；译者主体创造性的动态观察主要是通过译者主体创造性在其实现过程来完成的。其三，为了验证译者主体创造性研究的动态特征，必须找到一个合理的研究视角；文化认知视阈是在认知语言学、文化阐释学、文化翻译研究以及认知翻译研究基础上梳理综合提出的，它能够超越主体性哲学本质的研究，从而将译者主体性研究放置于一个可观察、可证明的实践视角。换句话说，文化认知视阈下译者主体创造性研究有助于从译作出发，以译作导向的描述性研究方法来分析译者主体创造性实现的动态过程，追溯译者主体创造性发生的原因，从而进一步丰富译者主体性的研究内容，进一步挖掘译者研究的深度。

本研究对丰富翻译研究特别是译者研究内涵具有较好的理论意义。首先，译者主体创造性研究丰富了翻译理论研究。本研究将译者主体创造性作为一个概念提出，梳理其提出的理论合理性。它的研究是以译者主体性为出发点，又不止步于译者主体性研究，而是着重研究翻译的创造性特征赋予译者主体性研究的启示，强调译者主体创造性的动态特征及其过程性特征。其次，文化认知，作为译者主体创造性研究的理据，丰富了译者研究的理论视角。本研究系统分析文化认知学科属性，明确文化与认知的辩证关系。这一理论视角丰富了认知研究的跨学科尝试，将认知研究与文化研究进行有机整合。本研究为译者研究提供了丰富的文本分析数据，具有较好的实践应用价值。本研究以较为丰富的中国现当代文学外译译本作为研究语料，以葛浩文翻译的若干代表性作品作为研究例证，论证译者主体创造性的动态实现过程。本研究通过译者主体的体验过程、创造性认知过程、多重互动过程以及语篇循环过程来验证译者主体创造性的实现，这充分展示了本研究的实践应用价值以及实践指导意义。

1.3 研究问题与方法

本研究拟从文化认知视阈研究译者主体创造性，尝试通过葛浩文代表译作作为研究语料回答以下研究问题。下面从研究问题的设计、研究语料的收集及选择以及本研究涉及的研究方法具体论述。

1.3.1 研究问题

本研究的主题是文化认知视阈下译者主体创造性研究。研究问题如下：

1. 译者主体创造性指的是什么？有何特征？
2. 译者主体创造性研究的理论依据是什么？译者主体创造性为何在这一理论视角下来研究？
3. 文化认知视阈下译者主体创造性在翻译过程中，尤其是在文学翻译过程中是如何实现的？

第一个研究问题是回答"译者主体创造性是什么"的问题，也是本研究的研究对象。译者主体性研究是近年来翻译研究的热点之一。本研究提出译者主体创造性这一说法，一是因为创造性是译者主体性的主要表现；二是因为文学翻译译本中有大量文本充分体现译者主体的创造性。三是因为目前关于译者主体性、翻译创造性、创造性叛逆研究中，几个概念都交织在一起，含混不清。本研究希望通过第一个研究问题厘清定义译者主体创造性的概念，以及将译者主体创造性作为一个研究对象来探讨的必要性及可行性；第二个研究问题是回答"为什么要提出译者主体创造性"这一问题，即译者主体创造性提出的理据是什么？翻译是一种文化认知活动，没有文化认知，就没有译者主体创造性的发生与实现。所以译者的文化认知视角或者说译者的文化认知的参与，决定了译者主体创造性的发生，译者文化认知是译者主体创造性实现的原因与源泉。第三个研究问题是回答"文化认知视阈下译者主体创造性是如何在翻译过程中，尤其是在文学翻译过程中实现的"的问题。本研究在认知翻译观的启示下，从文化认知视阈进一步审视翻译过程，特别是文学翻译过程，提出翻译过程的文化体验性、创造性认知、多重互动性及文化语篇性等四个分析维度，并以此作为译者主体创造性研究的分析框架。最后，对应此分析框架，依次论证在译者主体体验过程、译者创造性认知过程、多重互动过程及语篇循环过程等四个分析过程中译者主体创造性的实现。

1.3.2 研究语料

文学翻译文本所涉及的语言文化、社会背景与译者文化认知等关系最为紧密，因此本研究的语料主要选取中国现当代文学作品英译最高产、也是贡献最大的翻译家、汉学家葛浩文先生的译作，以及部分与其夫人林丽君女士合译的译作为主要语料，来讨论译者主体创造性的实现。到

2018年底为止，葛浩文已经翻译了61部中国现当代文学作品（具体见附录），而且一直笔耕不辍，译作数量还在增加，被称作"中国文学首席翻译家"，译论界称"中国现当代文学翻译成了葛浩文一个人的天下"。可见，葛浩文翻译作品的数量之大，覆盖面之广。每一部译作以平均30万字计算，其翻译总数约达到2000万字左右。葛浩文翻译作品也多次获奖，大量翻译文本与翻译现象保证了本研究所需语料来源。

葛浩文从20世纪70年代末、80年代初开始翻译，至2018年底已从事文学翻译40余年。据统计，70年代末开始到80年代（1978—1989）共翻译9部作品，90年代（1990—1999）共计17部，新世纪的第一个10年间（2000—2009）共计翻译19部作品，最近的大约10年间（2010至2018年底）共计翻译18部作品。从译作数量上看，主要集中在90年代至2018年底的27年中，可以说葛浩文翻译作品数量与日俱增，作品也日臻完善。

根据研究需要，在葛浩文61部文学翻译作品中，除了书名翻译、译者前言等副文本作为研究语料之外，主要选取了较为有代表性的两版《呼兰河传》（1979版，2002版）、《马伯乐》（完整版）、《丰乳肥臀》、《青衣》（与林丽君合译）等5个译本为研究语料。选择的原因主要考虑到这些作品具有一定的时间跨度、代表性作家作品以及译本代表性及特殊意义等。下面就选择依据依次做一阐述：

1. 时间跨度。本研究选择语料尽量考虑到有一定的时间跨度，这几部作品均属于从初试翻译到醇熟翻译时期的代表作品。《呼兰河传》是1979年翻译，2002年重译出版，时间跨度23年；2004年《丰乳肥臀》、2007年《青衣》属于新千年作品；《马伯乐》（完整版）是2018年最近出版作品。通过时间因素考量译者历时体验对其翻译的影响，以此进一步考察译者主体创造性的动态实现过程，以及译者个人不同时期的文化认知对其影响。

2. 代表作家及作品。本研究选取了3位比较有代表性的作家。萧红、莫言、毕飞宇。萧红是葛浩文研究一生、翻译一生的作家，萧红的全部作品葛浩文均已翻译完毕。莫言是2012年诺贝尔文学获奖者，也是英语世界最为熟悉的中国作家之一；毕飞宇在国内外知名度较高。葛浩文先生多次肯定毕飞宇的才华，称赞他会是个大作家（闫怡恂、葛浩文，2014：195）。

3. 译本具有代表性。本研究选择的几部作品中，译本都具有一定的代表性及特殊意义。第一种情况就是译本的重译。《呼兰河传》是葛浩文早期翻译的一部作品，《呼兰河传》又是公认的萧红最好作品，也是葛浩文对萧红评价最好的作品；历经23年后又重译。根据最近一次访谈[1]，得知葛浩文又进行了第三次翻译，即将出版问世。可见，译者对《呼兰河传》这部作品的钟爱。《青衣》是葛浩文与夫人林丽君的合译作品，二人中西贯通，珠联璧合，为研究文化认知视阈下的译者主体创造性的实现所需语料颇具价值。《马伯乐》（完整版）更具传奇色彩，葛浩文二十多年前曾经翻译《马伯乐》，却因萧红写作未完而去世，无法出版，这一直是他的遗憾。直到最近，葛浩文英文续写萧红未竟《马伯乐》，续写部分又由林丽君翻译成汉语，2018年在中国和美国出版。莫言的《丰乳肥臀》是反映中国近现代社会进程的鸿篇巨著，也是译者认为比较重要的中国现当代作家的代表作。因此这4部作品5个译本都具有鲜明的代表性以及特殊意义。

1.3.3 研究方法

文化认知视阈下译者主体创造性研究属于综合研究。研究内容涉及的具体研究方法之一是文献综述法。文献综述部分、理论基础部分都参考大量国内外学术文献，经过阅读、筛查，并根据可视化分析，重点找到问题的切入点，进一步加以反思、总结、综述等步骤，梳理研究对象，即译者主体创造性研究的必要性，从而提出研究目的及意义。此外，在回答第一个、第二个研究问题时，本研究运用了文献法、演绎法、归纳法等；在回答第三个研究问题时，本研究主要采用访谈法、描述性翻译研究方法、溯因法、对比分析方法等。总体而言，本研究是以译作为导向的描述性翻译研究，通过较为充足的译本语料为实例，对所选研究语料进行描述性分析，通过描述、分析、解释译作中翻译现象，回答"译者主体创造性是如何实现的"这一研究问题。本研究期待通过译作研究，验证译者主体创造性的实现。因而，从这个意义上说，本研究还属于溯因研究。溯因法是一种基于所观察的研究现象出发，对所得出的结论或假

---

1 2018年9月，笔者于北京采访了葛浩文、林丽君夫妇，并就《呼兰河传》的几次重译做了深入探讨。

设寻求解释，为结果寻求解释性的原因，从而丰富理论发展。本研究基于大量翻译语料为观察对象，根据译本现有的翻译现象提出研究问题，并通过观察到的翻译现象来追溯这一现象背后的原因。本研究还使用对比分析，把不同版本中译本相关语料做出标注，通过收集、整理、分类、归纳译本中的异同表现，并加以归纳、解释、分析等方法为回答研究问题找到有力证据，寻找原因。

1.4 论文构架与概要

本研究共分为七章。第一章是导论，介绍研究选题的背景与必要性，研究目的与意义，研究问题、研究语料以及研究方法。第二章为文献综述，重点综述译者主体创造性这一研究对象的文献研究基础，主要包括三个部分，一是译者主体性研究现状与述评，二是翻译创造性的研究综述，三是创造性叛逆的研究综述。基于这些研究综述与评论，提出译者主体创造性研究的必要性。第三章是理论基础。本部分是文化认知作为一个研究视阈提出的理论基础。本章分为四个部分，主要包括通过梳理与论述认知语言学、文化阐释学、文化翻译研究及认知翻译研究等成果，为文化认知视阈这一理论的提出提供重要的理论基础。第四章重点回答第一个研究问题，即，译者主体创造性是什么？它的主要特征是什么？论述译者主体创造性的概念、特征，以及研究的重点。第五章是关于文化认知提出的理据论述，也就是回答第二个研究问题，阐述文化认知为何成为译者主体创造性研究的理据，即为什么译者主体创造性研究要在文化认知视阈下进行。第六章为本研究重点章节，主要探讨文化认知视阈下译者主体创造性是如何实现的，本章是针对第三个研究问题展开的。本章基于认知翻译研究，在文化认知视阈的观照下提出了译者主体创造性研究的四个分析维度。本章每个小节均以其中一个分析维度逐一阐述，依次论述文化认知视阈下译者主体的文化体验过程、创造性认知过程、多重互动过程以及语篇循环过程。通过对比分析两版《呼兰河传》、《马伯乐》（完整版）、《丰乳肥臀》、《青衣》等5个译本，具体探讨译者文化认知是如何影响译者主体创造性的实现与发生的。研究表明，译者主体创造性的动态实现过程是通过译者主体的文化体验与创造性认知完成的；与此同时，译者还与其他相关因素进行多重互动，在译文中通过语篇循环等方式进一步完成译者主体创造性的实现。第七章为结论，重申本研究主要观点。首先，译者主体创造性的提出突破了译者主体性研究的静态观察的现状，打开了译者主体性研究的动态局面。译者主体创造性研究强调创造性，特别是在文化认知视阈下，这种创造性研究更具有实际意义；第二，译者主体创造性研究作为概念性研究丰富了翻译研究内涵，对译者主体性研究内容做了更为深入的延展延伸。第三，文化认知视阈的提出对于译者研究的新视角开发，具有启示意义。文化认知视阈的翻译观认为翻译是一种文化认知行为，翻译就是一种内化为认知、外化为文化表现形式的文化认知活动。简言之，翻译就是一个文化认知的活动，译者文化认知时时刻刻通过不同方式参与译者主体创造性的发生与实现。

第二章
文献综述

　　本章文献综述主要是针对研究对象——译者主体创造性研究相关的论述。国外关于译者主体性研究始于"文化转向"（Bassnett，1990），尤其以贝尔曼（Berman，1995）"寻找译者"为特征逐渐系统展开。在20世纪80年代以前的较长一段时间里，译者主体地位一直处于不突出、不显著的地位。从历史上看，这也和译者自身认识有关。霍姆斯（Holmes，2007）在1988年编辑出版的《译稿杀青！文学翻译与翻译研究论文集》（*Translated! Papers on Literary Translation and Translation Studies*）中，谈及译学译者关系时，曾引用黄蜂的概念来比喻译者角色。黄蜂由于自身体格过大本不该会飞，却自己不知，竟然不知晓此理而恰恰会飞。几个世纪以来，译者不知晓翻译理论，却一直无意识地进行着翻译实践，译者一直是翻译的主体，只是对自身角色不自知。这也说明译者本身对自己角色定位不明晰，对译者主体参与意识不知晓。刘宓庆也认为译者多年来的失落感是由于自身对自己职能的认知不足，长期以来如果处在一个被动的、依附的状态，又何谈译者地位，译者的创造性或原创性呢？他认为，译者实际上正是权力转移的受益者（刘宓庆，2005：466）。

　　20世纪80年代，翻译研究中一直存在的语言与文化的分野之争逐渐有所减弱，更多学者认识到这些分野必须消除，威尔斯（Wilss，1984）、贝克（Baker，1992）、哈蒂姆和梅森（Mason & Hatim，1997）等都持这一观点。韦努蒂（Venuti，1995）还直接提出译者在场，肯定译者的创造性。这些论述总体都在逐渐突出译者的主体地位与操控权。（Bassnett，2004）。本杰明（Benjamin）在《论译者的任务》（*The Task of the Translator*）一书中有过这样的论述（Schulte，1992）：

…a translation issues from the original—not so much from its life as from its afterlife. For a translation comes later than original, and since the important works of world literature never find their chosen translators at the time of their origin, their translation marks their stage of continued life…

本杰明的态度十分明确。译作虽源于原作，但更是原文的再生，当翻译使得世界文学宝库丰富之时，译者就正式登场，译者使得原作有了生命的延续，甚至是永久的生命存在。德里达（Jacques Derrida）肯定了本杰明关于译者的论述，认为译者使得原作得以延续，是原作赖以生存的保证。

法国的翻译理论家、翻译家阿尔比（Albir, 1990）20世纪90年代在《翻译的忠实概念》（*La Notion de Fidelite en Traduction*）中论述了由于"忠实"之争引发的对译者主体的思考（许钧，2001），提出译者主体性、历史性以及译文的功能性。译者主体性重点强调翻译无定本，译者作为阅读的主体和翻译的主体，都会使用不同的表达来阐释自己的理解。但与此同时，译者的历史性也是不容回避的。译者的认知能力、语言能力会参与翻译过程。除了个人因素，历史时代的语言观也会不同程度影响译者。译文的功能性主要是出于文本类型考虑的。因此，阿尔比对译者主体性的思考已经不仅是译者主体本身的定义，而是考虑到了译者主体受影响的外部因素，或历史原因或文本需要。纽马克（Newmark, 2001）也持这一观点，认为译者应该根据不同文本或语篇类型选用合适的翻译方法，强调译者思维。罗杰·贝尔（Roger Bell）在《翻译与翻译过程：理论与实践》（*Translation and Translating: Theory and Practice*）中强调译者首先是交际者，但不同于一般交际者的是，他需要解码一种语言，在用另一种语言编码（Bell, 2001）。既然是交际者，就要与很多社会因素相关联。显然，贝尔强调了交际者即译者身份地位的同时，还强调了译者与相关因素的关系。

斯坦纳所著的《通天塔之后》（*After Babel: Aspects of Language and Translation*）中，既有翻译理论的内容，也有大量的语言与文化的思考。他借助阐释学对翻译的理解，进一步通过深入剖析翻译的四个步骤，信任理解（trust）、入侵文本（aggression）、生成译文（import）及补偿说明

(compensation)。这些步骤把译者在翻译过程中的角色与任务交代的十分清晰。从1975年第一次出版，1992年第二版，再到1998年第三次付梓，他仍希望巴比塔继续闪耀创造性之光芒 (Steiner，2001)。译者主体地位又从阐释学视角得以验证。勒菲弗尔则认为翻译有四个层次，意识 (ideology)、诗学 (poetics)、论域 (universe of discourse) 和语言 (language)。译者的任务绝对不是翻译语言那么简单，更重要的是翻译意识、诗学以及论域。勒菲弗尔对于翻译对等进行了反思，他认为译者与译作的地位，应该从文本语言与意识形态或诗学形态的关系来看待。一旦二者发生矛盾，往往后者胜出，因此翻译中的完全对等是不可能的，译者的工作实际更多是文化层面的，所以勒菲弗尔认为应该是文化层面的"改写" (Lefevere，2004)。甚至，在后殖民理论视角中，译者成为引进霸权主义的语言和文化的权威人士 (Robinson，2007)。

弗米尔 (Vermeer，1989) 从目的论视角论及译者主体性。在目的论的阐述中，他强调翻译是一种有目的的行为，译者最为关注是否会达到翻译目的，并为此目的发挥自身主体性。罗宾逊 (Douglas Robinson)《译者登场》(*The Translators' Turn*) 中强调译者是翻译研究的焦点，必须关注译者所受的影响与制约，以及译者主观能动性的发挥，用 "translator's turn" 这一提法正式强调译者研究转向 (Robinson，2006)。韦努蒂 (Venuti) 在《译者隐身——一部翻译史》(*The Translator's Invisibility: A History of Translation*) 中指出一直以来译者角色受到压抑，始终处于隐身地位，强调使用异化策略来结束现状，突出译者现身地位 (Venuti，2004)。皮姆 (Anthony Pym) 也看到了译者的重要性，并强调译者的文化归属问题会对翻译史研究起到重要作用 (Pym，1998)。

总之，国外译者主体性研究主要是从译者身份、译者任务以及译者角色入手，深刻剖析几个世纪以来译者对自身的不自知，或是外界对译者角色忽略的原因以及现状反思，不论从文化转向、译者转向、还是由于与忠实之争引发的认识，都肯定了译者主体地位，强化译者主体性研究。通过阐释学视角、目的论视角及操纵派视角的研究，译者主体性研究更加具体、深入。

国内译者主体性研究受到西方译者主体性研究影响，从20世纪80年代末开始至2018年底都受到了极大关注，主要研究集中在译者主体性、翻译创造性、创造性叛逆等三个方面的研究。下面分别通过这三个方面的计量可视化分析，研究目前国内译者主体性、翻译创造性、创造性叛逆研究的主要热点、核心问题等研究现状，通过文献综述发现上述三个方面研究之间的交叉点、不同与关联之处，为进一步提出译者主体创造性提供合理充分的文献基础。

2.1　译者主体性研究

本节首先对国内译者主体性研究进行计量可视化分析，通过梳理译者主体性研究现状与发展趋势，总结译者主体性研究中关注的热点、疑点，从而对出现的问题进行归纳总结，充分掌握该研究领域的重点内容以及特征表现。

2.1.1　译者主体性研究可视化分析

在文献检索中，主题词是常用的搜索选项。根据《汉语叙词表编制规则》[1]中的定义，主题词（叙词）是在文献标引与检索中用以表达文献的主题而规范化的词。主题词依据主题词表的控制和规范，具有概念化和规范化的特征，每个主题词都含义明确。本研究以"译者主体性"为主题词输入中国知网（论文检索截止日期2018年9月25日，以下同），获得3516条搜索结果，主要涵盖期刊、硕博论文、会议、报纸等。本章的文献计量可视化分析，均以主题词为主要检索对象。因为选择"主题"，表示在"题名、关键词、摘要"中包含有检索词的文献都被检出。从1996年第一篇文章发表开始（袁莉，1996），除了最初几年进展不明显，2002年开始逐年上升，至今有20余年的研究轨迹，2013年期间达到了论文发表数量的高潮，大概在350篇左右，之后基本稳定在260—300篇左右，始终处于较好的研究趋势（图2-1）。

---

1 《汉语叙词表编制规则（GB 13190-1991）》是中华人民共和国国家标准，于1991-09-21发布，1992-05-01实施。该标准由国家技术监督局发布，介绍汉语叙词表编制规则的详细信息。

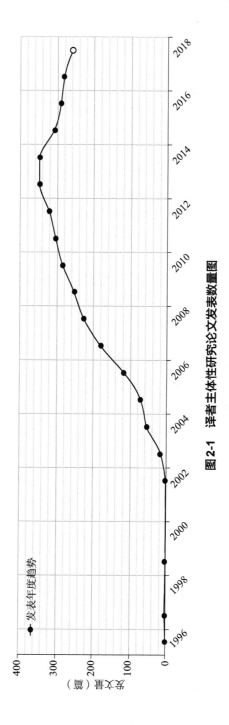

图2-1 译者主体性研究论文发表数量图

从研究共现热词角度，可以看出共有18个热点词汇（图2-2），根据关键词分布图（图2-3）排在前10位的依次是译者主体性、主体性、译者、翻译、翻译策略、阐释学、文学翻译、主体间性、创造性叛逆、目的论。从关键词分布看，研究热点为主体性概念、主体性静态特征、翻译现象以及翻译策略等。

在此基础上，本节观察分析了3516篇中发表在CSSCI期刊的240篇论文（图2-4）。研究发现，第一篇关于译者主体性研究的CSSCI论文从2002年开始，逐年呈上升趋势，2010年达到最高峰30篇，2012年又降到12篇，之后一直到2018年都维持在每年20篇左右，呈现较为稳定的研究趋势。研究共现词主要围绕译者主体性，出现的研究热点词汇有16个（图2-5）。

根据关键词分布，可以看出排名前十位的依次是译者主体性、主体性、翻译、主体间性、译者、文学翻译、翻译主体、翻译研究、翻译主体性、阐释学等（见图2-6）。

从可视化计量分析提供的数据看，译者主体性研究在国内研究状况处于较为活跃的状态，研究趋势也越发平稳且具有上升趋势。不论是国内CSSCI核心期刊，还是一般类期刊、硕博论文等大数据库，都可以看出研究的关键主要包括围绕译者主体、翻译主体、主体间性等这类概念的内涵研究，阐释学、目的论、女性主义等多视角跨学科研究，还有具体细致的翻译策略研究及某些翻译过程研究等翻译行为研究。

2.1.2 译者主体性研究述评

如2.1.1上述可视化分析所见，国内译者主体性研究从2002年开始有了较好的研究势头，2003年《中国翻译》杂志设置《翻译主体研究》专栏。从CSSCI期刊发表情况看2010年达到高峰，从总体数据发表看2012—2013年期间达到高峰。本节以CSSCI检索期刊等为研究对象进行述评。这些研究内容主要分为以下四种情形：(1)译者主体性研究的多维视角。(2)译本分析与译者主体性研究。(3)译者主体性定义、本质等研究。(4)翻译主体之间的交互关系研究。

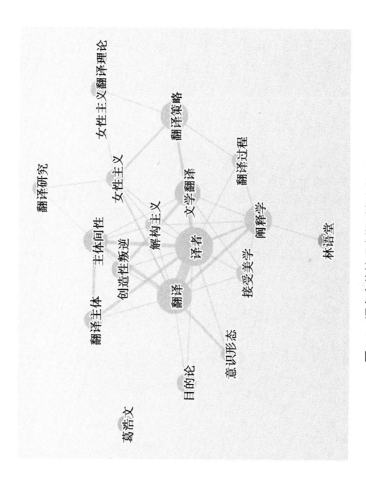

图2-2 译者主体性研究期刊发表表现词共现分布

图2-3 译者主体性关键词分布

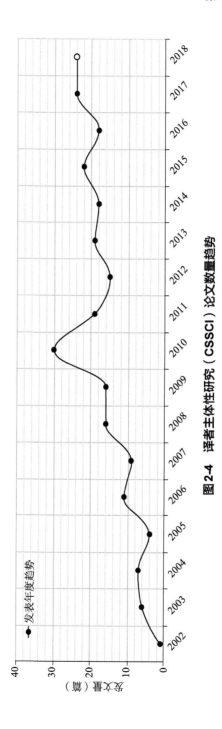

图2-4 译者主体性研究（CSSCI）论文数量趋势

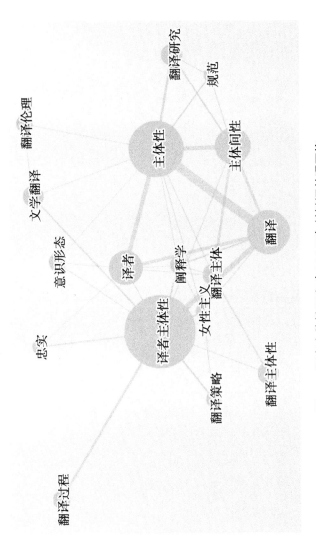

图 2-5 译者主体性研究（CSSCI）关键词共现网络

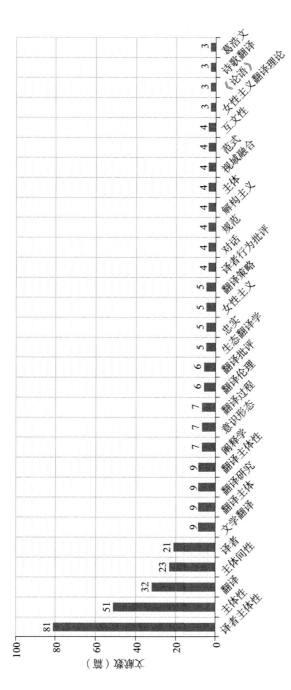

图2-6　译者主体性研究（CSSCI）关键词分布

2.1.2.1 译者主体性研究的多维视角

以不同视角开展的译者主体性研究所占比重将近一半。文献研究显示，较多学者集中在体验哲学、文化转向、女性主义、阐释学等视角探讨译者主体性。特别是体验哲学与文化转向之间还存在论战，"文化转向"学派认为译者主体性在这一转向影响下，译者主体性得以彰显，但体验哲学学派认为这样的做法又将"译者视作文化诸要素主宰下的'失语者'"，译者在翻译过程中的各种体验与感知化为虚无。比如在《"去蔽"却未"澄明"的译者主体性——体验哲学视角中的译者主体性研究》一文中，万江松、冯文坤（2009）指出，有必要以体验哲学的认识方式来观察翻译过程中的译者，需要重新审视译者及译者主体性，这样的做法将会使得译者个人体验重新在场，使得译者回归主体之"体"，这种坚持语言体验观的做法实际是避免了文化学派单纯的泛文化研究，或者是"单纯的译者社会学研究"，是一个有价值的探索。但是与此同时，这也说明了一个问题：这种哲学体验只说明了译者主体性研究的"应为"做法，可到底如何验证主体性实现，终归还没有论及。换句话说，这一视角只是说明了一个译者主体性研究哲学视角的合理性，而完全未提及其实现过程。

主张"文化转向"译学研究者强调所研究的话语对象必须置身于特定的文化背景中，认为翻译要受各种权力、历史、文化行为影响与制约，因此绝不可能在真空状态下发生。佟晓梅（2010：207）认为"译文和原文不可能以一种纯净中立的对等物为参照"，可以看出这是相对于从文本解放出来的新的文化思潮，因此强调任何翻译行为都要适应相关群体的文化需求。认为"每一个译者的头脑中都深深地打着文化的烙印"，强调译者在翻译过程中"不可避免地要受到文化因素的制约和影响"。因此译者处于多种文化交织的节点上，肩负着"传递文化信息、解释文化差异、缓解文化冲突和推动文化融合"多重使命，甚至是"赋予译者一个新的生命起点"。有了文化转向的提出，译者的传统身份得以瓦解，译者的新生命开始诞生，译者身份变得主动、现身，不再是隐身、幕后，主体性身份得以充分彰显。强调翻译研究的文化转向，强调翻译研究的文化性特征对于译者身份确立与凸显有很大益处。

阐释学对于译者主体性的作用主要体现在理解与文化参与方面。西风（2009）指出不论是语内翻译研究，还是语际翻译研究，都可以借助阐释学理论。他指出阐释学翻译观的一个主要观点，就是"前理解"，也有称为先理解，或先结构。这是翻译的必经过程，任何一个译者对同一文本的理解不同，一个译者在不同的历史阶段对同一译本的理解也会有所不同。从理解的过程角度看，译者的行为始终受到"前理解"的制约，即对原文理解是受限制的，在译文输出阶段最后的译更是译者创造性理解、阐释的结果。据葛浩文讲[1]，他与林丽君经常是翻译完成初稿之后，通过对照中文阅读、朗读译稿等合作校对模式来对译文进行进一步的理解与阐释，确认译者主体参与译文的合理性。西风还举例说明了"不同的理解和阐释还能导致译本生命的延续"。特别是同一部作品，当其处于不同时代、并从不同视角与眼光来审视。作为译者的读者以及大众读者都会发现，不同的诠释者，阐释也是多种多样。因此，理解与阐释共同构建了作品新生，延长了原作的寿命（afterlife），使原文作品在异域获得永恒光彩。因此译者主体性在阐释学视角下，是译者、读者、作者等翻译场域中所包含的诸多因素发生的文化阐释过程。译文必然是经过阐释后原文作品在崭新的异域"文化语境中再创造产物"。译者通过理解和阐释来接受原文作品，是通过文化语境重生来建构译作，因此译者主体性在文学翻译中起着决定作用，从阐释学意义上说，"文学翻译过程其实就是译者对原作的理解、阐释和接受的过程"（董洪川，2004：11）。刘畅（2016）从斯坦纳阐释翻译观所描述的四步翻译过程对程乃珊译《喜福会》进行分析，指出译本选择、策略确定，原作理解与阐释、语言层面再创造等方面充分论述阐释学视角对彰显译者主体性的重要作用。不论是译本分析，还是概念阐述，抑或是对阐释学在中国译介的总结与梳理，阐释学对译者主体性的研究启示较多，包括从理解阶段、文化语境、译文阐释及翻译策略选择等层面的研究。柴橚、袁洪庚（2013）等还从阐释学的视阈融合角度探讨译者主体性确立的理论基础。如伽达默尔提到的"我所说的视阈融合即使在阐释的过程中，阐释者不把自己的视阈带进来就不能阐释文本的含义"（Gadamer，1999：538）。因此，看得出来，阐释学对于翻译研究的天然益处与必然联系。任何一个译者也是一个阐释

1　2018年9月27日—29日在上海外国语大学举办的《中国现当代文学在海外的译介与接受》的国际研讨会期间，葛浩文与林丽君做客"海外名家"系列讲座谈及翻译过程的二人合作模式。

者，不代入译者本人的理解是无从阐释文本的。理解与阐释的过程是读者译者双方的视阈融合过程。视阈融合视角解释了译者主体性的必然发生及客观存在。

裘禾敏（2008：90）从后殖民主义视角，着重关注"本生成的外部制约条件以及译本对译入语文化的作用与反作用"。裘禾敏以译者主体性为切入点，着重剖析处于强势文化与弱势文化的译者如何影响译入语主流文学、主流文化与主流意识形态，将后殖民视角引入"杂合"概念，综合归化异化两种翻译策略，包容异质文化，折衷妥协，译者主体性在后殖民话语中的主观能动作用更加突出。

女性主义翻译理论颠覆了传统的翻译观，主张采取各种女性主义翻译策略对原文文本进行干预与操纵。女性主义译论重新定位了翻译场域中各个相关因素之间的关系，特别是作者与译者、翻译与意识形态、翻译与性别的关系。王静（2009）从女性主义翻译观入手，通过分析《呼啸山庄》不同性别译者的翻译策略与样例，探讨译者主体性及译者性别意识的显现。陈卫红（2014）也撰文论述女性主义翻译理论的主要观点集中表现在翻译过程中带有性别特征的译者，必然会在其作品中留下特殊的印记，彰显译者的主体性。

20世纪八九十年代，随着翻译研究"文化转向"的提出，翻译研究的视角变得更加多元。翻译的"文化转向"开始强调要重视目标语文化，译者主体性开始成为翻译研究领域的重要内容。在当时的翻译研究话语中，解构主义翻译理论开始强调译者的重要地位，跳出文本意义的禁锢，开始不再顶膜礼拜般"忠实原著"，而是强调译者主体，改变译者是"仆人"的地位；到了以功能学派翻译研究视角下时，开始呼吁"语境""动态对等""交际翻译"等要素，强调读者接受，强调译者要考虑交际目的。

进入新世纪，译者主体性研究的视角逐渐开始转向翻译生态环境、翻译的社会话语分析、翻译的认知功能与认知途径等等。迈克·克罗尼恩（Michael Cronin）以及国内的许建忠（2009）也开始关注生态翻译学，前者提出翻译生态学（ecology of translation），后者在此基础上提出"翻译是译者同其翻译生态环境相互作用的活动"。在译者主体性研究方面，生态翻译学视角研究成果最为突出的是胡庚申2004年提出的"翻译适应选择论"，并于2008年发展成为"生态翻译学（eco-translatology）"（胡庚申，

2013）。刘爱华（2011：105）在《生态翻译学之"生态环境"探析》一文中指出，生态翻译学是国内本土首创的翻译理论，将生态学理论运用到翻译研究中，提出了"翻译适应选择论""译者中心论"及"翻译生态环境"等概念，丰富了翻译理论研究，对译者主体地位的探索也进一步加深了跨学科的连接。这一理论是从译者角度出发，对翻译本质、过程、标准、原则和方法以及翻译现象等做出全新的解读。可以看出，生态翻译学视角下的翻译定义是指译者适应和译者选择的交替循环过程，十分明确地指出了译者主体地位以及译者活动的总体过程，对译者主体性研究开阔了视野，开始把译者主体性在一个过程和系统中统一考察。译者主体性理论研究上升到一个更高层次，不仅关注译者主体作用，还考察译者心理环境以及译者话语权诉求等。

段峰（2007）从认知语言学的体验认知观出发，解释文学翻译主体性的内在结构及其内涵。他指出文学翻译主体性包含译者的翻译体验和基于体验的翻译认知，认知和体验密不可分，"构成对话关系"。在文化转向较为活跃的年代，认知语言学的体验认知观对反思译者主体性提供了出路，为翻译理论与实践的关系探寻提供了新的视角，特别是"讨论翻译本体研究的回归等问题提供了一个新的视角"。可以说认知语言学为译者主体性研究打开一扇窗。朱玉敏、周淑瑾（2010）也指出认知、功能翻译视角是最近几年译者主体性研究的最新前沿视角，主张认知、功能视角不仅为译者主体性研究"提供理论支持"，而且在翻译实践中译者的选择具有"可操作性"的方法支撑，认知功能视角对译者主体性研究起到了一个理论引领以及实践操作的作用。金胜昔、林正军（2016）通过唐诗英译发现译者主体性的构建过程主要包含解构原作和建构译作时进行的两轮概念整合，从概念整合视角解释了心理空间网络的构成，包括源语作品、源语作者、译文读者以及两种社会语言文化等元素。贺爱军（2012，2015）从社会话语分析视角系统论述译者主体性的重要作用与角色，将译者主体性研究与观察放在佛经翻译和近现代西学翻译的大背景下，主要探究的是译者主体通过文本表现出来的主观能动性，也指出社会历史语境、诗学规范等方面呈现的客观受动性。

2.1.2.2 译本分析与译者主体性研究

译者主体性研究其次呈现出具体的翻译策略研究，特别是依据不同文本与体裁研究译者主体性，包括诗歌、文学作品等文学翻译，也包括广告、法律本文等非文学翻译。在文学译本研究中，魏家海（2015：56）通过对比宇文所安和许渊冲的《九歌》英译，探究了两位翻译家的阐释行为和交往行为的异同，从两位译者的比较发现异同之处，指出通过"文化自觉在经典英译的主体性阐释"，以及主体间性的交往行为对翻译理论构建的重要意义。曾利沙（2006a：5）提出的"翻译主体性应该是指翻译的主体及其体现创作中的艺术人格自觉，其核心是翻译主体的审美要求"这一论点。马海燕（2009）以《论古汉语诗词翻译的"阈限"性》探讨了译者主体性在诗歌中译者主体艺术性的发挥及其阈限。论述了许渊冲英译《无题——相见时难》的艺术创造性特征及其受限，文章指出译者必须"考虑原作者在艺术创造时所受的主题与主题倾向关联下的社会文化语境的各种制约因素，从而使译者自己的能动性发挥不超出相应的'度'"。

典籍英译的译文分析也是学者关注的一些领域，徐珺、肖海燕（2018）运用顺应论探讨译者主体性问题，她们认为《论语》英译是译者在意识形态和诗学控制下的自主性翻译改写，是译者对译入语多层次语境的选择顺应过程。经典文学英译的译者主体性研究也构成了译者主体性研究的主要内容。

唐子茜、丁建新（2017：132）从文化批评视角分析《水浒传》两个英译本中意识形态和权力关系复调，发现译作在意识形态上的异质性构成了一个多声共鸣的复调，这种复调的构成主要来源于外部的社会权力机构和内部的译者主体性力量，它们之间构成了既独立又对话的关系与机制，译者主体性既有主动性，又被诸多外部机制所限制。金洁、吴平（2016：5）针对珍·詹姆斯（Jean M. James）和葛浩文《骆驼祥子》两个译本序言做了深入细致的剖析，指出每部序言都体现明显的译者主体性特征，译者主体性的参与对推进当时历史环境下翻译作品传播大有裨益。他们的"'合法偏见'对延续、丰富作品本身的艺术生命力有不容忽视的作用"。刘月明（2015：124）从接受美学理论视角强调作为审美主体的读者在解释文本时的"生产性"能动作用以及再创造作用，这些是文学作品"潜在审美价值"得以释放与挖掘的前提，提出"译者主体的创造性及译者审美介入等问题开始受到前所未有的关注"。从巴斯奈特与勒菲弗尔 (Bassnett & Lefevere, 1990) 的关于翻译研究的"文化转向"的呼吁，开始强调译者的创造性，到勒菲弗尔的操纵派标志语言"翻译就是改写"，无一不是呼吁与强调译者身份应得到的重视。当谢天振 (1992) 开始引用文学社会学家埃斯卡皮 (Robert Escarpit) 的那句经典"翻译总是一种创造性的叛逆"来描述翻译行为与翻译活动时，更是道出了翻译的本质所在。正如刘月明所言，不论是翻译是改写，创造性的叛逆，还是"创造性修复"或是某种"介于'规则与游戏'之间的创作行为"，译者从"隐身"到"显身"的地位日渐彰显。

　　非文学翻译中译者主体性研究主要集中在法律、科技、旅游、广告等文本中。连建华 (2011) 认为译者主体性也存在并贯穿于整个法律文本翻译活动过程，并从三个方面解读了其存在原因及合理性，包括译者主体性存在于对原文本的理解、对目标语文本翻译的准确性等等。李海军、蒋晓阳 (2012) 认为科技翻译文本也有译者主体性登场的空间，因为翻译科技文本时要译者需要注意纠正原文错误、排除原文歧义现象、美化译文表达等多方因素。李莹 (2010) 认为旅游文本作为呼唤型文本具有传递信息和诱导功能，译者主体性发挥主要表现在对待译文读者期待、译语文化语境及其引起的读者消费心理等方面，因此正确发挥译者主体性能够实现旅游产品的宣传与商业目标实现等目的。李冀、马彩梅 (2010) 分析了广告翻译中译者主体性凸显的主要原因，广告翻译中由于主要功能是唤起消费者共鸣，广告翻译的读者期待显得尤为突出，译者主体性彰显的空间需求较大。

2.1.2.3 译者主体性定义、本质研究

　　除上述研究外，有些学者还借助不同研究视角与理论，论证译者主体性本质或定义内涵等概念研究，这对于译者主体性研究的本体思考与哲学反思很有价值。谢志辉 (2014) 在《哲学阐释学和阐释者的主体性》一文中以阐释学视角深入分析译者主体性的产生根源和存在土壤。按照阐释学的说法，翻译就是阐释，译者就是阐释者。这看似简单的论点充分说明了译者主体性产生的重要理论依据及必然发生的客观事实。根据阐释学观点，翻译过程中的视阈融合表现为两种语言与文化的过滤与融

合，阐释者必须面对原语文化和目的语文化的冲突与碰撞，经过主观选择与取舍生成译文，从而体现了阐释者的主体意识；阐释学对译学的解读和观照几乎是天然融合一体的，因而对于译者主体性本体研究颇具价值。阮玉慧 (2009)《论译者的主体性》指出不同翻译研究范式中译者的主体作用，发现译者能动性的发挥与受限作用研究中，出现了或是压制或是夸大的现象，出现了不理性或是反理性的失衡状态，提出译者主体性应是其能动性和受动性的矛盾统一体，彼此相互影响、相互作用。李民 (2013：77) 以历史为纲，梳理翻译发展史上译者角色伦理特性的流变，指出译者角色是不断演变的，在不同历史时期显示出屈从性、中立性、权力性。"权力性"是译者主体性彰显的突出阶段，体现了"译者话语权力自身需求"，可以说是翻译研究"权力转向"的必然结果。

张艳丰 (2007) 指出翻译主体研究应该关注译者自身主体行为，也应该探讨由于译者的认知图式与审美不同采取的翻译策略等微观问题。此外，主张随着翻译的主体性转向翻译的主体间性，必须不能忽略包括意识形态、历史背景等影响翻译行为外部机制的研究。可以看出，译者主体性研究不仅涉及译者主体，还涉及影响主体的外部机制的运行。可见，译者主体性研究既涉及本体研究，又涉及外部研究，既涉及相关外部因素研究，也涉及内在动因研究。曾春莲从心灵之镜和心灵之灯两个隐喻出发，探索译者心灵在翻译中的作用，强调优秀译作是译者心灵与原作双向互动的产物 (曾春莲，2016)。这项研究不仅借助严复《天演论》译本指出了译者主体性发挥的具体体现，还强调需从根本上探索译者主体性之源的重要性。陈波 (1998：56) 关于蒯因的"翻译的不确定性"的论述对译者主体性研究也颇有建设意义。"翻译的不确定性是一个认识论命题，它揭示的与其说是人认识的局限性，毋宁说是人在认识过程中的主动性和创造性"。人们对于这一命题的误读得以正确阐释。由于译者主体性的差异性，"本来就不存在唯一正确的翻译"这似乎与那句"翻译总是创造性叛逆"异曲同工，无一不在彰显译者主体性的存在。可以看出，"翻译的不确定性"这一论题完全不是对于人的认识局限性的陈述，而恰恰是对于人在认识过程中的主动性和创造性的揭示。而徐艳利 (2013：81) 认为"翻译的不确定性"论题中所强调的译者主体性，"并不是真正的主体性，而是一种主观任意性"，提出了对译者主体性反思的必要性。

译界对于翻译主体性还是翻译主观性的提法也存在论争。程平（2011：100）不回避主观性这一提法，撰文《论翻译的主观性》探讨其合理性，认为有必要研究翻译的主观性，而没有必要对"'主观性'一词讳莫如深而以'主体性'蔽之"，认为翻译的主观性主要是借助译者主体意识选择性、情感性、创造性表现出来的。查明建、田雨（2003：19）开始涉及译者主体性本体问题的研究，探讨译者主体性研究的内涵及表现，建议将"内部研究"与其他和译者研究相关的"外部研究"相结合，共同开展译者主体性研究。译者主体性研究的意义具有跨学科性质，不仅"对翻译本身研究，对中外文学关系研究和翻译文学研究，都具有重要意义"。

论及译者主体性研究的具体表现，于洁等（2013：110）撰文从译者的主观目的及实际翻译效果出发，论述主体性发挥的三种情况，一是在整体鉴赏性的全面忠实之译中的最佳发挥；二是在获取信息性的欠忠实之译中的较随意发挥；三是借题发挥式的叛逆之译中的特殊发挥，并指出翻译效果依次降低。

胡庚申（2004）在目前学界对译者主体性研究的基础上，提出"以译者为中心"的翻译观。这一研究延展了译者主体性研究的广度，从"三元"关系、诸"者"关系、译者功能、译品差异、意义构建、适应选择、翻译实践等不同角度加以论述，为译者主体性研究的系统化梳理找到归属。廖晶、朱献珑（2005）分别从西方翻译史、中国翻译史的角度考察译者身份变迁的过程，发现译者主体性的发展经历了一个由"蒙蔽到彰显"的过程。译者地位的变化也是译者主体性不断凸显、确立以及被重视的发展过程。如潘文国（2002：18）所说，译者地位历经了"从低于原作者到被认为是翻译活动中起决定作用的一系列转变"的过程，译者的主体性地位不断被呼吁应该受到重视。周红民、程敏（2012）撰文《译者的隐身》深入探讨译者隐身产生的社会及历史原因，实则也是为译者身份正名，为译者价值辩护。单宇、范武邱（2017）认为译者身份与译者伦理存在互证关系，译者身份、译者主体性是作为译者伦理的外在表象存在的。涉及文本、翻译策略等翻译活动具体内容是译者伦理的内部构成及内在理据。从译者伦理视角挖掘译者身份或译者主体性研究强调了译者身份的社会特征以及跨文化特征。

可以看出，从2002年开始以后的一段时间里译者主体性研究引发了学者们的充分讨论，特别是针对谁是主体，主体间性，对于译者主体性的哲学反思等都成为热点研究话题。2003年以来，《中国翻译》上刊登了诸多学者关于译者主体性的思考。许钧（2003：1）认为"所谓译者主体意识，指的是译者在翻译过程中体现的一种自觉的人格意识及其在翻译过程中的一种创造意识。这种主体意识的存在与否，强与弱，直接影响着整个翻译过程，并影响着翻译的最终结果，即译文的价值"。而对于翻译主体性，许钧也给出了明确的阐述："翻译的主体及其体现在译作中的艺术人格自觉，其核心是翻译主体的审美要求和审美创造力。"查明建、田雨（2003：20）针对这一论题也指出："译者主体性是指作为翻译主体的译者在尊重翻译对象的前提下，为实现翻译目的而在翻译活动中表现出来的主观能动性，其基本特征是翻译主体自觉的文化意识、人文品格和文化、审美创造。"屠国元、朱献珑（2003：8）"把译者作为中心主体，而把原作者和读者作为影响制约中心主体的边缘主体"。他认为译者主体性是指"译者在受到边缘主体或外部环境及自身视阈的影响制约下，为满足译入语文化需要在翻译活动中表现出的一种主观能动性，它具有自主性、能动性、目的性、创造性等特点。从中体现出一种艺术人格自觉和文化、审美创造力"。陈大亮（2004）认为译者是唯一的翻译主体，同时不否定主体间性的存在，指出作为翻译主体的译者、创作主体的作者、接受主体的读者之间是存在主体间性的，任何作者中心论、文本中心论、译者中心论都是一种片面的自我中心主义的表现，因此没有主体间性的译者主体性研究是不全面的。仲伟合、周静（2006：42）则从译者主体性的受动性特点出发，认为译者主体性是要受到一定制约的，因而重点讨论在译者主体性的制约因素，这些制约因素可以具体到"译者的文化结构、译者的双语文化能力、原作者以及文本选择对译者的影响、译者的诠释空间、译文接受者等等"。

译者主体性本质研究在阐释学视角下的解释更强调对话，和谐等互动关系。朱献珑、屠国元（2009：14）认为阐释学中的对话模式揭示了文学翻译的本质：译者与原作的平等对话，和谐交往，二者是"生命伙伴"的关系。这样的提法有助于译者主体性的动态研究，因此可以说阐释学解释更适合于主体间性的描述；在阐释学派看来，"翻译的过程就是原作与译者的视阈相遇、交流、碰撞，最终实现视阈融合的过程"。阐释学派的翻译强调对话与创造性，认为翻译不是单纯的转换，而是解释过程，因而必须"融入译者主观审美和历史情境"。因此译者参与到翻译过程中必然会成为一个有自主意识的主体。阐释学派对译者主体性研究的解释力，也是本研究在构建研究视角的有力借鉴。

关乎译者主体能动作用的发挥，有的学者认为是受外界影响，有的是受历史时代影响。孙利 (2011) 认为译者必须全方位的开放认知系统，必须使认知系统远离平衡态，译者系统的思维模式必须是非线性的。王正良、马琰 (2010) 认为译者主体性是指译者受时代背景影响，译者需要在理解原作基础上，在与译入语的主流意识形态、诗学、文化特点博弈的过程中建构的复合特性，其外化表现形式为译者风格。可见，译者主体性不会孤立存在，是在一个系统中凸显的、外化的表现形式，不可能脱离相关因素而孤立存在。柳晓辉 (2010: 122) 指出，"理想的译者应该根据翻译活动目的，结合自己对目的语和读者需求的理解去制定自己的翻译策略"，也就是说译者要兼顾目的语需求和读者需求，必须加入自己的理解，利用自己的知识，发挥自己的能动性。李庆明、刘婷婷 (2011) 从伦理的视角审视译者的主体性，探讨文学翻译过程中译者主体性的伦理观照及其影响，包括译者的翻译动机、译者对原语文本的选择以及译者对翻译策略的运用等。

2.1.2.4 翻译主体之间的交互关系研究

翻译主体的交互关系，也称作主体间性，是指翻译活动中各主体之间的交互关系。罗丹 (2009: 57) 认为使用"翻译中的交互主体性"这一术语更为恰当，因为该术语中包含了主体性这个本质概念本身，也强调了交互关系这层含义。罗丹还指出主体之间的平等对话十分重要，凸显个体的主体性是不可取的，应该予以消解，达到促使翻译活动中每个平等个体的交互行为的实现，实现他们在平等对话关系中的交互主体性。因此平等性特征是翻译主体之间第一位特征，依次还有差异性、平衡性以及整体性特征等。主体间性的理论对于翻译研究是具有阐释价值的，而复译作为一种比较特殊的翻译活动，更是由于各主体之间交互的结果。李明 (2006: 66) 认为不同时代的译者，受其所在的社会背景影响，比如

"政治、经济、文化、意识形态、诗学等对他本人所产生的影响"，毫无疑问会凸显个人意志，打上时代烙印；不同时代的读者期待、读者群体气质和意识都会不同，他们"会有完全不同的阅读趣味和期待视野"。因此翻译时不但要考虑译者本身的时代性、历史性，还要考虑读者群体，以及译者读者交互关系的时代特征。常晖、黄振定（2011：113）通过分析译者本人角色，肯定译者具有"与原作者同等的自主能动性"的同时，指出译者与原文的相互关系更为复杂并具多重性，需要更多的能动性、因而成为"'绝对'的主体性"。正是由于翻译活动中主体间性的存在，从而更加突出了译者主体性地位的彰显。

陈大亮（2005：3）认为作者中心论、文本中心论、译者中心论都有着各自的缺陷或问题，提出上述三种翻译范式反映了主体性研究所陷入的困境，主张翻译研究呼唤主体间的出场，"建立平等对话的主体间性关系，来建立翻译的伦理学，规范翻译的不平等现象"。而后刘小刚在2006年第5期《外语研究》中提出了与陈大亮商榷的文章"翻译研究真的要进行主体间性转向了吗"？陈大亮在2007年第2期就以"翻译主体间性转向的再思考"为题答复了刘小刚。关于翻译主体间性的研究成为学界的热点话题，陈大亮就主体间性和主体性的关系、对主体间性的理解、对主体性已是黄昏的解读以及规范其与主体间性的关系等问题与刘小刚一一做了交流商榷。可以看出，当时主体间性的研究还没有形成共识，但是已经成为翻译界研究的共同关注话题。尹富林（2007）、王湘玲、蒋坚松（2008）和王凤兰（2010）都强调了翻译主体性研究可能带来的片面性，并提倡走向主体间性的研究，其中尹富林还强调概念整合模式下的主体间性研究，共同达到和谐的主体间性目的。胡少红（2014：108）以主体间性哲学概念入手，"尝试探讨原文与译文之间的互主体性关系"，从而反思译者选择行为及其主体作用的体现。包通法、陈洁（2012）选取刘禹锡诗歌《浪淘沙词·九首之六》，用主体间性视角分析刘氏诗行在用字方面的特征，发现许渊冲英译本所表现的各主体间和谐之间性，发现主体间性对于汉诗英译的重要性。诗歌英译的主体间性的和谐共生以及主体间性的行为构建对解释译者主体性运作模式和生成机制大有益处。可以说，翻译主体间性研究从提出到论战，从开始到高潮，始终没有离开对译者主体性研究的反思，译者主体性研究离不开主体间性的讨论与参与，这也证明了译者主体性研究离不开译者与相关因素的互动研究。

2.2 翻译创造性研究

　　翻译具有创造性，这似乎是翻译研究中较为熟知的表述。然而，通过文献研究发现关于翻译创造性的研究却并不系统。本研究首先通过可视化分析，总结研究现状以及特征表现，同时综述这一研究的主要研究成果与不足。

2.2.1 翻译创造性研究可视化分析

　　以"翻译创造性"为主题词输入中国知网进行检索，发现558条检索结果（图2-7）。从20世纪50年代到2000年的50年里，关于"翻译创造性"都有零星的研究。2000年开始有明显增加，2004年后研究力度又进一步加大，2010年期间达到最高值，大约48篇。2016年有个突减后，2017年又有所回升。总体看，2005—2018年间总体保持一定数量的发表，大致在30—40篇左右。

　　从关键词共现网络可以看出，创造性与翻译、文学、译者、创造性翻译等相关因素最为凸显，其次居于凸显地位的如忠实、解构主义、文化、主体性、诗歌翻译、译者主体性等。由此看出，翻译创造性的研究仍然与译者主体性研究紧密相关，还具体涉及了一些叛逆、忠实、创造等翻译实质与标准研究的核心要义，研究视角主要体现在目的论、解构主义、接受美学等，涉及的翻译文体主要有诗歌翻译、法律翻译等。

2.2.2 翻译创造性研究述评

　　以"翻译创造性"为主题检索CSSCI期刊发表数量只有55篇，时间跨度却从2005年到2016历经大约10年，可见研究未呈现系统性。就这些研究而言，也各有侧重，研究问题也不够集中。总体看，并不是针对翻译创造性本身开展的系统研究。黄振定（2005）的《解构主义的翻译创造性与主体性》主要指出翻译的主体性与创造性的研究可以从解构主义获得启

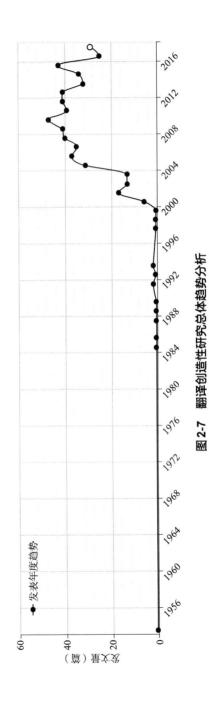

图 2-7 翻译创造性研究总体趋势分析

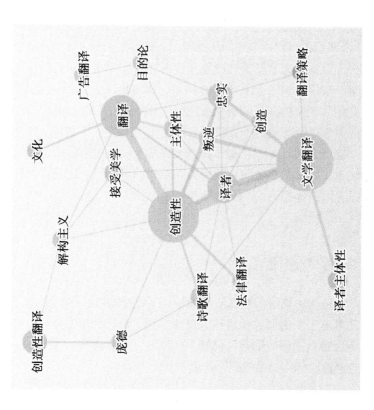

图 2-8 翻译创造性关键词共现网络

示。解构主义的核心要义是"破坏""经灭",这一提法揭示了翻译的创造性并非主观任意的"超越"。这篇文章也指出既不能否认译者主体性作用,但也要看到译者主体性无"规律性"可寻;杨义(2008)的《文学翻译与百年中国精神谱系》主要是对"翻译"的本质进行了全面的解读,对翻译的文化姿态、社会功能、选择标准的演进和变迁进行了历史性考察,该文重点介绍了文学翻译对百年来中国文化精神谱系的渗入与更新;封宗颖(2014)指出创造性叛逆发生的必然性,同时强调译者主体性受到原文、原语及目的语和文化语境等多个因素制约与限制;谭业升(2012)《认知翻译学探索:创造性翻译的认知路径与认知制约》一书主要以认知科学为视野,以认知语言学为理论视角,展开对翻译的认知过程与认知策略的探索。秦恺(2017)就此部著作述评,指出翻译是一个再创造的过程,着重介绍了创造性翻译的认知路径与认知制约;贺莺(2016)在《高阶思维取向的翻译问题解决机制研究》一文中指出界定高阶思维、翻译决策性思维、翻译创造性思维、翻译批判性思维等核心概念,探讨翻译问题的解决机制。这些代表性研究均提及了翻译的创造性,但没有具体梳理其含义以及内涵特征。

2.3 创造性叛逆研究

从文学社会学术语进入翻译研究领域,"创造性叛逆"一直处于一个备受关注的状态,既有研究推进也有概念误读。通过可视化分析,本节试图总结创造性叛逆研究的热点问题,并以此进一步分析、厘清与创造性叛逆研究直接或间接相关的概念或术语。

2.3.1 创造性叛逆可视化分析

本节以"创造性叛逆"为主题词在中国知网搜索获得800个检索结果。从总体分布趋势图中可以看出,从20世纪80年代到2000年的将近20年间,基本处于一个较为平静的研究阶段;从2000年到2008年间,连年上升,2008年全年论文发表高达60篇,从2008到2018年间,基本保持每年50—70篇论文发表总量。与翻译创造性作为主题词检索结果对比,二者均从2000年开始逐渐成为翻译研究主流并且达到高峰，可以推断这期间翻译的创造性和创造性叛逆研究均得到了较大关注。

从网络共现关系图可以看出创造性叛逆研究中的焦点词汇包括文学翻译、主体性、创造性、译者主体性、译者、忠实、叛逆等。可以看出，创造性叛逆研究针对的文体主要集中在文学翻译，包含诗歌翻译，也会涉及译者主体性、创造性等概念。创造性叛逆研究也涉及翻译标准问题，属于翻译实质问题研究范畴。此外，译介学研究也是创造性叛逆研究的一个新兴的关注领域。

2.3.2 创造性叛逆研究述评

"创造性叛逆"最早源于法国著名文论家埃斯卡皮，他在《文学社会学》（*Sociology of Literature*）一书中指出："说翻译是叛逆，那是因为它把作品置于一个完全没有预料到的参照体系里（指语言），说翻译是创造性的，那是因为它赋予作品一个崭新的面貌，使之能与更广泛的读者进行一次崭新的文学交流；还因为它不仅延长作品的生命，而且又赋予它第二次生命。"（埃斯卡皮著、于沛译，1987：137）谢天振在1992年第1期《外国语》上撰文《论文学翻译的创造性叛逆》，第一次在国内译学领域引入这一概念，开始了译学领域创造性叛逆研究的先河。许钧（2003：8）称"谢天振是国内最早注意到翻译的'创造性叛逆'这一特征的学者"。许钧又结合这一概念的提出针对文学翻译的活动过程、接受与传播问题对"创造性叛逆"这一概念进行了深入的研究。王向远（2008：53）后来撰文评价谢天振在20世纪80年代以来译学领域做出的突出贡献，不仅指出其在翻译理论、译介学、比较文学领域做出的突出贡献，还指出谢天振"深入论述了文学翻译中'创造性叛逆'的现象，并把翻译家的'创造性叛逆'看作是文学翻译的一种规律性特征"。

可以说，译学领域的创造性叛逆研究开始引发了学界关注，而且热度不减。从"创造性叛逆"研究计量可视化分析的总体趋势分析图（图2-9）可以看出，1992年谢天振介绍"创造性叛逆"这一术语到翻译研究领域，随后有一个微小的凸起。直到1999年，这期间保持相对静止的研究状态。随后，从谢天振1999年在上海外语教育出版社出版《译介学》后，持续到2009年的10年里，创造性叛逆研究一直呈直线上升态势，直到今

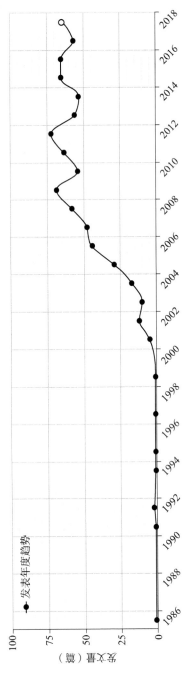

图 2-9 创造性叛逆总体趋势分析

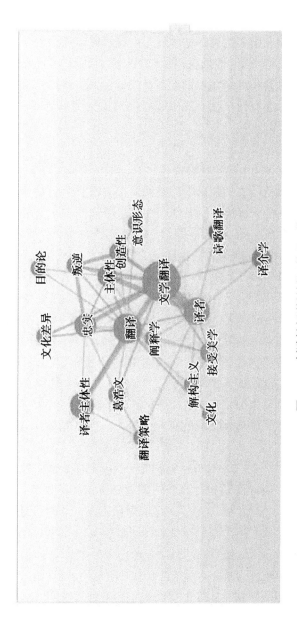

图2-10　创造性叛逆关键词共现网络

天仍保持研究热度的恒温。可以说《译介学》一书的出版为创造性叛逆研究的开端以至于达到高潮起到了开拓作用。之后20年间的研究与讨论均十分热烈,有直击创造性叛逆本质与内涵研究,有论战对话商榷研讨的形式,也存在对"创造性叛逆"明显的误解、误读。本研究结合计量可视化分析检索结果及网络共现词汇图谱的显示,整理相关文献并进行具体归类,发现主要有两个核心热点领域:(1)创造性叛逆的内涵及其误读,(2)忠实与叛逆之争。

2.3.2.1 创造性叛逆内涵及其误读

创造性叛逆是文学翻译中的必然发生。埃斯卡皮(1987)在《文学社会学》一书中做了阐释,指出创造性能叛逆发生在某个作品完全置身于"另外一个参照体系"中,他强调了在不同语言中创造性叛逆发生的必然,谢天振(1992)就这一话题进行了引申研究,认为仅停留在语言层面进行创造性叛逆研究是远远不够的,而是应该从多个相关体系中考察,因此提出了从媒介者、接受者、接受环境三个方面考察创造性叛逆。这不但扩宽了其内涵研究,也把影响创造性叛逆发生的相关因素加以界定。同时,也促使翻译研究的视角由内向外扩展,这与西方译学翻译文化转向研究这一趋势也是一致的,在国内引发了诸多关注与讨论。许钧2003年第1期《中国翻译》上撰文"'创造性叛逆'和翻译主体性的确立",对于创造性叛逆研究来说,这是自《译介学》这本著作出版之后的又一高潮。该文不仅肯定了创造性叛逆的研究价值,同时也进一步挖掘了该术语的内涵,指出"'创造性'一词对'叛逆'的本质限定,换言之,其价值主要在于'创造性'"(许钧,2003:9)。鉴于当时翻译的创造性还没有理论上的统一认识,因此许钧也提出一个需要译界关注的现象,"有的译者以'创造'为名,行'背叛'之实"。这似乎显示出,许钧看到也预料到了创造性叛逆的误读发生。对创造性内涵研究颇具系统性的是刘小刚(2006:ii)的博士论文《创造性叛逆:概念、理论与历史描述》,该文系统梳理了创造性叛逆的概念、理论的合法性以及方法论等,作者指出"创造性叛逆的研究如果不延伸到主体性的探索就不会对创造性叛逆的发生、形态与价值有深入的了解"。随后十多年时间里,随着创造性叛逆研究越来越多,关于出现的一些误读、误解以及关于其实质内涵等问题,谢天振直接指出，"'创造性叛逆'并不是一个用来指导如何进行翻译的方法和手段……任何一个严肃、认真、理智的学者和翻译家都应该看到，'创造性叛逆'这一说法深刻地揭示了翻译行为和翻译活动的本质"（谢天振，2012：33）。综上，可以看出，创造性叛逆是文学翻译的本质所在，是任何翻译行为或翻译活动中必然出现的一种现象；创造性叛逆并不是翻译理论，也不是翻译策略，而是翻译活动的必然发生的客观现象；"创造性叛逆"在翻译研究中的价值在于其"创造性"，并且应该成为译者主体性研究的重要内容。

2.3.2.2 忠实与叛逆之争

在创造性叛逆研究中，忠实与叛逆成为最有争议的两个概念。忠实派维护传统译学标准，认为"信、达、雅"始终是任何翻译活动需要遵循的标准。而信，即忠实，则被认为是最首要的翻译标准；叛逆派认为不可能存在绝对忠实，甚至叛逆也是为了更好的忠实，叛逆要有度等等。很多学者就此发表讨论，进行对话，历经多轮商榷。倪梁康（2004：90）在《译者的尴尬》中指出，读罢许钧《翻译论》道出译者尴尬境界。曾直言"我买昆德拉的《不能承受的生命之轻》，并不是为了读许钧"，表示在读翻译作品之时也是希望看到原著本身。作为译者的许钧自己也表示在翻译时设立了"更接近原著"的翻译要求。那么作为翻译家的许钧如果接受"翻译是背叛"这一说法，倪良康认为许钧就会面临作为叛逆派的理论家与作为忠实派的实践翻译家的尴尬境地。倪梁康的感慨是"许多在我看来属于忠实论阵营的翻译实践者和翻译理论家，的确都或多或少在理论上认同并转向背叛论"（倪梁康，2004）。祖志（2007：58）撰文回应这一担忧，他对"译者对原作者的思想究竟应当抱忠实的态度，还是应当持背叛的立场"这一理论问题的思考，足见倪梁康先生对"叛逆"二字甚为敏感；很直接地回应倪良康眼中的"创造性叛逆"即是"背叛"，构成了"忠实"的对立面。可以看出，讨论极为直接。董明在专著《翻译：创造性叛逆》一书中指出，创造性叛逆和忠实只不过是程度之分，他们构成了从逐字翻译到叛逆和忠实之间的连续体状态，都属于翻译的范畴（董明，2006）。董明认为忠实与叛逆并不是非此即彼，二元对立，而是动态的连续体中的不同表现，创造性叛逆与忠实互相依存、和谐统一。因此，胡东平、魏娟提出"创造性叛逆"其实名不副实，它是"表层上的伪叛逆，深层次的真忠实"，译者发挥主观能动性，"使译文发生创造性叛逆，实现对原作的深度忠实"，并提出深度忠实是为"忠实作者、译者、读者，忠实于翻译文化交流和传播，忠实于翻译自身发展的目的"（胡东平、魏娟，2018：82）。吴雨泽（2013：123）从创造性叛逆的定义细读开始，发现谢天振关于创造性叛逆的定义范围与埃斯卡皮最初定义范围有所不同，谢天振"主要将创造性叛逆运用于文学翻译方面，并重点突出了译者在翻译过程中的主体性及操纵作用"。

综上，忠实与叛逆的争论主要历经了从最初的二元对立，到连续体中的相关两个方面，以及到问题的表层现象（伪叛逆）与内涵本质（深忠实）之争，以及必须顾及创造性叛逆应处于这一和谐的有机体。借用谢天振（2012：33）阐述，"创造性叛逆"这一说法还是对千百年来人们一直深信不疑的传统译学理念的一种纠正和补充。翻译总是一种创造性叛逆实际就是揭示"创造性叛逆"这一事实的客观存在，认定"翻译总是一种创造性叛逆"，也就是认定了译文与原文之间永远不可抹去的差异存在。也就是说，但凡翻译活动，创造性叛逆是发生在翻译活动中的客观现象，同时也明确了翻译活动的实质所在。

严格上讲，这种意义上的"叛逆"和"忠实"不是一对概念，这种创造性叛逆的提法引导研究者把目光指向了"翻译的现实"，这里讲的更多的是对翻译的本质与现象的思考与表述，这种现象是客观存在的；而"忠实"是人们向往的翻译境界或是需要努力达到的翻译标准。它们不是一对概念，但是它们都处于一个和谐的统一体中。忠实，可以说是翻译的一种向内关注，叛逆是一种外显反应。因此谢天振（2012：35）在翻译中谈及的创造性叛逆是"关注翻译在译入语语境中的地位、传播、作用、影响、意义等问题"。因此这些关于创造性叛逆的探讨对翻译文学的性质及其地位归属等问题提供了坚实的理论依据，而不是为翻译策略或翻译标准提供方法指导。

2.3.3 创造性叛逆研究误区与批判

上文论述过"翻译总是一种创造性叛逆"这个命题从引入译界开始引起了极大关注，同时也引发了一些争议，甚至是批判。本节综述这些批判性的观点，这其中分为属于误读的一类，即肯定创造性叛逆但有明显的误读在其中，还可以分为属于批判的一类，即否定创造性叛逆这一提法。

误读是读者对一段文字或作品的个人主观理解。谢天振（2012：33）引用埃斯卡皮的话指出这种误读存在的原因或可能性，因为有些时候"读者在作品中能够找到想找的东西，但这种东西并非作者原本急切想写进去的，或者也许他根本就没有想到过"。的确如此，在中国知网查阅到的论文中，有很多论文是把创造性叛逆当作一种策略、手段、方法，所以有"科技翻译中的创造性叛逆作为一种手段可以再现原文的最佳关联，是为了达到对原文更高层次的忠实"这样的说法（袁红艳，2006：7）。也正是因为将其当作一种翻译手段，因此会继续谈及"创造性叛逆存在一个'度'的问题；尤其是以传播信息客观准确为要旨的科技翻译，创造性叛逆更应适可而止，否则便极易走向'忠实'的对立面"。看得出来这里边的论述基础就是把创造性叛逆当成了一种翻译策略与手段，类似的表述还有"创造性叛逆在文化翻译中主要表现为归化。归化，简言之即译文向译语读者靠拢，以译语文化取代源语文化，这无疑是一种对源语文化的'不忠'与'叛逆'"（李翔一，2007）。谢天振（2012：34）总结性地把这些误读总体概括为："错误地把这个说法简单地理解为一种翻译方法或手段，并牵强地把这个说法纳入某些理论框架中去。所以他们接过'创造性叛逆'这个说法后，会热衷于探讨'什么样的创造性叛逆是好的创造性叛逆''什么样的创造性叛逆是不好的创造性叛逆'，以及'该如何把握创造性叛逆的度'等明显背离这个说法的本意、并误入歧途的一些问题。"可见，"创造性叛逆"提出后的一段时间里确实引发了一定程度的误读。也有研究者肯定这一说法，但也提出了一些质疑，如"法国文学翻译家许钧一方面充分肯定'创造性叛逆'的研究价值，但另一方面又提出几个问题质疑"（谢天振，2012：34），比如，"一味追求创造而有意偏离原作，岂不违背了翻译的根本目标？"或"过于强调主体性是否会造成原作意义的无限'撒播'而导致理解与阐释两个方面的极端对立，构成对原作的实质性背离呢？"（许钧，2003：8）。

还有些争议性的批判显然要超过以上这些"误读"，因为以上的误读是接受了创造性叛逆这个说法并且继续说下去的论述，只不过在理解与解释的过程中出现了对"创造性叛逆"质疑而提出的某些具体问题，这也真实侧面回应了"翻译总是一种创造性叛逆"这句话的本质意义。

论战过程中较为激烈的是江枫曾批判的"这种理论的特点是脱离中国翻译实际，鼓吹一种病态的审美观，声称翻译可以脱离原作、误译、误读，甚至更有利于传播与接受，从而在客观上助长，甚至是教唆质量的下降"（谢天振，2012：37）。谢天振也针对上述诸多误读、质疑、批判等回应说"任何一个严肃、认真、理智的学者和翻译家都应该看到，'创造性叛逆'这一说法深刻地揭示了翻译行为和翻译活动的本质"。综上，文献研究表明，创造性叛逆可以说是对翻译活动与翻译行为的本质描述，是对翻译活动本身的客观表现的描述。创造性叛逆并不是一种翻译方法，因此不存在"度"的讨论；创造性叛逆也不是翻译标准，因此不会和"忠实"是一对概念。从而可以推断的是，叛逆与忠实之争并不是一个科学的比对；创造性叛逆是一种文学翻译的必然发生，是文学翻译的本质表现，是文学翻译的客观实在，因此创造性叛逆与翻译方法无关，与翻译标准无关，它是对翻译行为或活动的本质反映的描述。

2.4 问题的提出

本节回顾了国内外文献研究中关于译者主体性、翻译创造性、创造性叛逆这三个相互关联的概念或视角。译者主体性研究较具有系统性，但目前看多属于静态研究，表现为哲学意义解读的宏观研究，或是译本研究中翻译策略手段的微观研究；翻译创造性研究还没有形成系统性，但是很显然学界已经开始认识到翻译具有创造性这一特征，文献研究显示它多与译者主体性、创造性叛逆这些研究有关；创造性叛逆是一种翻译活动本质的揭示，是一种客观事实。谢天振引入学界时更多的是为其译介学理论创建打下基础，并不是作为一种理论来引导翻译实践的。

通过回顾译者主体性、翻译创造性、创造性叛逆这三个相关的基本概念及其研究领域，以及相关的质疑与反思，可以看到译者主体性研究不仅涉及了其概念本质、哲学内涵，也有具体的译本策略研究；翻译的创造性与创造性叛逆相比，还没有形成规模，显得较为薄弱。创造性叛逆引起较多关注，包括对这一概念的误读，或偏颇或质疑，论述也并不系统。而且这三者概念彼此交错，盘根错节，有时也缠绕不清。本研究提出译者主体创造性这一说法，首先肯定译者主体的重要作用，肯定译者主体地位。译者主体创造性的提法是突破原有的静态研究，开始探讨译者主体创造性这一内涵以及特征的动态研究，这是把译者主体置身于翻译过程的研究；同时本研究肯定"翻译总是一种创造性叛逆"这一说法，承认它作为翻译活动的本质以及客观存在，但是不拘泥于这种对客观存在的静态描述。而是基于此，通过译作导向的描述性研究方法重点追溯译者主体创造性的动态实现过程。译者主体创造性的核心要义是，译者作为主体，是创造性这一特征的动作发出者，译者主体的核心任务就是其创造性。本研究试图论证译者主体创造性这一提法的合理性，以及译者主体创造性在文学翻译过程中是如何实现的。以上即是本研究的核心问题。

　　根据删因意义的不确定性观点，相比科技文本、法律文本等非文学文本而言，文学文本中意义的不确定性最高，译者的主体性显示最强。译者可以最大限度地发挥自己的主体性作用，而不用过多地受到原作的限制。文学翻译是再创造，因此选择文学翻译文本作为译者主体创造性研究的语料来源是符合客观现实的。因此，本研究所指的译者主体创造性研究是基于文学翻译文本为语料的译作导向的描述性翻译研究。

第三章
理论基础

    本章是构建文化认知这一视角的理论基础，拟从认知语言学、文化阐释学、文化翻译及认知翻译等研究成果出发，厘清基本概念，梳理研究现状，为构建文化认知视角提供充实理论基础，从而进一步证明提出文化认知这一理据的合理性。

3.1 从认知语言学研究出发

    从19世纪末到20世纪50年代初的半个世纪里，语言学研究主要是以结构主义语言学为主。到了50年代中期乔姆斯基提出转换生成语法，这场语言学革命重新定义了语言学，并开始转向解释性特征，之后的大约20年大多是以乔姆斯基语言学派为主要研究范式。乔姆斯基转换生成语言学派的哲学基础是笛卡儿的天赋论与二元论以及形式主义（王寅，2007）。乔氏天赋论认为语言和句法都是自制的，属于心智主义哲学观。直到20世纪70年代初，兰姆（Lamb，1998）正式使用"认知语言学"（Cognitive Linguistics）这一术语。从20世纪70年代末期开始的大约30年里，认知语言学一直是西方语言学研究的主要焦点。从国际认知语言学大会于1989年在德国召开第一届开始，至2018年底为止已经召开了14届，在20世纪八九十年代涌现了一批认知学派的主要代表人物，其代表论著有《我们赖以生存的隐喻》（*Metaphors We Live By*，Lakoff & Johnson，1980）、《认知语法基础》（*Foundations of Cognitive Grammar*，Langacker，1987）、《心智中的身体：意义、想象和推理的身体基础》（*The Body in the Mind: The Bodily Basis of Meaning, and Imagination and Reason*，Johnson，

1987)、《语言范畴化：语言学理论中的原型》(*Linguistic Categorization: Prototypes in Linguistic Theory Taylor*，1989)、《认知语言学导论》(*An Introduction to Cognitive Linguistics*，Ungerer & Schmid，1996)、《基于身体的哲学——体验性心智以及对西方思想的挑战》(*Philosophy in the Flesh—The Embodied Mind and Its Challenge to Western Thought*，Lakoff & Johnson，1999)。

上述认知语言学派的代表人物及其经典论著，带动了世界范围内认知语言学的研究热潮。从 20 世纪 90 年代开始以来的 30 年里，中国的认知语言学研究也开始盛行起来，并逐渐成为语言学研究的主流。国内第一篇认知语言学研究的论文《也谈形式主义与功能主义》，由中国社会科学院语言所廖秋忠 (1991) 发表在《国外语言学》，该文章主要梳理了国外认知语言学论著的主要观点。可以看出，当时对认知语言学的主要认识也可以将其涵盖在功能主义的阵营里。1994 年，清华大学袁毓林《关于认知语言学的理论思考》一文正式提出了认知语言学的基本理论以及研究路线，可以说正式开启了认知语言学研究的篇章。后来杨忠和张绍杰 (1998)、王寅 (1998) 等分别撰文促进了这一发展进程。杨忠和张绍杰 (1998) 尝试从语义关系和认知层次两个视角评价分析类典型论的理论价值，因为他们已经认识到"类典型性"这一概念的提出会帮助语言学家们解决在传统语义范畴观视阈下无法解决的逻辑难题，他们已经清楚地认识到认知语言学是解决传统语言研究困境的一把钥匙。王寅的观点又进一步把眼光聚焦到认知语言学的基本信念，即人类认识语言的一个重要模式就是"现实—认知—语言"的认识模式。人们的认识是一个从现实—认知，再从认知—语言的两次反映过程。王寅 (1998) 在这样一个认识模式的基础上，应用到常见的翻译活动中，发现对于基本相同的现实形成了大致相似的认知，大致相似的认知是不同语言间可译性的基础。也就是说，认知语言学对翻译的可译性赋予了极强的解释力，这也是王寅日后认知翻译观乃至认知翻译学形成的一次初步尝试与探索。

3.1.1 认知语言学的哲学基础阐释

认知语言学具有强大的生命力和解释力，那么认知语言学的哲学基础是什么呢？为什么认知语言学从 20 世纪 70 年代开始出现到之后的 50 年仍然长盛不衰，并且大有蔓延之势力，盛行之趋势？本节将阐释认知语言学的哲学基础。

语言学研究主要经历了传统语文学、历史比较语言学、结构主义语言学、系统功能主义语言学、转换生成语言学、认知语言学等。王寅（2007）关于这些语言学理论及其主要学科影响梳理图表如下：

表3-1　语言学派理论与其哲学基础对比

序号 项目	历史时期	语言学理论	学科或理论基础
1	公元前4世纪至公元19世纪	传统语文学	传统哲学、文化观、经验论、唯理论
2	19世纪	历史比较语言学	经验论（实证主义）、达尔文进化论、机械物理论
3	20世纪初至60年代以后	结构主义语言学	分析兼理性、行为主义、物理/化学分析方法
4	20世纪50/60年代以后	系统功能语言学	社会学、行为主义
5	1957年以后	转换生成语言学	混合哲学（笛卡儿哲学＋形式主义）、心智主义
6	20世纪70年代以后	认知语言学	体验哲学、心智—建构主义

——摘自王寅《认知语言学》认知语言学与其他语言学派对比图表
（有删减）

体验哲学与心智主义的建构主义哲学观构成了认知语言学的哲学基础。在Lakoff & Johnson（1999）合著的《体验哲学》一书中，把体验哲学的三原则即心智的体验性、认知的无意识性、思维的隐喻性讲述得非常清晰：

一是心智的体验性。人类的"心智"概念不是形成于真空，而是对外部客观世界的反应；"心智"不是天生的，而是来源于感知经验；这种思维的"体认"性特征就是把人类自己的身体和经验去观察体验衡量世界，没有思维与认知，就没有语言，也就无从反映这个现实世界。王寅（2014）又进一步提出了"体认语言学"。关于语言成因，这十几年的研究一直以体验哲学为基础，并将其归结为"互动体验"（Interactive Embodiment）和"认知加工"（Cognitive Processing）的结果，因此提出Embodied-Cognitive Linguistics这一说法。汉语中也有体认二字，意为"体察认识"，因此从名称上，这也可以被认为是祖先智慧的先见之明。"互动体验"可谓"体"，

"认知加工"可谓"认"，充分体现语言来自人们的"生活实践"；又能反映出语言出自"心智运作"。因此体认语言学更加明确了这一哲学基础的内涵，强调了后现代哲学的"体验人本观"[1]。

二是认识的无意识性。这种说法无疑是对英美分析哲学的挑战，因为分析哲学认为思维都是有意识的，而且通常思想先于经验；认知语言学对此批评十分直接，认为一切源于人类的体验与感知，不仅仅是对理性的认识，还是情感的认识，只要是属于认知的范畴，就离不开体验与感知，因为认识无处不在，是无意识的；这些思想与中国早期哲学认识异曲同工。王寅（2007）指出，我们祖先早就意识到隐喻与思维的关系也正好说明了这一点。加拿大英属哥伦比亚大学亚洲研究中心森舸澜教授（Edward Slingerland）认为，先秦哲学家老子的无为思想，就是一种不用力或非自我意识，包括像"顺""从"等这样的隐喻系统都可以与"无为"联系在一起（Slingerland，2003b）。

三是思维的隐喻性。传统英美分析哲学对隐喻的基本观点受亚里士多德的影响，认为隐喻就是"适合于修辞与诗歌"。直到体验哲学的隐喻观把思维的隐喻性阐述得淋漓尽致。一本《我们赖以生存的隐喻》以及《女人、火与危险事物》（*Women, Fire, and Dangerous Things: What Categories Reveal about the Mind*）把隐喻与思维的关系阐释的十分清楚，人类的大部分推理都来源于隐喻。不论是语言、行为还是思想都存在隐喻。思想和行为赖以存在的概念系统也是以隐喻为基础的。因而人们的思维方式，每天所做的一切，都充满隐喻（Lakoff & Johnson，1980）。

3.1.2 认知语言学与认知语义学的辩证关系

认知语言学与认知语义学在研究内容方面有很多相同之处，认知语言学研究的范围较广，认知语义学处于较为核心的位置。因此也可以说，认知语言学的中心内容就是认知语义学。

---

1 2018年6月在一次题为《体认语言学视野下的汉语成语英译》的学术报告中，王寅指出，语言哲学的后现代转向，意指其研究倾向是后现代的，是百花齐放的时代的来临；成晓光则在2018年11月的一次题为《语言哲学的心智转向》的讲座中，提出从研究对象出发探讨语言哲学的转向问题，认为目前的语言哲学研究是心智转向。虽然说法不同，但是两种语言哲学的思考中都包含着倡导语言研究的个体体验、心智体验，都强调了语言哲学或语言研究的人的思维、心智等主体性特征。

王寅（1998）最早在一篇论文中就提到了人们认知世界经历的两个过程，一是从现实到认知的过程，二是从认知到语言的过程。这两个过程也是认知语言学视角下意义的形成过程，也就是认知学派的语义观，也是认知语义学理论基础。从第一个过程可以看到，意义是人类认知世界这一实践活动的语言内化，是人类自身体验世界概念形成，没有体验就没有认知，也就没有意义的语言内化形式与概念的形成。意义一定是与人类认识现实世界密不可分的，因此不是先天的、天赋的，更不是闭门而造的，因此意义的形成离不开与现实世界的互动；从第二个过程可以看到，人们把所体验到的、认识到的客观世界借用语言符号固定下来，以物化的形式——语言——来表达。因此可以说第二个过程是一个人类认知世界的外化过程。在2007年出版的《认知语言学》这本论著中，王寅又一次强调了这两者的辩证关系，指出忽视任何一方都是片面的，二者是辩证的。过分强调第一个过程的客观性特征，就会忽视认识的主体，使得世界的差异性特征无法解释，从而导致无法进一步认识人类世界；过分强调第二个过程的作用，把意义等同于言语行为，这样就无法解释意义的形成机制，把意义研究停留在外化的言语行为表面，无法透过现象看本质，无法通过局部看整体，无法全面阐释意义的形成机制与理论。这两个过程的深入剖析实质上也是认知语义学基本原则的主要依据。没有形成客观互动的哲学观，就无法把意义研究与体验与认知连接起来，因为体验哲学观认为"意义是基于体验的心理现象"，是主体、客体互动的结果，因此语义研究必须走出形式主义的牢笼，通过"原型范畴理论、认知模型、意向图式、隐喻机制、概念整合、背景知识等"认知方式来对语义进行统一解释与描写，从而揭示人类语义范畴的形成过程。上述这些也确定了语义学的基本原则。

通过分析两个认识世界的过程，可以看出认知语义学强调语义的体验性、主观性、互动性、社会文化性、交际性等特征。这也可以从Langacker（2000：203）的论述中得以证实：

There is no such as a neutral, disembodied, omniscient, or uninvolved observer. An observer's experience is enabled, shaped, and ineluctably constrained by its biological endowment and developmental history (the products—phylogenetic and ontogenetic—of interaction with a structured environment).

Langacker的这段论述描述了人类在观察世界的时候，不可避免地要受到很多生物特征及其进化发展历程的制约。语义的形成与人的主观因素是分不开的，这是由其生物特征决定的，人类与现实世界的互动关系不可能是真空的、绝对中立的或与身体分离的。相反，人类认识世界这个客体的同时，人类还是这个客体世界的一分子，他不可能不受外部世界影响或主观因素制约，因此，认识世界的不同主体之间是通过互相理解而达成共识的，还具有主体间性特征，这也可以解释语义的交际性特征。

如果说语言发展离不开人们认识世界的两个过程，那么就要肯定分析语言结构可以帮助人类的认知规律。因为对现实世界的认识，会依靠人们自身认知，从而才有了语言的发展；反过来，有了语言发展，又促进了认知的发展，这个过程既互补、又互动，并且互为作用与反作用。因此语义研究必须是语言研究的核心，Lakoff（1988）、Lakoff & Johnson（1987，1999）等都论述了认知语义学的研究内容包括感知体验、范畴化、认知模式、知识结构等。可见，认知语义学与认知语言学的研究内容有些方面是相同或重叠的。认知语义学成为认知语言学研究的核心。比如在《女人、火与危险事物：范畴显示的心智》一书中，Lakoff专设认知语义学一章，阐述的第一个问题就是概念系统。他指出，概念系统中有两个双重基础。其中一个是有关人类与外部环境相互作用的基本层次，其特点是格式塔感知，心里意象和肌动运动。在这一层次中，人有亲身经验，处理外界的能力最成功，因为人类的经验是在这一基本层次上被前概念建构起来，它具有格式塔本质和中间地位。而在这个层次之下，是无法感知与体验的。人们不仅对客体有基本层次概念，对行为和特性也有基本层次概念，这就是概念系统的双重基础。Johnson（1987）在《心智中的身体：意义，想象和推理中的身体基础》一书中给出的关于容器图示将内部与外部分开的界限，界定了内外之间最基本的区别。Johnson（1987）也认为，经验是在任何概念形成之前、独立于概念之外而建构起来的。可见认知语义学研究内容也强调感知体验、概念图示、范畴化等诸多内容的整合观。王寅

(2007) 在此基础上概括了认知语义学的基本观点，包括体验观、概念化、互动观、百科观、原型观、意向图示观、隐喻观、寓比观与概念整合观、象似观、认知模型观、联想观与激活观、整合观等。

3.1.3　认知语言学与功能语言学的互补关系

　　认知语言学与功能语言学的关系是密不可分的。至于说认知语言学与功能语言学哪个是主流哪个是分支，王寅（2007）总结了三种表述：一是认知语言学属于功能语言学。这主要是根据现代语言学分为两大阵营的说法，所以认为认知语言学属于功能主义，传统语言学属于形式主义。这种说法似乎显得有点武断。因此，本文更倾向这样来表达上述观点：认知语言学具有功能主义的特征，或是有功能主义的传统，而不是属于功能语言学的。二是认为功能语言学属于认知语言学范畴。三是认为认知语言学与功能语言学两派互为补充，互相支撑。因为两派语言学的研究内容有重叠，互为补充或者互相支撑则可以说明两者具有共同性质，具有重叠内容，却各有侧重。本研究支持认知语言学与功能语言学存在互补关系这一观点。那么，为什么说两者互相支撑、互为补充？因为二者的研究内容和出发点有很多是一致的，根据王寅（2007）提出的五个相同点，述评如下：

　　　　第一，功能语言学考虑情境，把语言的交际功能放到首位；认知语言学强调体验感知，把具体的体验行为放到第一位，词语意义必须要与百科知识结合起来；这样二者都认为"语言和句法不是自治的"。所以他们的出发点是一致的，功能学派语言学强调语言的交际功能和使用情景，强调语言的社会文化因素、情景语境、知识背景等，强调使用的语言、社会中的语言特色。因此"语言是社会文化语境的有机组成部分"。因此功能语言学与人类学、文化人类学、文化学都密切相关。功能语言学强调语言交际功能的本质，就决定了其研究是一个跨学科性质的，是与文化与社会语境分不开的，因此它是一个"开放的、具有社会功能的系统"。认知语言学的哲学基础是体验哲学，因此认知语言学也是把体验感知放到第一位的，是必须要考虑现实世界的环境、社会文化特征、历史文化因素等外部因素影响的。从这个意义上来说，二者十分相似，都是依赖或离不开现实世界或社会、文化、语境等外部环境的。

第二，功能语言学强调不同语境中的言语交际，认知语言学强调体验感知，这就决定了他们的研究内容是以研究语言差异为主的本质特征。两派都强调了语言的差异性，这对于否定以往"语言共性研究方面"存在一致意见。功能语言学是基于实际运用的言语而构建的，强调语境（context）或语境意义（contextual meaning）的重要性；认知语言学强调感知、经验、发现事物之间的联系、概念化等组织归类、隐喻概念等，这些都是基于参与现实世界获得经验而形成的，因此强调语言发展是来源于人类自身的身体经验，并在此基础上形成概念化，"在大脑中创造了许多由名词表达的抽象事物"；或者通过隐喻来强化认知发展，将其"渗透在人们的理解中，独立于特定的语言表达"。（束定芳，2008：11）

第三，功能语言学强调语言的使用（use），认知语言学强调语言的意义（meaning），并把认知语义学作为一个核心内容；可以说二者都是把语言的意义、功能、使用等作为核心来研究，因此二者的研究核心相同，却各有侧重；功能学派侧重"语义选择系统"，认知学派侧重"认知方式语义形成的作用"；换句话说，功能学派侧重情境中的意义选择，认知学派侧重个人感知体验在意义中的作用或角色。这也是为何功能语言学的发展趋势也必然是结合认知研究的，而认知语言学在对语言进行具体分析的时候，也离不开语言在具体情境、具体语篇中的分析与研究。

第四，功能学派强调语义系统在情境中的研究，认知学派强调语言发展的两个过程——即现实—认知—语言的过程；也就是说，功能学派认为"语言表达和意义—功能之间不应当是任意的"（胡壮麟，2000：24），胡壮麟为韩礼德《功能语法导论》一书撰写的导读中也进一步阐述了这一观点。因为意义的功能来自社会情境，"因为人类群体的活动不是千篇一律的，对语言的理解要联系语境"(Malinowski，1923：75)。马林诺夫斯基关于"语言功能是组织人类共同的活动"的观点，这与认知语言学的体验性与象似性有诸多相同之处。

第五，正因为二者研究内容、研究出发点均很相似，因而研究方法也相似。首先它们"反对形式主义的研究方法"。二者都强调把语言置身在现实社会中，功能语言学派考虑语境，考虑文化社会语境与历史因素，考虑言语的实际运用；认知语言学派考虑感知与体验，考虑在现实世界的认知过程，以及通过认知方式而促进语言发展。二是，认知语言学与功能语言学的研究方法都是突破形式主义的束缚，因而具有跨学科属性的，二者既注意在实践语境中的行为，也注意这一过程的研究，因而，不论认知语言学还是功能语言学均可以与其他相关联学科产生联系。认知语言学与功能语言学对语言教学的启示意义也是语言教学领域的一个突破；对翻译研究、跨文化研究、文化研究更具有极其重要的指导意义；反过来，这些相关联学科对丰富认知语言学、功能语言学研究内容也有促进作用。

综上，本节讨论了认知语言学与功能语言学诸多相似之处，也有二者互补学科关系。因此，有些中外学者都试图将二者结合起来，有些尝试通过意义识解人类各种经验，通过建立"意义模式"(Halliday & Matthiessen，1999)，来揭示语言—现实—认知之间的关系；还有学者(戴浩一，1989)提出认知功能语言学，试图通过这两个视角的整合来论述"形式与意义之间的关系"。王寅(2007)则认为这为形式与意义的研究提供了"可操作的框架"。

3.1.4 王寅对认知语言学的具体阐释

王寅(2007：11)综合当前认知语言学家研究成果，提出了认知语言学的定义："坚持体验哲学观，以身体经验和认知为出发点，以概念结构和意义研究为中心，着力寻求语言事实背后的认知方式，并通过认知方式和知识结构等对语言做出统一解释的、新兴的、跨领域的学科。"在这个定义中，王寅首先提出了认知语言学的哲学基础是体验哲学，并进一步以身体经验和认知作为人们认识事物的出发点，充分肯定人的认识是通过自身的体验和认知不断积累而成。

有了这样的前提，就是强调了人是认识事物的主体，人是具有主体性的；这些体验和认知同时又是通过概念结构获得解释与理解的，因此认知语言学研究内容的核心是概念结构以及"概念化"的意义。换言之，认知语言学与其他语言学派不同之处主要在于以概念和意义为中心，因此认知语言学重视语言和认知的关系，认知与概念和意义直接相关，因此概念与意义就成为认知语言学的研究对象（王寅，2007）。根据认知语言学的定义，还可以看到，认知语言学在研究概念结构、心智结构的时候主要是通过认知方式加以分析的。这些认知方式，也称认知工具或认知策略，这些认知方式是认知语言学派分析语言的各个层面的主要工具或方法，对语言的解释全面而具体。当用于解释语言现象或翻译现象的时候，多是依赖于这些认知方式或工具，比如体验、范畴化、概念化、意向图式、认知模式、隐喻转喻、识解、激活、关联等（王寅，2007）。有了这样的认知方式，关于语言本身或与语言相关的认知活动就可以用认知语言学来进行解释。认知语言学的解释功能是强大的，因此认知语言学属于解释语言学，而以往语言学研究主要是规定语言学或描写语言学。认知语言学既然可以解释语言现象，那么对于人们看到的语言形式一定是反映了人类对客观世界的认识方式，以及内部的隐性的认知机制。不仅如此，认知语言学的解释性特征还具有统一解释的功能，传统语言学研究方法是受形式分析的限制的。认知语言学则不同，它强调的是人类认识世界的过程中，言语交际的一般认知机制，而不是具体的描写手段。因此认知语言学的认知方式决定了认知语言学具有统一解释的特征。

认知语言学走出形式主义的羁绊，是对认识世界的心智模式探究的尝试。它的体验与认知特征、认知方式与知识结构决定了认知语言学必定是多学科的。王寅指出，认知语言学视角下的语言观认为语言并非独立系统，而是互动的，这符合人类认知规律，具有心智主义特征或受心智影响的，离不开社会文化共同作用的综合系统的产物（王寅，2007）。上文论述认知语义学百科知识观时，本研究强调过这一概念。同样，认知语言学强调的知识结构是离不开百科知识的，因为人们对世界的认识方式也是受百科知识促进或制约的。

3.2 格尔茨的文化阐释学

以上我们从认知语言学出发，梳理了构建文化认知视角的认知语言学基础。这节重点阐述文化研究的阐释学理论，特别是格尔茨的人类文化学视角下的文化阐释学，以期为文化认知视阈的梳理提供文化研究基础。

3.2.1 文化的阐释性特征

格尔茨（Clifford Geertz）在《文化的解释》（*The Interpretation of Cultures: Selected Essays*）一书中引用克拉克洪（Clyde Kluckhohn）在《人类之境》（*Mirror for Man*）的文化定义（格尔茨，2014：5）。文化包括：（1）一个民族生活方式的总和，（2）个人从群体里得到的社会遗产，（3）"一种思维、情感和信仰的方式"，（4）"一种对行为的抽象"，（5）关于一群人某种实际行为方式的理论，（6）"一个汇集了学识的宝库"，（7）"一组对反复出现的问题的标准化认知取向"，（8）"习得行为"，（9）"一种对行为进行规范性调控的机制"，（10）"一套调整与外界环境及他人的关系的技术"，（11）"一种历史的积淀物"，（12）文化是一幅地图，一张滤网和一个矩阵。克拉克洪定义的文化概念似乎有些宏观、宽泛，但这几点却是内在连贯的，而且具备提出的具体论据。

首先，文化是一个群体或民族生活方式、社会遗产、知识学识、历史积淀的总和；它看似几乎无所不包，从社会、历史、遗产到生活方式。因此文化概念中第一个层面的意义就是有助于文化形成的最外层表征；第二，文化包括思维信仰、抽象的行为或解释实际行为的理论；这一层面中的文化强调人类作为主体的主要行为、思维等，是指向人类本身或自我的描述；第三，文化有时会是一种手段、技术、方法，它具有认知功能，对于一些反复出现的问题还会有标准化的认知或概括性的认知，同时还具有与外部文化协调的技能，这一层的文化概念是指向人类自我与外部因素的互动关系的；最后一层是总结性的，如果以上这些还有需要补充的话，克拉克洪用一个隐喻的方式来加以阐释，比如说文化是一幅地图，是一张滤网，是一个矩阵。

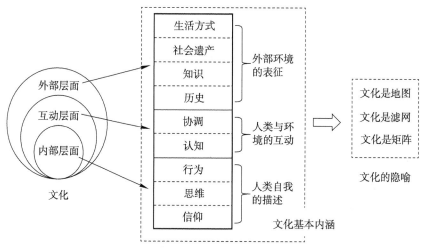

图3-1　文化概念层面图示

　　受到克拉克洪的文化概念层面图示（图3-1）的启发，本书对"文化"这一概念的理解可以重点聚焦以下三个基本内涵：一、文化是离不开社会、历史、遗产、生活方式的，这是文化产生的土壤，也是文化赖以生存的客观环境；二、文化离不开人，因此也有文化即人化的说法。这一层面是指向人类自我的，包含思维、信仰等因素，是内部层面；三、文化离不开协调、认知等由人类与周围外部环境的互动关系。

　　但是，格尔茨依然觉得克拉克洪对文化定义的说法过于庞杂，需要加以选择。首先格尔茨认为文化是一个符号学的概念，文化是人类"编织的意义之网"，而对文化的分析不是探求规律，而是探求意义；因此文化研究不是实验科学，而是解释科学。也就是说，文化的主要特征是阐释性的，而不是实验性的，因而文化研究是一门描写性、解释性的学科，而不是一门实证性、规律性的研究。格尔茨认为这种文化的解释性特征主要是在个案中进行概括完成的，因为文化研究的根本理论任务不是整理抽象的规律，而是使用"深描"（thick description）的方式，在个案中进行概括与总结。显然，格尔茨的研究是一种观察式的描写，通过深描某一群体的行为来回溯其成因，它是主张通过了解、认知这张"意义之网"来了解某个群体的综合特征，是一种民族志的方法。关于这一点，下个小节进一步论证。

克拉克洪对文化概念的界定是有启示意义的。因为通过他的解释，可以把文化的内容具体化。通过他的文化概念界定，再进一步分类分析文化概念的层面及其相互关系；格尔茨的文化概念提供了文化研究的方法，也就是文化研究主要路径是阐释或解释，通过解释、阐释及描述来进一步研究文化，更有助于发现文化的内涵与特征。因此可以说二者观点互为补充，对建构文化认知视阈提供了内容研究及方法研究。

3.2.2 文化人类学：文化阐释的深描说

在文化人类学领域，民族志是一个主要的研究方法。民族志研究可以通过比如调查、做笔记、记录、记日记等形式与文化建立联系的过程，用吉尔伯特·赖尔（Gilbert Ryle）的概念（格尔茨，2014：6），这就是"深描"方法。大量的复杂概念结构中许多结构相互交织、层叠、交叉，有些结构显得无规则、无头绪。民族志的研究方法就是首先要充分观察、记录、阅读、描述、解释等深描手段，去解读这些大量的复杂概念所表达的意义，然后把这张"意义编织的网"——文化——描述清楚。

这种深描的方式并不容易，因为深描的对象是人，是属于某一文化或具有某种文化特征的人，因此研究文化人类学时，更要注意文化的心智阐释，才能为这种深描方法的发生提供可能。文化虽然是观念化的产物，但是却不存在某个人的头脑中，所以文化并不是"有着自身力量的、超有机实体的实在，或者说人们没有办法把它实体化（reify）"；文化也不是某种无意识模式；文化还是一个社会的文化，是"个体或人群借以指导其行为的心理结构的组成"，用瓦尔德·古迪纳夫（Ward Goodenough）的话说就是"文化存在于人的头脑与心灵中"（格尔茨，2014：10）。简单而言，文化首先离不开人类的心智，文化具有心智特征，或者也可以说文化具有认知性；其次文化是一种存在的反映，因此文化还具有一定的客观性；再次，文化具有指导性，或者说是规约性，有其约定俗成的作用制约属于这一文化的群体。因为属于某种文化的群体通常会借用文化来指导其行为或解释行为构成，这也说明了文化具有社会性。文化的这种心智阐释视角为本研究进一步了解文化的概念特征奠定了基础，从而进一步了解与描写文化。文化的认知性、客观性、规约性、社会性对本研究提出文化认知的建构奠定了更多角度的合理性架构。

3.3 文化翻译研究

文化翻译源自文化研究。孙艺风认为文化翻译是指在特定文化内进行的语言或其他方面的改造（孙艺风，2016）。顾名思义，文化翻译是与文化相关或在一定范围内完成的翻译活动，按照孙艺风的说法，把翻译理解是语言和其他方面的改造，显然这是一个较为宏观的对翻译的理解，而不单单指向从一种语言到另一种语言的翻译，也包括从一种语言形式到另一种语言形式的改造。借助这个概念，从狭义角度解释文化翻译的定义的话，就是在特定文化内进行的翻译活动。

3.3.1 文化翻译概念追溯

文化翻译的概念首先要从文化与翻译的关系说起。可以说，文化与翻译从来就没有分离过，文化与翻译的关系更是互为相关、互为补充。最早的翻译是与宗教文化不相分离的。陈永国（2004：1）在《翻译的文化政治》一文中引用了古希腊历史学家希罗多德讲的两个故事，其中一个是这样的：

> 两个女祭司被腓尼基人绑架，分别被卖到利比亚和希腊。开始时当地人把她们当成叽叽喳喳的黑鸽子，因为她们是黑皮肤，讲一口陌生的语言，听起来像鸟叫。后来她们学会了希腊语和利比亚语，并利用这两种语言把她们在埃及庙里掌握的祭祀仪式用当地语言传给了当地人。

看得出来，这个故事中语言就是传播宗教文化的工具，翻译使得宗教文化的传播成为可能。也许，这种翻译的准确性无法得知，但可以肯定的是，把埃及语翻译成希腊语或把埃及语翻译成利比亚语的过程，就是宗教文化的翻译过程。翻译与文化之间是一个无法分割的密切关系。这个故事的时间背景是公元前5世纪，比"西方翻译之父西塞罗还要早400年"（陈永国，2004：2）。无独有偶，在中国翻译史上，中国文字翻译的记载最早也是与宗教文化传播密不可分的。《20世纪中国翻译思想史》中提到汉隋唐宋的佛经翻译、明清的科学翻译、清末民初的西学翻译、五四的社科与文学翻译、新中国的翻译等五个较为集中的翻译历史时期（王秉钦，2004）。最早出现的翻译记载也是宗教文化的翻译——佛经翻译时期，后来出现的几个翻译时期也是与文化密不可分。严复的《天演论》唤起国人救国观念，在翻译中传递文化意识。林纾的"重写式"翻译，无一不是在传递译语文化、构建目的语文化。文化与翻译的关系从有翻译活动那天起，就是带有文化特征的，各国文化也是在开展翻译活动过程中不断充实的。季羡林先生讲的关于文化与翻译的这段论述更是十分精辟（王秉钦，2004：3）：

> 倘若拿河流来作比，中华文化这一条长河，有水满的时候，也有水少的时候；但却从未枯竭。原因就是有新水注入。注入的次数大大小小是颇多的。最大的有两次，一次是印度来的水，一次是从西方来的水。而这两次的大注入依靠的都是翻译。中华文化之所以能常葆青春，万应灵药就是翻译。翻译之为用大矣哉！

显然，古今中外，翻译对文化的意义以及文化在翻译中的作用都是十分重大的，文化与翻译的关系也是密切不分的。然而，文化翻译作为一个较为系统的研究领域始于20世纪90年代。早在1972年，霍姆斯那篇关于翻译学科确立的《翻译研究的名与实》一文中，对于文化研究也有相关描述，他提及在描述翻译研究（Descriptive Translation Studies）中，以功能为中心的翻译研究是属于社会文化情境下的，这种翻译研究主要是对语境的研究，而不是对文本的。巴斯奈特（Bassnett，2004）在《翻译研究》中指出了文化语境对翻译的操纵作用。巴斯奈特与勒菲弗尔（Bassnett & Lefevere，1990）在《翻译、历史与文化》（*Translation, History and Culture*）的前言介绍部分中提到"文化转向"这一说法，这种从文化视角研究翻译的热潮开始在国内又一次兴起。国内很多学者提出文化翻译学的建设问题，比如王秉钦（2007）的《文化翻译学》试图运用哲学观点，以"时间—空间系统、主观—客观系统、物理—心理系统"三大系统为理论依据，主张把文化与翻译融合并作为一门学科进行探索研究。杨仕章近年发表多篇文章探索文化翻译的单位、文化翻译学界说、文化翻译学建构等。近年来，他指出立足翻译本体的文化翻译学建立的必要性，这"既是翻译学发展的需要，又是对翻译实践操作层面的积极回应，更是对翻译本体认识不断深化的必然结果"（杨仕章，2018：91）。

不论是从翻译史上看文化与翻译的关系，还是最近几十年文化翻译研究的热潮现象来看，都不难看出他们近乎孪生的关系，二者可谓是同体同源。因而对于翻译研究的"文化转向"一说，也有学者认为并不准确。孙艺风曾经提出，20世纪80年代、90年代的文化转向不外乎是对这一时代"翻译研究的总结"，或者说是"更早期对翻译文化研究关注的延续与发展"（孙艺风，2016）。翻译研究的"文化转向"也可以说是一种时代特征的描述，以及对未来翻译学科发展趋势的描述。王宁认为，不仅仅应当关注翻译研究的"文化转向"，还应关注文化研究的翻译转向（王宁，2005）。因此，不论是翻译与文化密不可分的关系，还是对文化翻译学构建的探索，还是翻译研究的文化转向或者是文化研究的翻译转向，都充分说明了翻译研究离不开文化视角，文化研究也离不开翻译活动。

3.3.2 文化翻译中的重要术语

文化翻译研究跨学科、跨领域，因此涉及的术语较为庞杂。本节试图从文化翻译研究的常见术语入手，解释、厘清这些常见术语。本节旨在对文化翻译研究中影响译者主体或译者文化认知的相关术语，加以梳理与述评，构建文化翻译研究对文化认知视阈的理论支持。

3.3.2.1 文化转向

如前所述，"文化转向"是由巴斯奈特与勒菲弗尔（Bassnett & Lefevere，1990）合著的论文集《翻译、历史与文化》序言中首次提出的。很多研究直接称之为Cultural Turn。然而，翻译研究的文化转向的具体标志什么，有什么具体事件？文中没有做交代。孙艺风（2016：2）针对这一现象进行了批评，认为这种"文化转向"并非"转向"，而只是鲜明地提出"研究者把关注的焦点或重点从语言层面转到了文化层面"。他认为把这种研究侧重称为转向是翻译研究"碎片化"的倾向，让人担忧，因而认为这一说法并不准确。孙艺风列举了文化翻译概念的两个理论分支来源。一是英国人类学研究，二是后殖民视角。20世纪50年代的英国人类学研究认为，"文化翻译的目的是要反映出不同思维和认识世界的方式，不同的思维模式导致不同的表达形式"。这是从人类思维方式出发的人类学研究范式，强调不同思维方式的差异性，不同语言表达的差异性，因为人类文化学者的基本研究观念是只有找到差异性，才有可能实现跨文化交际。因此，翻译是一种手段，跨文化交际是目的。在后殖民主义研究视角中，霍米·巴巴（Homi Bhabha）对文化翻译的理解是，"翻译具备兼收并蓄的本质"（Bhabha，2004：253）。由此，看得出巴巴的文化翻译观是一种协商，吸收多元文化体验，并将之分享。这看似矛盾的两个研究分支，其实主要是由于双方的出发点不同，所研究的内容和对象不同，说法会有不同。因此，理解文化翻译的这些分支来源，有利于理解翻译与文化的关系，有利于理解文化翻译在不同学科视野下的身份，从而进一步理解"文化转向"的真实内涵；同时，还应注意到，过分强调翻译研究的文化转向，会使得翻译研究具有"泛文化"倾向，因为就如同凯尔·康韦（Kyle Conway）说的那样，文化翻译本身就带有"两个相互竞争关系的概念"，因为他们来源于"两个较为宽泛的领域：人类学（人种学）与文化（后殖民）研究"（Conway，2012）。

那么巴斯奈特与勒菲弗尔（1990：10）在那本论文集的序言里，对"文化转向"的表述到底是怎样的呢？下面看原文：

…Translation needs to be studied in connection with power and patronage, ideology and poetics, with emphasis on the various attempts to shore up or undermine an existing ideology or an existing poetics…Seen in this way translation can be studied as one of the strategies cultures develop to deal with what lies outside their boundaries and to maintain their own character while doing so—the kind of strategy that ultimately belongs in the realm of change and survival, not in dictionaries and grammars. …(Introduction: 10)

巴斯奈特与勒菲弗尔在这本论文集的序言中多次提到了翻译研究与权力、赞助人、意识形态、诗学等方面的关系，这都是文化翻译研究中关于操纵派的主要观点，重点探讨翻译研究是如何影响当下的意识形态与诗学的，或反过来受其影响的。这时巴斯奈特与勒菲弗尔实际强调的是翻译研究应聚焦如何使文本更有接受度，如何操纵文本服务诗学或意识形态。因此，如果是这样的话，翻译研究可以作为一种文化发展的战略，翻译绝不仅仅是文字的表达、字典意思的处理、语法的探讨，而是在保持自己文化特色的同时，能够处理文化边界之外的问题。这是倾向一种扎根于变化与生存的文化发展战略。可见，巴斯奈特与勒菲弗尔的"文化转向"不是单纯的对20世纪80年代翻译研究的总结，而是一种呼吁，呼吁翻译研究走出自己固有的文化边界。孙艺风（2016）对待这个问题的研究，有一点和他们是一致的，就是他们都认为翻译研究中强调文化转向的时候，文化是一种协商，是一种文化发展战略，是一种对话，是一种互动；但是，关于文化转向的问题，巴斯奈特与勒菲弗尔还有一个观点，那就是他们明确提出翻译研究要"转向"关注权力、意识形态、诗学等"文化研究"，因此也可以说是"转向文化"，就是要去研究翻译过程中复杂的文本操控是如何发生的（滕威，2006）。因此，有些简单、机械、跟风似的关于"文化转向"的表述是不准确的。不能简单地把"文化转向"理解成在翻译研究中加入文化因素的研究，因为文化因素对翻译研究的影响从一开始就有，也没有停止过，更重要的是这不是巴斯奈特与勒菲弗尔的本意。后来研究比较文学出身的巴斯奈特与勒菲弗尔（Bassnett & Lefevere，1998）还指出了文化研究中的翻译转向，可见文化研究和翻译研究的密不可分。

3.3.2.2 文化改造

孙艺风（2016：13）在《文化翻译》一书中专门探讨了"文化改造"。文化改造不论在文化研究里，还是后殖民主义话语中，都是文化翻译的代名词；文化研究中，文化翻译本身就是指"特定文化里的改造过程"；"后殖民改写也属于文化改造"。因此霍米・巴巴（Bhabha，2004：252）的后殖民文化翻译关键词就是改造过程。而且，从改造的程度上看，这是一个整体性的过程。因此，从文化研究角度看，文化"本身就是一种翻译"。每一种文化与另外一种文化的碰撞、交融就是一个翻译过程，被翻译、或被文化的过程都是理解、吸收、接受异质他者的过程，也是被异质他者改造、改变、适应的过程；对于那些不属于某一文化的异质他者，或是通过接受、理解某一文化而交融，或是通过强加某一文化而改变，或是需要既保留原有文化又吸收异质文化而形成"杂合"似的改造。杂合是霍米·巴巴主要的文化翻译概念之一，他更强调一种新的"自我身份的产生"，从而达到一种"文化适应"（acculturation）（Bhabha，2004）。文化适应看似一种顺应（adaptation），但还是不能与文化改造脱离干系，因为一旦一个人在另外一种不属于自己文化里的文化适应，是离不开一个改变和改造的过程的。因为新的文化里需要他改造自我、改造他者，以达到文化适应的程度。因此文化改造是这一文化适应的必然发生的行为。一个译本，在另外一种文化里旅行与接受的过程也是相同的，没有一定程度的文化改造的发生，文化适应是很难实现的，没有文化适应，自然也不会有文化传播的效果。如果从常规传统的翻译观出发，林纾的翻译可谓是胡译、乱译，完全是不忠不实。可是，林纾翻译在当时语境下却拥有颇多读者，也不乏那些持有"忠实观"的翻译家、文学家们的赞赏。原因何在？林纾翻译做到了通过文化改造而完成的文化适应。这个时候原文的字、词、句或句法、词法、结构是否都翻译出来无人问津，重要的是它唤醒了当时国人对"西学东渐"的接受与思考。"黑奴吁天录"这一译名在当时的召唤力量可能要比"汤姆叔叔的小屋"这个直译的文学作品的名字来的更有力度，更能达到文化适应的效果。

说到文化改造，也许勒菲弗尔的语言直截了当，他所使用的表述是"翻译即改写"（rewriting）。勒菲弗尔关于"改写"的话语含义是操纵派的以顺应受众为目的"改写"，是为了使可读性合法化的表现，是一种文化互动观的文本反应。因此这种改写并不是表面文字形式的改动，而是为了某种文化目的而进行的文化调节与文化适应。说到底，改写仍然是一种文化适应与调节的表现。孙艺风（2016：14）还使用了文化移位的说法来研究文学翻译中词语意义的产生，在"文学翻译中把这些词语挪用到全新的、不同的和经过再创作的文学文本中，进行带有移情性质的改写"。可见，文化移位的发生是由于语言障碍的出现，而文化移位也成就了文化改造。

在韦努蒂（Venuti）、尼南贾纳（Niranjana）、切菲茨（Cheyfitz）等后殖民主义翻译学者看来，翻译是一种暴力形式，翻译本身是一种受制约的行为，要想冲破束缚，就必须使用暴力。孙艺风（2016）将其分为柔性暴力与操纵性改写，前者指的是使得文本可读而进行的变动和调整，常见于文学翻译，尤其是诗歌翻译中；后者则是强制性的归化，"径直采用替换或改造手段"，虽然显得大胆，但也是积极主动的翻译。对于那些自身同时是作者的译者，更是容易扮演这种激进改写的角色。这里引用孙艺风讲述的昆德拉自译的例子：捷克作家昆德拉20世纪80年代中期流放，开始用法语写作，并把原来用他的母语捷克语写作的小说也都用法文修订了。这个时候，译者的身份成了作者，译文也有了原文的地位，甚至超过了原文的地位，因为法文版的写作显然是要考虑法语的读者的，原文捷克语中出现的"文化专有项"必须让位给法文读者，或者说法文读者优先了。对于不能接受别人改写的昆德拉，却是可以接受自己改写的。可能是由于译者作者身份兼有的缘故，使得昆德拉不必考虑译者作者那种"既合作又互为拆台的工作伙伴"关系的吧 (Chamberlain，2000)。另外一个有趣的例子也可以在此佐证，是关于美国汉学家、翻译家葛浩文续写萧红未竟作品《马伯乐》的。葛浩文翻译萧红已经完成的《马伯乐》前九章后，直接用英文续写了后四章，完成了英文续写，出版了英文版的《马伯乐》。这种译者的"僭越"行为并不是一般情况下由于原作品不可译而发生"僭越"行为，或刚提到的昆德拉在流放时期使用离散语言，而是为作者说话，把作者的话说完。这种操纵性的干预无关殖民话语，也无关操纵暴力，却是源于译者对作者的一种崇拜与尊敬，实属罕见。《马伯乐》的例子，后面的论述会具体探讨。

3.3.2.3 文化语境

关于语境与文化的关系奈达 (Nida，2001：166) 的表述很透彻：

Differences of cultural value are also important factors in understanding a series of related terms, for example, *nigger, negro, colored, black* and *Afro-American* representing in each instance a desire to avoid or to employ expressions that are culturally insulting. Unfortunately, however, in some instances substitutes are misleading. For example, *janitors* in universities are often called *building engineers* so as to avoid depreciated the activity of people who sometimes make more money than do the professors. But the terminology can also be misleading.

看得出来，文化差异是理解意义的重要因素。比如奈达提到的一些意义相近的英文词汇比如nigger、negro、colored、black、Afro-American，不同的语境下使用不同的词汇可能会形成不同效果。但很多时候，这些词汇是不顾语境而常被混用或错用的。因此不同语境使用不同词汇是必要的；更为必要的是，在翻译涉及类似词语的意义之时，必须要考虑这些词语的文化语境要传递的意义，这是毋庸置疑的。因此可以说，一个文学作品是通过翻译从一种语境到达另外一种语境的。换言之，翻译中文化意义的生成主要依赖于语境的重构。语境是文化意义赖以生存的土壤，没有语境也没有意义；译文文化意义的生成又要通过语境重构来实现。

孙艺风（2016：56）认为这还是一个二元悖论的问题，因为"文化意义的生成取决于语境，而另一方面文化意义的再度生成，在一定程度上又与去语境化有关"。在原文中不需要解释的意义，在译文中如果不解释可能就无法传递。脱离了语境，有些译文就不被理解。比如有些译者会选择注释翻译、解释性翻译等方式在译文中重构语境。加拿大英属哥伦比亚大学亚洲研究中心森舸澜教授（Edward Slingerland）翻译的《论语》（*Analects: With Selections from Traditional Commentaries*）常被认为是深度翻译的结果（Slingerland，2003a）。其实，译者只是在刘重德版本的《论语》（原文就有很多注释）基础上，选择性地进行了翻译及解释。即便如此，森舸澜也是坚持使用一定数量的注释来完成译本，他认为如果没有解释，没有注释，在英语语境下理解《论语》是很难实现的。森舸澜翻译版本《论语》中文化语境重构的实现，可以说，是带有语境的文化注释帮助实现的。这个例证也似乎证明了孙艺风的观点，即，"文化的去语境化，产生了一个中立文化，从其历史和社会语境抽象而来，而这恰是当初赋予它意义的语境"。而去语境化的关键，就是重构语境。森舸澜的《论语》译本在刘重德注释版本的基础上，重构了属于英语读者的文化语境（Slingerland，2003a：vii）。此外，森舸澜考虑到这是一本在哥伦比亚大学开设通识选修课时所使用的教材，这个文化语境的重构必须要兼顾两个特点：一是原文的文化注释要保留，二是译本的教材使用功能要保留。这样的文化语境重构也许是文化翻译在这个语境下的最佳选择。所以对于文化语境的关注或考量不能只是译者心里有原文文本，还需要译者有一定的文化自觉以及开放的视野。翻译的最终目的是为了使得译文读者与原文读者拥有同样的文化体验，这才是文化翻译的关键所在。

3.3.2.4 文化距离

两种文化之间的差异一直以来都是存在的，有的两种文化之间的差异会更大一些，比如中英；有的两种文化之间的差异会相对小一些，比如英法。因此差异是一个相对的概念。按照人类文化学的观点，任何一个群体的文化都是有差异的，所以才会用一种记录的方式来进行田野研究，目的就是记录这个群体文化的内部发生过程，进一步分析从而找到某些特征。在翻译研究中，文化差异始终存在并且不容忽视。那么文化距离与文化差异是一个什么样的关系呢？孙艺风（2016）是较早且较为系统地阐述"距离"的学者。他不否认距离有时就是指差异，但是更进一步指出差异就是距离造成的。此外，他还提到，翻译是一种从一种语言到另一种语言的运动，"这个运动过程自然是不断改变距离的过程"。从中至少可以读出差异与距离的两点异同。其一，距离是差异产生的原因，因为有了距离，才会产生差异；但这只是其一。其二，在他眼里，翻译是一种运动，既然是运动，从一种语言到另一种语言的运动是不断改变距离的过程。而且，也并不是距离近，差异就小，因为有的时候"拉开距离反而减少差别"，因而这种文化翻译观持有一定的动态互动观以及认知体验观，这一认识对构建本研究的文化认知视角，特别是进一步观察认知翻译观特点，提出适合本研究的分析维度，均具有启示意义。

孙艺风（2016）将这种距离分为文本距离、时间距离、身份距离、审美距离、操控距离以及文化距离等。因为一切距离都与文化距离相关。文本距离注重文内研究，时间距离注重文外的历史因素研究，身份距离注重译者对不同距离的理解，审美与操控距离都关乎读者接受与译作传播，而文化距离几乎与这些因素都息息相关，因此本节重点讨论文化距离。差异会产生距离，因此文化差异也会产生文化距离。根据孙艺风（2016）有关文化距离的论述，分解出以下几个方面：

表3-2　文化距离的主要特征描述

特征	具体表述	结果
客观性	文化距离是客观存在的	引起不同反应
动态性	翻译催生各种距离变化	需要协调与干预
创造性	翻译距离的作用在于创作空间	最短距离不是最佳距离
有效性	距离定位取决于如何最有效处理翻译问题	距离问题需要结合其他因素
策略性	文化距离会给译作带来陌生感与离间感	增加外来文化接触——异化策略

　　表3-2总结了文化距离的具体表述及其引起的结果，从而进一步归纳了5个文化距离的特征，分别是客观性、动态性、创造性、有效性、策略性。文化距离的客观性位于首位，因为只有承认文化距离的客观性，谈论其他特征才有可能。文化距离的客观存在就会导致可能会出现的一系列的相关反应，比如译者反应，即译者会如何处理文化距离；比如读者反映，读者将如何理解译文中出现的文化距离等等；其次，文化距离的动态性，这是由于文化距离的本质直接决定的。文化距离是在翻译过程中从一种语言到另外一种语言的运动，那么文化距离本身就是动态的，距离多少、大小、远近均有译者决定；此外这种动态性还有另外一层含义，就是从一个文化语境到另外一个文化语境的距离也是一个运动的过程，这中间会牵涉诸多动态因素，产生诸多动态关系；再次，文化距离的创造性主要是指文化距离为翻译提供了创作空间。文化距离的发生与存在，对译者是一个双刃剑。敏感的、跨文化意识强、语言体验深刻的译者会将文化距离调试到最佳位置，进行调和，不露声色，形神俱佳，传达效果到位；反之，则会引起更多的距离发生，事与愿违。因此，文化距离对翻译创作提供了可能。这里，译者如何选择是关键；最后，文化距离的有效性与策略性都是指向译者选择的。在文化意识参与的基础上，又知晓文化距离的重要性，译者选择、译者策略，甚至是译者翻译观就显得尤为重要。文化距离对于文化翻译研究提供了具体途径与手段，对于进一步将文化视角与翻译研究的对接起到了连接作用，特别是文化距离的研究涉及诸多译者跨文化意识、译者认知、体验等，对于构建本研究文化认知视角，特别是通过文化距离的研究，对认知翻译观中一些

分析维度的解释与分析，能够更为深刻，连接更为紧密，具有指导与启示作用。

3.4 认知翻译研究

如果说文化翻译研究为译者研究的外部因素提供支撑的话，那么认知翻译研究则着重挖掘译者内部因素。也就是说，认知翻译研究成果有利于促进对译者本身的研究。

3.4.1 传统语义学以及解释派哲学对翻译研究的指导意义

王寅（2007）指出传统语义学以及解释派哲学对翻译研究产生的影响，这对于梳理翻译研究发展的思路，以及了解翻译研究目前的弊端以及如何选择适当方式走出翻译研究的误区，或者进一步拓展翻译研究的思路，都具有很好的指导意义。在此基础上，本节整理传统哲学观对翻译研究的启示，具体如下表：

表3-3 传统语义学及解释派哲学语义观对翻译的影响

派别　　影响	理论	对翻译的主要的影响	主要问题
传统语义学	指称论	最基本的理解和翻译方法	无法解释不可译现象
	观念论	同样客观外界在不同语言社团中形成不同系统意义	忽视创造性
	功用论/语境论	翻译主要译出语句的功能和语用意义	有功能至上的可能
传统语义学	替代论	翻译是语码转换	在翻译实践中很难行得通
	关系论	翻译中重视研读作品本身	不必考虑读者或作者意图

（待续）

（续表）

派别＼影响	理论	对翻译的主要的影响	主要问题
解释派哲学语义观	经验论与传统语文学	追求语言表述与客观世界的一致性，充分尊重作者	译者是仆人
	唯理论与结构主义语言学语言观	从作者主体转向对象客体——语言系统本身	文本中心论；等值论；忽视文本与其他因素关系，局限性
	解释派哲学与后结构主义语言观	前者强调读者主体；后者强调文本主体性、主体间性	读者反映论；读者利益至上

从表3-3中的对比可以看出，传统语义观对翻译研究的影响主要是关注语言本身，或以文本为中心。这样带来的缺陷是显而易见的，比如过于重视文本的忠实反而会使得文本缺乏创造力，不考虑读者接受，不考虑其他影响因素。功用论或者说是语境论在这些方面显得略为灵活，但是依然是以文本内部为主要注意力的，因此仍然缺乏创造力。解释派哲学语义观还是停留在一种依赖原文的状态，显示出"译者是仆人"的被动角色与地位。虽然结构主义语言学的语义观有所转向，但依然是转向语言系统本身，还是关注结构意义，仍然对与文本密切相关的因素有所忽视，提倡文本中心论，或者过于强调对等，倾向等值论等，因此具有较大的局限性。后结构主义的语言观开始强调文本的主体性或主体间性，"不再心甘情愿的位居仆人地位"，并开始明显注重读者反映，读者反映论、目的论等呼声甚高。这些传统语义观以及解释派语义观都对翻译研究有过积极的指导作用，但是有些翻译现象或翻译特点无法解释，比如译者主体到底是如何参与翻译的？创造性为什么会发生？为什么说翻译是一种认知活动？为何不同译者翻译结果不同？这些问题，都无法从传统语义观或者解释派语义观那里得到答案。

3.4.2　体验哲学对认知翻译研究的启示

体验哲学语言观坚定地认为，语言的形成与发展是"基于人类对于世界的体验以及在其基础上形成的认知系统"而来的。语言是体验与认知的结果（王寅，2001）。因此，对翻译研究的认识自然也是一致的。翻译是从一种语言到另一种语言的过程。因此，毋庸置疑，翻译也是体验与认知的结果。译者的体验与认知既会促进译文语篇意义的生成，也会受限于译者体验与认知而阻碍译文语篇的生成。译者的体验与认知会决定整个翻译过程与结果。因此，体验哲学与认知语言学对翻译研究的启示是，传统语言学派无法回答的问题都将会有全新的解释。由此，翻译研究也就会进入一个全新的视野。

王寅（2007：583）用体验哲学与认知语言学重新解释了翻译活动的性质，也可以说给翻译下了一个定义："从体验哲学和认知语言学角度来说，翻译是以现实体验为背景的认知主体所参与的多重互动作用为认知基础的（活动）。"可见，体验哲学与认知语言学对翻译研究的影响与启发是深远的。第一个启发也是最主要的影响，即如果说翻译活动是以现实体验为出发点的话，那么就要注重译者的感知和体验的作用，翻译不再仅仅是文本到文本的转换，而是译者从体验感知出发的一种认知过程；第二，体验哲学与认知语言学对翻译研究均强调了译者认知主体的参与，不但强调了译者主体性的作用，更重要的是，强调了译者作为主体参与翻译活动的认知与创造过程，译者主体性的研究不再停留在静态层面，而是转向一种动态研究；第三，体验哲学与认知语言学还强调了翻译是一个译者与其他多方面相关因素进行互动的过程。因此，翻译研究，特别是译者研究，不应该是一个闭环的静态研究，而应是一个多重互动的动态的过程性研究。

3.4.3　认知语言学翻译观

王寅（2007）提出了认知语言学关照下的翻译观，提到六点要素，现述评如下：

第一，翻译具有体验性。人类的认知概念、意义推理，都来源于人们对所在的客观世界的感觉、认识、经验、体会。不论是作者、译者，他们的体验认知的发生是可想而知的，是必然出现的。

第二，翻译具有多重互动性。王寅（2007）指出，认知语言学中的一个十分关键的观点就是互动。翻译过程是一个动态的、多重关系的、互相制约的关系，这不仅是译者和作者的关系，还有读者和译者，以及读者与作者，译者与源语言、源文化，译者与目的语语言、目的语文化，译者与现实世界及客观世界的互动关系等等。

第三，翻译具有一定的创造性。这种创造性的体现，恰恰是把语言作为认知体验的结果，语言不是一成不变，也不是静态封闭的，而是动态的、富有创造性的。王寅还借用construal（识解）这一词语解读了人们认知世界的方式，指出不同的人和民族会有不同的认知方式，这本身就是一个识解过程。这是对construal这个词意的最好诠释。翻译活动恰是通过认知源语世界和译语世界的差异来完成的。在人类思维共性的基础上，翻译中通过处理那些存在差异的部分，来解决这些可译性的差异问题，对于这些由于差异导致的不可译问题，也"决定了有些语言形式和意义会具有不可译性的一面"（2007：587）。

第四，翻译的语篇性。"翻译主要是以语篇为基本层面的，主要是就语篇所反映的整体意义、主旨和风格，及其所反映出的客观世界和主观世界而言的"（王寅，2007：588）。这里的语篇性，主要是就整体性而言的，不论是翻译时候遇到源语中的字、词、句、段，终究是在语篇的整体系统中起作用的。这些字、词、句、段不但构成了语篇的整体性特征，最重要的是，它们使得意义的传递具有了意义的完整性和文化的整体传递性，而不是碎片似的、静态的意义转换。这样一来，翻译的动态性特征以及创造性特征就会展示得淋漓尽致。同时，它也有助于否定客观主义翻译风格，即过于强调忠实原文，以至于夸大不论原作在目的语世界接受如何都要过分强调死译硬译的状态。

第五，翻译的和谐性。正是由于翻译的认知语言学模式强调的是对两个世界的理解，在翻译过程中就会显示出来作者、文本、读者三个要素的和谐性问题。

第六，翻译的两个世界。王寅认为人们所谈论的基础都是基于客观世界和主观世界的。可以说，这两个世界是语篇生成的基础，语篇还原了两个世界。他认为，"译者在翻译过程中也应当充分考虑译出原作所欲表达的这两个世界。"（王寅，2007：589）

3.5 文化认知视阈构建的可行性

从认知语言学视角下的翻译研究，到认知翻译观的提出，再到认知翻译学的提出不过最近十年内的事情。认知翻译研究对于翻译学科的发展与细化都起到了主要作用。王寅从2012年《认知翻译研究》这篇文章开始，连续撰文探讨认知翻译研究的学科特点、理论与方法，路径与机制，其分别在2013年、2014年以《认知翻译学与识解机制》《认知翻译研究：理论与方法》为题发表的论文，对认知翻译研究的主要内容、现状、趋势都做了认真探讨与观点阐述。文旭（2018）最近的研究成果又提出认知翻译学将成为翻译研究的新范式。可以说，认知翻译研究从研究需要走向了研究必然。

语言不是一个封闭的、自我发生的、自治的系统，语言的发展和形成是不能离开人类的体验和感知的，语言能力的发展也不是一个封闭的、独立的系统，它是与认知能力紧密联系的。"人类对于世界的体验，以及在其基础上形成的认知系统，才是语言的主要成因。"（王寅，2007：57）没有对世界的体验，就没有认知的发展，更没有语言的形成。本章从认知语言学、文化阐释学、文化翻译、认知翻译研究成果入手，分析其对翻译，特别是译者研究的影响。认知语言学打开了翻译研究新视野，认知翻译研究在此基础上形成了具有六点要素的认知翻译观（王寅，2007），这些理论基础为构建文化认知视阈提供了翻译研究的向内关注的思考，形成了其必需的认知研究内容。文化阐释学及文化翻译研究则强调文化研究内容及其对翻译研究的影响，这为构建文化认知视阈提供了翻译研究向外关注的探究，形成其必需的文化研究内容（见图3-2）。

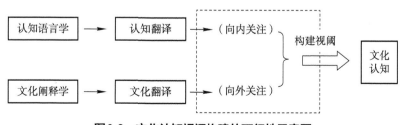

图3-2 文化认知视阈构建的可行性示意图

因此，以上这些研究内容构成了文化认知视阈所必需的理论基础，为第五章充分论证文化认知视阈的构建做了基础性的铺垫，从而为进一步尝试提出文化认知翻译观明晰了分析路径。

第四章
译者主体创造性

　　本书在译者主体性研究基础之上提出"译者主体创造性"这一说法。如第二章文献综述所示，译者主体性、翻译的创造性、创造性叛逆之间既有联系又有不同，有些概念错综复杂，盘根错节。本章旨在回答第一个研究问题，译者主体创造性是什么？有何特征？本书提出译者主体创造性，首先充分肯定译者主体的突出作用；其次，强调译者主体是翻译创造性这一特征的动作发出者，强调译者主体的核心表现就是其创造性。这样的提法旨在突破译者主体性原有的静态研究，而试图把译者研究置身于一个动态的翻译过程中进行观察与分析。再次，提出译者主体创造性，肯定"翻译总是一种创造性叛逆"，但是本研究不拘泥于这种对客观实在的静态描述，而是一种深入译作的、关注动态的翻译过程的描述性翻译研究。在阐释译者主体创造性定义及内涵之前，下面小节先来对比几对概念，以突出译者主体创造性研究的核心意义。

4.1　译者主体创造性中几对概念对比分析

　　译者主体创造性是基于译者主体性、翻译的创造性、创造性叛逆等研究成果而提出的。因此译者主体创造性的论证离不开这三个重要的术语。本节选取译者主体性、翻译创造性、创造性叛逆分别与译者主体创造性进行对比。

4.1.1 译者主体性与译者主体创造性

主体性是哲学概念，是指认识的主体性。郭湛（1999：10）指出："认识的主体性是认识作为主体的人的活动的性质，是认识在与其客体的关系中体现的主体的品格。"通常情况，主体性特征具体指主观性、能动性和创造性，可以说这些基本属于认识主体性的主要特征。但这种概括并不全面。根据郭湛"认识的主体性包括人性、自觉性、主观性、主动性、能动性和创造性等方面"。认识主体性可以从上述这些侧面来全面理解。查明建、田雨（2003）指出，主体性是指主体的本质特性，这种本质特性在主体的对象性活动中表现出来。王玉樑（1995：34）认为"主体性是主体在对象性活动中本质力量的外化，能动地改造客体、影响客体、控制客体，使客体为主体服务的特性"。主体性包括目的性、自主性、主动性、创造性等。从上述对主体性的定义和内涵解读来看，主体性与主体创造性属于归属关系，也就是说主体创造性是主体性的一个方面。既然肯定人是认识的主体，那就肯定了译者是翻译活动的主体。因此译者主体性与译者主体创造性也是归属关系，即，译者主体创造性是译者主体性的一个表现形式，而且从人的认识角度分析，创造性是指主体性的凝结与升华（郭湛，1999），译者主体创造性是译者主体性的最高表现形式。

4.1.2 翻译创造性与译者主体创造性

翻译创造性与译者主体创造性的提法并不矛盾。译者主体创造性地提出，首先是明确、肯定翻译具有创造性特征。同时，进一步追问这一创造性特征的主体是谁。当肯定翻译的创造性时，其实肯定的就是译者主体的创造性，也就是承认译者主体是这一动作的发出者。为了进一步厘清二者关系，本节先把翻译创造性的相关表述一一梳理清楚。在诸多研究中常见的表述有翻译的创造性、创造性翻译、创译等。

曾剑平（2002：91）指出"文学翻译的创造性，是由源语和译语语言结构的差异性和文学语言的审美功能决定的"。他认为"创造是文学翻译的灵魂"。这不仅道出了文学翻译中创造性产生的原因，也指出的了文学翻译的核心特征即为创造，肯定了翻译的创造性特征。在《论翻译的创造性》（马骁骁、张艳丰，2002：76）一书中，作者把创造性与忠实性作为一对概念来阐述，认为"没有了创造性，忠实性在一定意义上也是无法达到的"。翻译的创造性指的是翻译活动或翻译行为的特点。德里达（Derrida，1985：114）认为写作与翻译关系复杂、相互依赖，两者既不同也有联系，而且没有明显界限。本雅明（Benjamin，2000：17）也认为，翻译是原作的"来世"或永生（afterlife），是为前世的生活写了续篇。

创造性翻译或翻译的创造性的提法也常见于国内作家或翻译家的观点，主要代表人物包括傅雷、余光中、茅盾、郭沫若等。郭沫若是"力主创造性翻译的作家和翻译家，他自己的译作是创造性翻译的典范"（郭建中，2014：10）。他首先使用的是翻译中的创作精神，"我们试问：翻译作品要不要有创作精神寄寓在里面？这在我恐怕无论是怎样强词夺理的人，对于这个问题，一定答应一个'是'"（罗新璋，1984：329）。后来在《谈文学翻译工作》一文中，郭沫若还提到了翻译的创造性，"翻译是一种创造性的，好的翻译等于创作，甚至还可能超过创作"（罗新璋，1984：498）。林语堂的"译文即译者之创作品"更是对译作的创造性和译者创作最直接的肯定。

翻译创造性的提法也常见于国外翻译文献中。在罗福莱多（Loffredo）与博迪盖拉（Perteghella）编撰的论文集《翻译与创造性：创作性写作语翻译研究视角》（*Translation and Creativity: Perspectives on Creative Writing and Translation Studies*）中，第一章的作者尼古拉（Nikolaou）明确指出，"在文化转向之后，翻译研究面临着一个创作转向"（Loffredo & Perteghella，2006）。这种开宗明义的创作转向不但肯定了翻译过程中创造性的重要性，也肯定了译者主体创造性研究的必要性及应有地位。翻译过程是一个创造性写作过程或重写过程（王心洁、王琼，2007）。奈达（2001：261）对于翻译的创造性也做过解释：

We should not attempt to make a science out of translating, since it is essentially not an isolated discipline, but a creative technology, a way of doing something which employs insights from a number of different disciplines. Translating can never be any more holistic or comprehensive than the disciplines on which it depends.

奈达明确指出，翻译不是科学，而是一种创造性的技艺或技能(creative technology)，需要人们综合多学科的智慧与洞见才能完成。这种创造性不但需要译者主体的多学科知识(different disciplines)贯穿翻译活动始终，而且始终需要译者主体运用智慧或见解(insights)来完成。可见创造性的实现不但需要译者本人思想的参与，还需要多学科知识的参与，这充分证明了翻译的创造性的特征，以及译者个人认知与百科知识的重要性。

还有学者认为，翻译创造性的实现可以通过技巧层面来实施。郭建中(2014：11)提出"创造性对等"来实现翻译的创造性，主张译文通过"重写"或"重新表达"，成就翻译的创造性。所谓创造性对等，是根据释意学理论学派提倡重新创造上下文对等(recreation of equivalence in context)。郭建中解释了"重新创造上下文对等"的含义，是指原文中的表达无法在目的语中找到对等的表达方式的时候，译者"必须根据整个篇章和自己掌握的百科知识，分析原文词语或表达方式在上下文中的概念意义"(郭建中，2014：12)。通过在目的语中创造与原文对等的新的表达方式，郭建中(2014：13)借用"重新创造上下文对等"，提出"创造性对等"(creative equivalence)。他还强调对这种创造性对等可以进行量化，一篇文章中的创造性对等由量变到质变，会使得译文达到较为理想的效果。可以看出，郭建中所指的创造性对等主要是通过词语表达形式转换、句子结构转换、句子重组等段落整合的方式实现的，并以此重新产出语言形式，以求最大限度实现翻译创造性。

不论是奈达关于翻译的"创造性的技艺"的描述，还是郭沫若的"好的翻译等于创作"，抑或郭建中的"创造性对等"的实现路径，都肯定了翻译具有创造性特征，这点是毋庸置疑的。如果进一步追问，翻译的创造性行为是谁发出的，由谁实现的，答案是显而易见的——译者主体。译者主体创造性地提出与翻译创造性关于肯定"创造性"这一说法的表述是一致的，它们都有一个共同的前提，即肯定翻译的创造性。除此之外，译者主体创造性突出强调了创造性这一动作的发出者，突出译者主体作用研究的动态特点，凸显译者主体的最重要形式就是其创造性。因此明确指出译者主体创造性，有利于进一步分析译者主体作用，也有利于解析翻译过程的译者行为特征。

4.1.3 创造性叛逆与译者主体创造性

　　法国文学社会学家罗贝尔·埃斯卡皮（Robert Escarpit）1987年提出"翻译总是一种创造性叛逆"。谢天振（1992）第一次将其引入翻译研究，引起业界强烈反响。后来，这一概念也成为谢天振提出译介学的核心基础。谢天振指出"创造性叛逆"道出了翻译的实质，是客观必然。创造性叛逆是对翻译活动的实质反应，它既不是一种翻译理论，也不是翻译方法，更不是翻译技巧。强调创造性叛逆并不是忽视忠实。换言之，创造性叛逆并不是对翻译标准的挑战，而是进一步明确翻译的实质及翻译活动的性质，它对于进一步明确翻译文学的地位及推动其发展，书写翻译史等都具有颇为深远的意义。本研究认同谢天振（1992）关于"创造性叛逆体现了翻译的本质"这一说法，同时认为"创造性叛逆"强调的是翻译活动的本质状态，"创造"体现了译者行为的核心动作，"叛逆"则道出了语言形式的解放。只有冲破了原文语言形式的束缚，译文的创造性才会发生。这是任何一个翻译行为、翻译活动的必经之路。创造性叛逆是从翻译本质出发的解释，是文学文本或翻译文本的必然发生，是一种客观的外部表现。译者主体创造性地提出，首先肯定译者主体性研究成果，肯定译者地位，明确译者角色。译者的地位不再是仆人、隐身人、舌人等身份标签，也不再是单纯"戴着手铐跳舞"的形象，译者群体开始有了明显主体身份认同，译者的社会化特征、文化特征都越发彰显。此外，基于译者主体性、翻译的创造性、创造性叛逆等研究基础，着重强调译者主体地位的主要特征为创造性，即创造性是译者主体性中最突出、最高级的特征形式。因此，译者主体创造性地提出与"创造性叛逆"并不矛盾，是在认同这一说法之后的深入追问。不仅如此，译者主体创造性地提出，还直面回答了"创造性"的动作发出者这一问题，并将其放在这一动作完成的过程中去观察与分析，在肯定译者主体性的基础上，加强了对译者主体创造性的行为研究的着墨，并期待在翻译过程的考察中得以证实。

4.2 译者主体创造性的定义与内涵

4.2.1 译者主体创造性的定义

郭湛（1999：10）在《人的认识的主体性》中阐述了对认识主体性的特征分析，"认识之主体能动性的最高表现在于认识的创造性"。同样，本书借助这一观点对翻译活动中的译者进行描述，对译者主体创造性定义为：译者是翻译中的认识主体，译者主体创造性是译者主体能动性的最高表现形式，往往表现为一种译者主体为完成译文文本的合理构建调动主观能动性，并以主观能动性最高表现形式——"创造性"来完成译文的生成，译者主体创造性既是译者主体认知参与的基础，也是译者主体认知操作的结果。换言之，肯定译者主体创造性，就是肯定译者主体认知参与及操作，肯定译者主体认知，才有译者主体创造性实现的可能。

本节试图将该定义进一步分解说明。首先，译者主体创造性强调译者主体地位，是对译者角色的充分肯定，没有译者，也就没有翻译活动以及翻译文本；其次，译者主体创造性着重"创造性"特征，并认为是译者主体能动性的最高表现形式，注重挖掘译者的"创造性"的实现形式；再次，译者主体创造性强调译者研究的动态视角。文献研究表明，译者主体性或是哲学层面的冷静观察，或是技术层面的微观细节呈现，而译者主体创造性则强调译者研究的动态特征，着重观察分析译者主体如何在文本翻译过程中实现其创造性的。

4.2.2 译者主体创造性的内涵特征

郭湛（1999）进一步论述创造性的特点，认为"这种创造不同于单纯的接受或简单的重复，它是在原有基础上的开拓，是对于既成状态的超越。认识的创造性意味着主体不满足他人或自己业已做过的一切，力图通过自己的劳作提供的知识、能力和方法，形成新的活动方式和表现方式。创造必然伴随着新的过程和结果，所以是非重复性的"。根据以上观点，本节将论述译者主体创造性的内涵。极其相似的是，翻译家或翻译工作者的任务不是简单的重复，是对原有译文在语言与文化上面的开拓，而这些开拓行为必然是通过翻译的活动形式，其具体表现形式为译作。因此这种创造性必然伴随着新的过程和结果，因此译者主体的创造性活动也是非重复性的。因此本研究认为译者主体创造性的第一个内涵特征为译者主体创造性活动或行为是非重复性的。译者主体不是简单的重复与复制，而是在原文基础上，加入译者自身的认知参与，是对原文文本的认知超越，这也解释了为何傅雷用"临画"来表达翻译所需的神似，巴斯奈特与勒菲弗尔所指的"重塑一件雕塑作品"，以及德里达眼中的作品的重生（afterlife）了。郭湛（1999：12）在该文中引用的阿瑞提（Silvano Arieti）在《创造的秘密》（*Creativity: The Magic Synthesis*）中的话来加以说明人的认识的创造性，"创造活动可以被看成具有双重的作用：它增添和开拓出新领域而使世界更广阔，同时又由于使人的内在心灵能体验到这种新领域而丰富发展了人本身"（阿瑞提著、钱岗南译，1987）。（阿瑞提，1987：5）。可以看出，双重性是创造性的第二个内涵特征。就文学翻译而言，译者的存在使得文学作品内涵更为丰富，翻译文学使得文学世界的领域涵盖更广泛。翻译文学是世界文学重要的组成部分。此外，文学经典性也在于此，一部好的文学作品是作者的，更是世界的，而文学作品成为世界性的首要渠道是通过翻译而完成的；反过来，译者的心灵体验、文化认知都通过翻译活动得以彰显与发展。译者主体创造性的双重性既包含了作为译者对翻译文学的贡献，也包含自身认知发展与心灵体验的提升。王佐良（2016：1）先生在1987年的一次专题翻译讨论会上提到国内的"若干一流作家都搞过翻译，包括鲁迅、郭沫若、茅盾、冰心、田汉、曹禺、徐志摩、戴望舒、艾青、卞之琳、冯至、李健吾等，在许多情况下翻译提高了他们的创作，或者发展了他们的创作"。可见，翻译带给译者本人的体验及对其才能发展的影响。郭湛还借助阿瑞提所讲的"创造活动包括人在认识领域中的创造。创造性是人的认识的主体性的最高境界，在这种境界中，人似乎获得了原本只有神或上帝才可能具有的创造力"等阐释来说明创造性的普遍存在。由此也可以理解，普遍性可以视为译者主体创造性内涵的第三个特征。为了进一步说明创造性的普遍性，他还进一步解释人们可能对创造性的误解，他指出创造性并不是"天才的专利"。总体而言，一般意义上的创造力是每个人都可以具有的，肯定了创造性的普遍存在。创造性并不是天才、科学家的专利，而是指"人的主体性的健康发展中必然会临近的一种境界，只要努力就能达到"。这样一来，创造性就成了"人的主体性的凝结或升华"。至于能发挥出何种程度的创造性，当然要受到人本身和人以外各种因素的制约。因此，制约性可以看作是译者主体创造性的第四个特征。这段关于人的认识的创造性是非重复性、双重性、普遍性以及制约性等特征的论述，可以视为译者主体创造性特征极为贴切的客观描述。这既是对翻译家或翻译工作者的肯定，也是对译者主体作用的肯定，更是对译者这一认识主体的创造性特征的高度概括。因而，从人的认识视角或认识论层面，本书认为，提出译者主体创造性是符合逻辑的。

综上，本书认为，译者主体创造性是译者这一认识主体的凝结或升华，是译者主体能动作用的最高表现形式，它具有非重复性、双重性、普遍性以及受制约性等内涵特征。译者主体创造性与译者主体性的研究重点不同，前者强调译者主体的动态观察，后者关注译者主体的静态剖析；前者考察译者在翻译过程中其主体创造性的实现，后者注重译者主体地位的研究。译者主体创造性是对译者主体性研究的延伸或延展，是对译者主体地位肯定，同时，进一步追问谁是创造性这一动作的发出者，进一步剖析译者主体地位的最高表现形式，从而进一步研究译者主体在文学译作中的表现或存在形式。

4.2.3 译者主体创造性与"忠实"标准的关系

提及译文的不忠实，或译者的主体发挥，长期以来存在的误解会归咎于译者主观的"创造性"惹的祸。其实，否定译者的创造性的看法是错误的、片面的、缺乏批判性思维或意识的，这样的误解也会影响译者主体性的深入研究。很多时候，似乎一谈创造性，评论家都以忠实的名义或是批判译文不够忠实，或是维护译文应该遵守的"信"之标准。其实，创造性与忠实并不相悖。至此，本书提出译者主体创造性的定义之后，必须要澄清的是，"创造性"与忠实的关系并不是一个对立的关系。

提到译者主体性的发挥，特别是谈及创造性，好像势必与严复的忠实之说对立起来，似乎"创造性"和"忠实性"是一对天生对立的概念，这主要源于对创造的误解：但凡提及创造，似乎就是变化、变形、改变、背叛，是不忠实的，是偏离原作的。根据2.3.2.2一节中对忠实与叛逆之争的文献述评，发现二者在诸多研究中呈现出是一对二元对立的概念。事实果真如此吗？严复在《天演论》的序言中提出了"译事三难信、达、雅"。后来，但凡关于翻译标准的讨论很少不引用它。如果细读原文，不难看出个中原意。说到"信""达""雅"的角色或意义，严复强调"求其信已大难矣。顾信矣不达。虽译犹不译也，则达尚焉。……易曰修辞立诚。子曰辞达而已。又曰言之无文。行之不远。三者乃文章正规。亦即为译事楷模。故信达而外。求其尔雅"。王佐良先生（2016：46）对这几者的关系解读，对于理解译者行为与翻译标准之间的判断是有所借鉴的。王佐良（2016：47）认为严复所提到的"雅"是与第一点"信"紧密相连的，他认为"雅"不是美化，不是把一篇原来不典雅的文章译的很典雅，而是"指一种努力，要传达一种比词、句的简单的含义更高更精微的东西：原作者的心智特点，原作的精神光泽"。这与本书上一节中提到的"创造性"具有普遍性这一说法不谋而合。译者主体的这种创造性也彰显了"人的主体性的健康发展中的必然会临近的一种境界，只要努力就能达到"，严复本人提倡译者的创造性，王佐良先生也认同这一说法，认为雅是译者做出的"一种努力"，更是体现了比语言层面更精微的东西，是译者深刻理解原作者的心智特点以及原文的精神光泽才能企及的状态。严复当时提出的"信、达、雅"实际正是译者主体创造性的绝佳表现。严复不仅提出如此观点（即，为后人引经据典的翻译标准"三点论"），他自己在《天演论》的翻译过程也是极具创造性的。王佐良先生就此问题进行原文译文比较。现将《天演论》中英文摘录如下一段（王佐良，2016：48）：

It may be safely assumed that, two thousand years ago, before Caesar set foot in southern Britain, the whole countryside visible from the windows of the room in which I write, was in what is called "the state of Nature." Except, it may be, by raising a few sepulchral, such as those which still, here and there, break the flowing contours of the downs, man's hands had made no mark upon it; and the thin veil of vegetation which overspread the broad-backed height and shelving sides of the combs was unaffected by his industry. （赫胥黎原文开篇）

　　赫胥黎独处一室之中。在英伦之南。背山而面野。槛外诸境。历历如在几下。乃悬想二千年前。当罗马大将恺彻未到时。

此间有何景物。计唯有天造草昧。人功未施。其借征人境者。不过几处荒坟。散见坡陀起伏间。而灌木丛林。蒙耳山麓。未经删治如今日者。则无疑也。

（严复译《天演论》开篇）

——中英文均摘录自王佐良《译境》（2016：48）

王佐良先生就这一段的比照细读，有多处发现。归结起来一共有三类情况：一是人称称谓。原文中的第一人称"I"在译文中直接以作者本人的名字"赫胥黎"取而代之，使得整个文章的论述以第三人称指代展开论述。就此情况，严复本人并未作说明，只提及说"一名之立，旬月踟蹰"；二是科学名词。他也创立新名词，比如logic译成名学，pure reason译成清净之理，或者尽量使用成语，比如the state of Nature译成天造草昧。王佐良先生称他既"不怕创立新名词""又体念读者困难，尽量少用新名词"。三是文风文体。赫胥黎的英文原文与严复的译文相比而言，前者是一个科学论著，严复的更像一个"戏剧化的场合"，有些时候原文的简要寥寥几笔"unceasing struggle for existence"，译文却犹如战时家书，或是王先生称之为的"战况公报"："战事炽然。强者后亡。弱者先绝。年年岁岁。偏有留遗。"以上，可以看出译者的多处创造性的翻译，如果按照现在常被引用的"信、达、雅"翻译标准来生硬对照的话，恐怕首要发现的问题就是不忠不实了。就此，也可以继续思考，译者为何做出这样的选择？这样的翻译目的何在？不难推断，译者的翻译目的首先是与当时社会、文化背景应景而生，译者在字、词、句、文风的创造性表现无疑不体现了译者的翻译目的，"吸引士大夫的注意"。他翻译的每一本书都是"资本主义思想的奠基之作合起来构成近代西方的主导的意识形态系统"。而严复，为了让那些"在中古的梦乡里酣睡的人"读下去，他在上面涂了糖衣。因此如王佐良先生（2016：48）所言，"雅乃是严复的招徕术"。严复"信、达、雅"的真正含义也更加清晰："信"是指为这样的读者准确传达原作的内容，"达"是指尽量运用他们所见习的表达方式，"雅"是指艺术地再现和加强原作的风格特色来吸引他们。一切都是从读者需要出发的，一切都是从当时的社会语境和现实需求出发的。可见，重新探讨对严复的"信、达、雅"标准的理解，也是十分重要的课题。谢天振也曾在全国翻译界研讨会或讲座中多次重申，指出国内翻译界、学术界大多对严复的"信、达、雅"之说的理解与阐释存在偏颇，至少这是不符合严复的本意的[1]。谢天振通过分析阐释严复译《天演论》的"序言""译例言"等，进一步指出"信、达、雅"的内涵，指出百年来国内翻译界对于"信、达、雅"翻译思想的误读，"重新探究了严复翻译理论与'案本、求信、神似、化境'之间的内在呼应关系，为重写中国翻译思想史、建构当代中国翻译理论找到了本土理论资源"（闫怡恂、潘佳宁，2017）。

因此，创造性与忠实并不相悖。创造性是译者主体为实现文本最佳呈现而发挥的主观能动性的最高形式，创造性是关于译者主观努力的描述，是作者译者都力求展示作品魅力而做出的主观努力，而忠实是译者对译文文本客观之需的向往标准，是为求原作译作呼应译者所必需的考量之点。因此创造性与忠实并不相悖，相反它们互相促进，互相作用。译者为了意义的忠实，会寻求形式的创造。译者为了达到原文魅力的完美再现，会使用或直接或迂回的手段进行创造，以求忠实完美地呈现原文文本。

正因为此，译者主体的创造性在翻译家的眼里成为瑰宝，成为必需之物。对于这种创造性，余光中（2014：55）讲得好，认为"翻译，也是一种创作，一种'有限的创作'，译者不必兼为作家，但是心中不能不了然于创作的某些原理，手中也不能没有一支作家的笔"。余光中还强调这支作家的笔就是翻译家的创作之笔，即使知道翻译是一个有限的创作过程，但必须从理论上懂得"创作的原理"，从实践上知晓如何使用这支"作家的笔"（余光中，2014：56）。对于译诗之事，其创作的难度就更可想而知，对于诗歌翻译则更是素来有"唯诗人可以译诗"的要求，余光中觉得比起这般唯美要求，他的"这种'65分'的要求，已经宽大多了"。时至今日，也许无法考证余光中提及的这种翻译要求的尺度到底如何，但却充分体现了翻译家之译事难度，以及翻译家创作的重要性。

翻译是一种创作或是再创作。这都肯定了译者主体的创造性。傅雷提出"传神达意"的论旨，罗新璋曾说傅雷的翻译观本身就含有再创作的

思想。因为翻译涉及的不仅仅是"运用语言问题，也得遵循文学创作上的一些普遍规律"（傅雷，2014：3），这和余光中论及的"翻译是创作"有异曲同工之处。傅雷的传神之法得益于在他看重的临画之事：

> 以效果而论，翻译就应当像临画一样，所求的不在形似而在神似。以实际工作而论，翻译比临画更难。临画与原画，素材相同（颜色、画布、或纸或绢），法则相同（色彩学、解剖学、透视学）。译本与原作，文字既不侔，规则又大不异。各种文字各有特色，各有无可模仿的优点，各有无法补救的缺陷，同时又各有不能侵犯的戒律。
>
> ——摘自《高老头》重译本序（傅雷《翻译似临画》）

傅雷把翻译的创作比作"传神达意"，他的"传神之法"更如同临画般的感受与态度。比"临画难"更道出了译事之难。傅雷关于译文与原文的比较，也说明了创造性发挥的难度。一是译作原作文字不同，二是规则不同，三是各有各的优点和缺陷，四是各有各的注意事项。翻译活动首先是关乎文字的，一种文字转换成另外一种文字不仅是直译与意译、归化与异化那么简单，不然所有的翻译也许就是按照字典的意思就能解决的了。究其原因还是好的译者一直在追求的那个大于"形似"的"神似"；两种语言的规则更是差之甚远，即便是"英法、英德那样的接近语言，尚且有很多难以互译的地方"，更何况中英文的语法规则、行文规则更是差异极大。不仅如此，两种语言之间都有各自的优点、缺陷、注意事项等的限制，因此译者主体创造性的发挥当然是层层受限了，因此在这样的情况下，翻译比临画难是自然的了。

4.3　译者主体创造性的表现形式

译者主体创造性具有绝对性和相对性两个主要表现形式。这与"人类社会的历史矛盾运动既是相对的，也是绝对的"这个历史认识是一致的（郭湛，1999）。译者主体创造性的绝对性是一种客观必然，是文学翻译过程中译者认识的客观必然；同时，每一个译者作为认识的主体，不论是译者本身的认知受限，还是译者对原文文本可能出现的相对认识不足，都决定了译者主体创造性的相对性特征的存在。

4.3.1 译者主体创造性的绝对性

译者主体的创造性是绝对的，这是因为只要翻译一个文本，这种创造性的发生就是必然的，是绝对的，这是一个原文文本走向译文文本的必然过程，这是翻译过程的客观性决定的，即，只要有翻译就必然有创造。这种创造性的绝对性表现是由诸多因素决定的。谢天振借用文学社会学家埃斯卡皮关于"翻译总是一种创造性叛逆"来描述翻译本质。这里的创造性是属于对翻译活动的本质的论述。除此之外，这种创造性的发生还表现为一种外部因素的影响。具体而言，翻译的创造性有时表现为一种社会需求，或政治需求。下面以《国际歌》中 les damnés 一词汉译的翻译过程举例说明。《国际歌》首句中 les damnés 一词的汉译，经历了从最初翻译为"罪人"，到"受罪的人"，再到"受压迫的人""受苦役的人""受苦的人"等历史演绎。李放春（2008：33）指出，les damnés 一词最终确定译为"受苦（的）人"，到底出自谁手无从知晓，只能考察几种可能性（包括彭德怀、沈宝基、胡乔木以及中国音乐家协会的有关专家）。他认为最终选择将其译为"受苦的人"，其背后起推动作用的是某种"社会需求"。这种"需求"是中国革命的话语在历史进程中逐渐形成的，并构成 les damnés 一词汉译的内在"政治要求"（李放春，2008：34）。因此，译者主体创造性的绝对性还表现为译者基于外部需求而做出的内部选择，这是多数翻译活动的必然发生。

这样的例子不仅存在于译入汉语的过程，汉译外时也有类似情况。庞德翻译的《四书》，本质上讲并不是翻译，而是一种解释或者说是一种阐释，也有人说甚至是误读。然而，这种阐释的需要其实是译者内心的需要，那么，译者主体创造性的发生就完全成为必然，已经不能单纯用"信、达、雅"之标准来评判。正如刘心莲（2001：73）所说，"庞德将自己疗救西方的理想寄托其中，由此，即使是最忠实的反映也失去了忠实性，成为一种有意或无意的扭曲。"可以说，这些翻译文本已经不再是基于或忠于原文了。其实，在翻译过程中这种误读也好，不忠也罢，最终以译文的形式呈现在译文读者世界里，译者主体创造性的绝对性是必然存在的，这也是翻译的本质所在。至于译者选择什么样的策略，翻译成什么样的文本等问题，是受译者本人的认知程度或内心需要限制的。在庞德的世界里，"中国是什么？"这样的问题，"是虚拟的，人为的，是一个被像庞德这样的对中国文化感兴趣的西方人创造出来的世界"。由此可以看出，译者主体创造性是很多情况下的必然发生。

4.3.2 译者主体创造性的相对性

译者主体创造性的相对性也是显而易见的。原因之一是译者本身的局限性。葛浩文在翻译中国现当代作家作品的时候，特别是莫言、贾平凹、毕飞宇等的作品时，都不无例外地遇到了方言和熟语的译文表达障碍以及翻译难点，甚至贾平凹（闫怡恂，2018）曾一度认为葛浩文不懂汉语，或者说不那么懂汉语；翻译毕飞宇的《推拿》时，大量的中医术语，南京官话都成了葛浩文翻译时用英文表达的掣肘。然而，这就是翻译活动本身的特点，这时译者主体创造性的发挥与实现得到了制约，因此是相对的。原因之二是译者在翻译过程中所处的年代，所了解的外部环境的接受并不那么顺利的时候，也会有很强的相对性。鲁迅的翻译、林纾的翻译都说明了这个问题。鲁迅的翻译提倡"硬译"，他"坚持用'硬译'来从事外来文明的传播，说到底是进行一种从'语言'到'文体'再到'思维'的艰苦探索，他希望通过自己在翻译工作中的探索和尝试，能够真正有益于中国语言现有水平的质量提升，能够创造出具有全新意义的更加精密细致的文体，进而能够用现代理性来影响或充实中国人的认知世界、思维世界乃至表达世界"（郑春，2017：6）。这里先不谈这种创造性的实现目标或现实表征，从这一创造性的出发点就可以看出，这种创造性是受制约的，鲁迅强调"硬译"的目的是"提升中国语言现有水平的质量"，用现代理性影响中国人的认知、思维与表达，因此这种翻译无疑是受社会需要即译者翻译目的制约的，因此是相对的。林纾的翻译几乎是重写。他不懂外语，因此也有人说他的翻译也正是由于他不懂外语而导致的误读。然而，钱锺书先生提出来的观点却是：林纾故意误读了。他指出"林译"中的"讹"绝不能完全归结于助手，其中最具特色的成分正出于林纾本人的明知故犯。曹顺庆（2011：111）认为，"林纾常常将自己的理解建立在对原著有意误读的基础上，大多数'误读'已产生了全新意义，明确表现出他本人的思想倾向和意识形态"。他还举了一个《黑奴吁天录》第十章结尾处乔治送别汤姆时两人对话的例子，非常有说服力：

> "汤姆曰：小主人切勿以一奴之故，致家法阻梗，于理非福。乔治曰：吾自有道，亦不致取怒于二亲。汤姆曰：且吾尚有两雏，此后仰属小主人恩覆矣。乔治曰：谨佩良箴。至尔二儿，吾定不以常人目之。"（斯土活45）当小主人获悉汤姆已卖与他姓人家，满腔悲愤，策马前来送别，连连高喊"可耻"！他要让父亲日后赎回汤姆，否则会让老爸好看。但原文仅仅是："Tom: O! Mas'r George, ye mustn't talk so bout yer father! / George: Lor, Uncle Tom, I don't mean anything bad."汤姆无非是在劝导小主人不可如此议论父亲，而后者也表示对父亲并无恶意。林纾却将对话进行了改头换面，里面竟然出现"家法""道"和"二亲"等代表着中国传统文化秩序的字眼。汤姆懂得了君臣父子之义，劝人非礼莫为；乔治也知书达理，不行造次之事。

曹顺庆指出的案例说明了"译者无非是想把自己心目中的理想秩序展现在读者面前，后面的对话全是林纾自己添加的内容"。这其实，说到底，林纾的翻译是受他所处的外部环境、封建礼教思想的制约或是当时的接受理念所致。因此，对林纾翻译的评价，不可简单说他是不懂外语，是译述或是故意误读，离经叛道。实质而言，他的创造性是受到某种社会外部环境的制约的。原因之三是译者的文化认知、知识结构、读者世界的接受制约了译本的生成。1993年出版的《废都》，直到2016年才有英译本的产生。这期间抛开其他因素不谈，就谈谈译者主体创造性的相对性的问题。葛浩文的译文最终呈现，得益于他的文化认知（汉语好，中西思维兼具，即便遇到问题也可以与华人妻子商量请教，深谙中国文学创作模式，这些文化认知的具体内容在译者身上都得以充分体现），他的知识结构（早年学习汉语，学术研究是关于中国文学研究，翻译实践又是中国文学英译），他在英语读者世界的接受程度（被夏志清称为"中国文学的首席接生婆"，曾被认为是莫言获得诺贝尔奖的主要原因之一）等。可以说，他的译本的成功地位是不言而喻的。然而在此之前，有中国学者和西方学者合璧翻译过的《废都》，最终没能出版成行。每个译者的文化认知及其在读者世界接受程度的高低会促使或制约译者主体创造性的发生；译者文化认知水平较高、读者接受程度较高、知识结构较好，就会最大限度发挥译者主体创造性，从而最大程度促进译本的生成；反之，则会制约译者主体创造性的发挥，制约译本的生成。

根据郭湛对人的认识的历史观表述，在承认和研究人的历史认识的相对性时，丝毫也不表明我们否认历史的绝对性，这也是承认了历史矛盾运动过程的客观性（郭湛，1999）。译者主体创造性也是符合这一基本历史观表述的。承认译者主体创造性的相对性之时，丝毫也不表明否认译者主体创造性的绝对性。因此，既要承认译者主体创造性具有相对性，也要承认其绝对性、必然性。在这样的观点下，也不难理解"翻译总是一种创造性叛逆"的含义了，二者异曲同工，殊途同归。可以说，创造性叛逆是对文学翻译的本质的描述，是对译者主体创造性具有绝对性这一特征的有力理论支持，这种叛逆既是绝对发生的，也是必然存在的。

4.4 译者主体创造性的"度"

译者主体创造性是译者主体性的主要内容与重要特征。没有创造性，主体性无从谈起。译者主体创造性表现贯穿在整个翻译过程中。因此，译者主体创造性研究的主要特征是动态性、过程性的。创造性是译者主体的主观性、能动性的最高表现形式，强调译者的动态行为，且贯穿整个翻译过程。创造性既然是能动性的表现形式，就会有所限制。本书使用创造性的"度"来说明译者主体创造性的受限问题。需要强调一点，以往创造性叛逆研究中有很多误读的表现，其中一类集中体现为"创造性叛逆"的"度"的提法，或者创造性叛逆作为一种手段或策略的表述。创造性叛逆作为翻译的本质一种表述，它不是一种主观表现，而是一种客观存在或必然发生。因此，译者主体创造性的"度"与"创造性叛逆"的"度"这一误读是截然不同的。前者指译者在进行翻译的过程中，译者主体的主要行为特征就是创造性。既然创造性的发出者是译者主体，这一行为就必然会受限。这种受限就是译者主体创造性的"度"。而创造性叛逆是翻译活动过程中的一种必然发生，是对翻译本质的描述，因而不存在创造性叛逆的"度"这一说法。

4.4.1 译者主体创造性受限的原因

观察译者主体创造性受限的原因问题，首先，归根结底是由于作者与译者的身份异同导致的。作者和译者一样，都是通过自己的体验或经验在完成各自的作品。余光中曾说，作家在创作时，是将"自己的经验翻译成文字，译者在翻译时，也要将这种经验变成文字"（余光中，2014：56）。这是二者的相似之处。然而不同的是，对于译者来说"那种经验已经有人转换成文字，而文字化了的经验已经具有清晰的面貌和确定的涵义，不容译者擅加变更"。因此，看得出来，译者的身份有别于原作者，因为译者始终无法脱离原文如同作者那样去创造，译者行为始终是受限的。因此，译者和作者的身份异同，会造成译者主体创造性的受限，这是因为"一方面他要将那种精确的经验'传真'过来，另一方面，在可能的范围内，还要保留那种经验赖以表现的原文"。看得出来，译者的活动比作者的创作还要兼顾的更多，不但把原作者的经验尽可能保持原样呈现出来，还要顾及原文的感受，难怪余光中感叹"这种心智活动，似乎比创作更繁复"。

其次，译者的翻译活动和作者的创作过程不同也会引起译者主体创造性的受限。下面是余光中（2014：44）关于作者把经验"翻译"成文字的具体论述：

> 所谓创作是将自己的经验"翻译"成文字，可是这种"翻译"并无已经确定的"原文"为本，因为在这里，"翻译"的过程，是一种虽甚强烈但混沌而游移的经验，透过作者的匠心，接受选择、修正、重组，甚或蜕变的过程。也可以说，这样子的"翻译"是一面改一面译的，而且，最奇怪的是，一直要到"译"完，才会看见整个"原文"。这和真正的译者一开始就面对一清二楚的原文，当然不同。

原文作者的创作可以不断变化、修正，有的时候还有蜕变的、不受约束的过程。虽然译者和作者的创作过程或创造性活动都与自身的经验或体验离不开，但是译者的创造性过程自始至终都有一个看得见的、原文限制译者的自由发挥，所以这种译者主体创造性的发挥受限是必然的，是由作者和译者创作过程异同决定的。

4.4.2 译者主体创造性的"度"的阐释与创造性叛逆的"度"的误读

论及译者主体创造性，势必会谈及创造性的"度"。如前所述，创造性叛逆反映了翻译活动的本质。但文献研究表明，有些表述把创造性叛逆当作一个翻译方法来把握，因此提及了创造性叛逆的"度"。既然创造性叛逆不是一个翻译方法，也不是翻译技巧，这种关于创造性叛逆的"度"的提法并不准确。然而，译者主体创造性是一种主观努力，是译者在从事翻译活动时的一种主体能动作用的最高表现形式，因此译者主体创造性的"度"我们可以这样理解：这种创造性翻译在译文中发生的时候，与原文相比，会有多大的变化。这种变化可以包括词汇形式、句子结构形式、语篇段落形式等变化，还有译者序言、前言等副文本的增加以及书名翻译显示出来的译者主体创造性等；当然这种创造性的"度"的发生，不仅依赖于译者本身的认知水平、文化体验、语言表达，还依赖于读者的认知水平、文化接受程度，以及语言表达的接受程度等，有的甚至还要依赖与编辑、出版社等这种特殊读者群体互动，最终决定这种创造性的"度"的发生和实现。关注译者主体创造性实现的"度"，也提示在做译者研究时，要进行全面、动态、多维度视角来进行。译者主体创造性的观察与分析不能仅仅从译者本身研究来进行，还需要从外部因素与译者互动，以及译文文本的生成去追溯分析译者主体创造性实现的原因等诸多方面来进行研究。

第五章
译者主体创造性研究的理据——文化认知视阈

　　译者主体创造性的提出丰富与延展了译者主体性的研究内容。这主要是指译者主体创造性强调译者的动态研究、过程研究。所谓译者的动态研究与过程研究是将译者放在一个动态过程进行观察，这不但强调了译者认知的重要性，也强调了翻译过程本身作为认知过程的存在。译者的认知是离不开文化的，文化离不开协调、认知等由人类与周围外部环境的互动关系。本章拟在第三章理论基础的梳理述评之后，提出译者主体创造性研究的理据——文化认知视阈。本章试图回答本研究的第二个研究问题，即译者主体创造性的研究理据是什么，从而证明译者主体创造性为何在文化认知视阈下来进行。文化认知这一视阈是基于认知研究与文化研究成果提出的。具体而言，认知语言学、文化阐释学、文化翻译与认知翻译研究构建了文化认知视阈提出的合理性（见图5-1）。

　　本章拟从文化认知的提出、文化与认知的辩证关系、文化认知的层级形式与学科属性等方面，建构文化认知视角，为译者主体创造性研究寻求理论支撑，提供研究理据。在此基础上，提出文化认知视阈下的翻译观，并梳理文化认知翻译观的重要表现特点，并以此作为分析维度，验证译者主体创造性的实现。

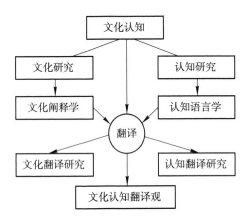

图5-1　文化认知视阈理论构成关系示意图

5.1　文化认知的提出

　　文化认知是最近几年来语言或翻译研究里经常会提到的理论概念或视角。以文化认知作为关键词输入中国知网显示有659篇论文[1]。综述这些论文大多是以文化认知为理念或视角，探讨某一个问题研究。然而，这些论文都绕过了文化认知这一概念建构，或谈文化或谈认知，或笼统地把文化认知作为一个简单的认识模式加以模糊性处理，始终没能厘清文化认知这一概念。在此，本书认为有必要梳理文化认知这一基本概念，作为本研究的视角与理据，主要回答本研究的第二个研究问题。那么，到底什么是文化认知? 文化认知是属于人类认知的基本特征，还是人类认知的一个方面? 文化认知是与文化联系还是与思维相关? 本研究尝试在认知研究、文化研究等跨学科背景下，解答这些问题，厘清这一概念结构。那么作为概念厘清，本章首先要回答的问题有，文化与认知的辩证关系，文化认知学科属性与层级形式，以及文化认知研究的宏观视角与微观视角。

1　以"文化认知"为关键词查询中国知网显示659条，以主题词查询3426条。查询时间2018年11月30日。

5.2　文化与认知的辩证关系

本节将探讨文化与认知的辩证关系。通过分析文化与认知的辩证关系，进一步梳理文化认知的主要内容，进一步证明文化与认知的不可分离性，强调人类的认知过程就是文化认知过程，强调文化研究的认知特征。文化与认知的辩证关系是确立文化认知内涵的首要基础。

5.2.1　认知的文化属性

早期的认知科学中，文化是一个外部因素，被认为是外部环境的作用。加德纳（Gardner，1985）认为在理解个体认知之前，文化历史情境等都放在一边。泰勒（Taylor，1989）把文化定义为复杂的总体，包括人作为社会成员在所设想的任何社会角色中行为适当所必须知道的知识。迪·安德雷德（D'Andrade，1981）为了定义人类学在认知科学中的作用，提出了劳动的智力性分布，在这种分布中，心理学家负责认知过程，人类学家负责认知内容。其实这个提法是把文化边缘化了，是被简单认为这是认知过程的理念的集合。这样的文化定义忽略了人类认知的过程，没能着重关注人类认知的整体观点即内容，也就是说，他们忽视了文化的物质方面。埃德温·哈钦斯（Hutchins，1995：15）主张把认知视为文化过程的组成部分，文化是发生在人们心智内及心智外的人类认知过程，这是人们每天文化实践所表现的过程。在人类认知中，文化的主要组成部分是一个认知过程，也是一个能力过程。因此，认知过程也是获取文化的过程。早期认知科学不把文化放在认知中加以考虑，对此哈钦斯持否定态度。他认为没有考虑文化过程而发展起来的个体认知理解，实质来讲，是有缺陷的。而且缺陷只是其中一个代价。第二个代价是，他认为这样会使得人们花太多精力去研究内在、外在边界，这样可能会导致某个刻板印象，比如个体心智单独运行等。他还深刻地指出，忽略认知的文化属性还有一个代价，即，"把恰当的属性归于错误的系统"。

> 当人们接受所有的智能都在内外边界之内这一观念的时候，人们将被迫把能产生可观察行为的所有事物填满心智内部。认知科学的很多问题是归因问题。……如果我们不能适当地为系

统划界，则可能把恰当的属性归于错误的系统，或标明了错误
属性并将其归于错误的系统。

可以看出，认知的文化属性是随着认知科学的发展而逐渐被人认识
与理解的。认知的文化属性的启示意义也变得更加明确。首先认知本身
就是一个文化过程，同时文化是一个自适应的过程；其次，认识到认知
的文化属性，实际也是弥补个体认知的理解的缺陷，因为认知过程就是
每天文化实践的过程，是一个长期积累的过程。再次，认知的文化属性
还帮助人的认识规避一些风险和代价。因此，认知过程与文化过程是一
致的，是将人类个体认知放到社会历史情境情感中的交互发展过程。

5.2.2　文化的认知属性

王志强（2005：71）对文化的认知属性进行了分析，他指出，"文化所
具有的认知特性主要有三个方面：1.文化受到特定地点、时间和文化载体
制约；2.所有的文化都有历史承继性；3.文化是动态的，不是一成不变
的"。以上三点特性，可以这样进一步理解：文化是受人类活动的地点、
时间以及文化载体制约的，不同国家，不同区域，其居住于当地的人们
的文化特征不同，不同文化之间的跨文化理解的研究就是这一说法的佐
证。文化之间的互动就是跨文化互动。王志强（2008：47）用跨文化视角
解释这种文化之间的互动，并指出，"我们不仅从本我文化出发界定他我
文化，并通过他我文化界定本我文化，认识本我文化，由此奠定了跨文
化认知的互动性"。爱德华·霍尔（Edward Hall）指出，"研究异域文化所
能得到的不过是象征性的理解，研究的终极目的是更好地了解自己的文
化系统的运行机制"（霍尔著、何道宽译，2010：77）。从中可以看出，不
好理解的并不是他我文化，而是本我文化；理解他我文化，也是为了更
加了解本我文化；反过来，本我文化的建设也离不开他我文化的贡献，
文化之间的认知互动性是显而易见的；同一国家、地区，不同的历史时
期也有不同的文化特点。文化是动态的，随着周围的环境、所处的历史
时期发生变化并进行调整的；文化载体不同，文化的表现形式也会不同；
不论上述变化如何发生，这种变化的特点总是有着某一群体特殊的连续
性或历史性的。因此，文化的历史承载性也十分重要。王志强（2005：

72) 还进一步论述，"文化这三个认知层面决定人们的文化行为、对他我文化和文化现象的感知和跨文化理解。因个人作为文化载体受到文化时空的限制，在与不同文化人员接触中，人们总是带着本我文化视角去感知、理解和评论异同文化和其载体的文化行为，由此产生跨文化问题，如跨文化误解、文化误释和文化冲突"。译者，作为不同文化中的一个特殊又有代表意义的主体，其行为必然受到文化时空的限制，其创造性必然是会产生跨文化问题，而译者的主要任务就是进行阐释、解读，尽量去消除跨文化误解与误读。然而不论如何努力，译作都不可避免地会呈现与原文形式不同的"叛逆"，这是翻译过程的必然发生。译者主体创造性的作用就在于把不同文化之间可能产生的误解、误读，以译入语能够被接受的方式最大限度地减少。这个跨文化互动过程，正是文化与认知的互动性的表现，它能够减少文化对立或文化对峙。因此，从这个意义上讲，一个好的译者的任务、角色是十分重要且必要的，其工作性质也十分伟大，不但促进了文化交流，也势必会减少文化冲突与文化对峙。

5.3　文化认知的层级形式

2015 年，蔡曙山撰文《论人类认知的五个层级》提出了人类认知方式的五种形式，也是人类认知的五个层级的划分：神经认知、心理认知、语言认知、思维认知和文化认知，明确指出文化认知是人类认知的形式之一。同时，他强调，文化认知也是人类认知的最高层级的认知形式，也是人类特有的认知形式。他区别了低阶认知与高阶认知，认为"人类认知即高阶认知是以语言为基础、以思维和文化为特征的认知形式"（2015：18）。这一提法明确了文化认知的归属，并用图表深入说明了这几个层级认知的关系。这个图表他称之为认知科学的科学关系图表。它不仅说明了各层级认知的关系，也使得文化认知的概念和学科归属更加明确（见图 5-2）。

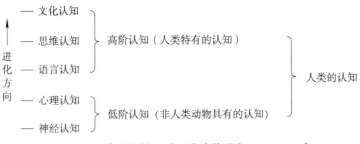

图5-2　人类认知的五种形式（蔡曙山，2015：6）

微观上讲，文化认知是从属于人类认知的一个形式，一个层级，是人类特有的认知，属于高阶认知，是进化的最高级别。从属关系上讲，人类认知是包含文化认知的。如蔡曙山所说，"人类认知就是以语言为基础，以思维和文化为特征的高阶认知"。他还进一步指出，"文化是与自然对立的一个范畴。文化是人所创造的一切对象的总和，是人的创造物，包括物质存在、社会存在和精神存在。所以，文化就是人化"。因此，可以这样理解，从宏观上讲可以把文化认知理解为一般意义的人类认知，因为文化认知、思维认识、语言认知是密不可分的。微观上讲，文化认知作为人类认知最高层级的微观划分，以及作为整体人类认知的宏观解释，既包含了人类认知微观层级解释，也涵盖了与人类认知这一上级概念时而混用的宏观说法。至此，这样的划分也就澄清了在本章开头提及的文化认知一直混淆不清这一现象了。

5.4　文化认知研究的学科属性

研究一个概念，必须要将其放入一个学科体系来审视，才能将其概念加以科学逻辑地构建和阐释。蔡曙山（2015）借用了皮里西恩（Pylyshyn）1983年提出的认知科学的学科结构图表说明了认知科学的学科体系，解读了人类认知研究的学科基础。

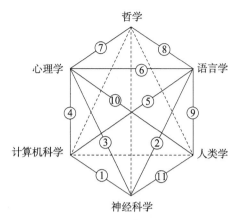

哲学

语言学

心理学

计算机科学

人类学

神经科学

图5-3　认知科学的学科结构（Pylyshyn，1983：76）

　　图5-3是皮里西恩提出的认知科学学科关系图表。图中一共有六大学科，神经科学、心理学、语言学、哲学、计算机科学和人类学。图中的11个数字序号代表了11个新兴的交叉学科，分别是1.控制论；2.神经语言学；3.神经心理学；4.计算机仿真；5.计算机语言学；6.语言心理学或心理语言学；7.心理哲学；8.语言哲学或理论语言学；9.进化语言学，或语言的产生和演进，或人类学语言学；10.认知人类学；11.脑进化。蔡曙山指出认知科学的五个层级与其六大学科之间的对应关系是从低级到高级的对应关系，依次为：神经认知→神经科学；心理认知→心理学；语言认知→语言学；思维认知→计算机科学、逻辑学、哲学；文化认知→人类学。从这一细致的划分关系，可以清楚看到，文化认知属于文化人类学范畴。可是，又不能否认文化和语言的关系，以及语言与思维的关系。因此考察文化认知这一概念是不能仅仅在文化人类学这一学科里面来考察的。因此本研究进一步借用蔡曙山提出的认知科学的交叉学科关系的论述（2015），设计了下图以进一步厘清它们的关系：

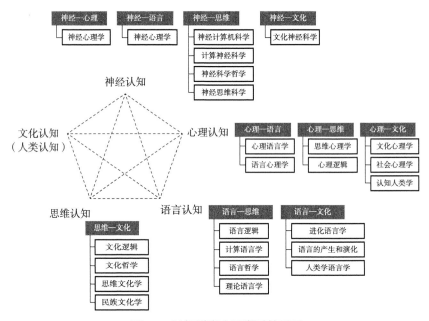

图5-4 认知科学交叉学科关系图

如图 5-4 所示，文化认知从宏观上讲即为人类认知。也就是说，围绕人类认知的最高层级文化认知来进一步考察神经认知、心理认知、语言认知、思维认知在与其他学科交叉的情况下，人类认知是如何实现的。因此，从以上四个层面来分别探讨人类认知研究的学科归属十分有价值。以下将论述作为微观视角的人类文化学研究文化认知，探讨其对文化认知的理解与解读；此外，本章还会探讨文化认知作为最高形式的人类认知层级，将其放在一个人类认知核心特征（人类认知的核心特征就是文化认知）这一属性上，看它如何与其他几个层级交叉、互动产生的新视角来看待。也就是说，从宏观上讲，人类认知就是文化认知。把人类认知理解为宏观的文化认知，还因为文化的界定是离不开"人化"的解读。正如吴家清（1999）指出："只有从人与文化内在关系的角度出发才能对文化做出统一的、正确的解说。所谓文化，就是'人化'的复合体，是人的社会性意识（意识型文化）、对象性活动（活动型文化）、客观性产物（产物型文化，包括物质文化、精神文化、制度文化）的总和，是一个由文化意识、文化活动、文化产物构成的圈层结构。文化同时具有整体性、社会性、对象性、连续性、价值性特征。"可见，文化就是指人类文化进程，是一个集合体的表征，既包含了人的文化意识与活动，也会表现为某种文化产物。

5.5　文化认知研究的视角分析

文化认知作为一个跨学科概念，涉及的理论范畴较多。下面通过微观视角与宏观视角的分别阐释，观察文化认知研究在不同视角下的研究侧重。通过微观视角与宏观视角的梳理，有利于整理文化认知视阈这一理论依据的相关学科的研究成果，有利于与翻译研究相结合，特别为译者主体创造性研究提供理论依据，寻找学科与视角支持，有利于进一步为译者研究提供启示，从而建构文化认知翻译观。

5.5.1　微观视角：文化人类学

本部分主要阐释文化人类学视角下对认知的理解。阐释本身就是认知活动，是人们认知世界的一个必不可少的方式。格尔茨（Clifford Geertz）使用阐释这一概念，来解释认知模式，这也是阐释人类学的最主要的概念（Majbroda，2016）。阐释是认识论的概念，阐释和理解是认知过程的两个认知阶段。这种阐释和理解的两分法，一方面有助于直接了解事物精髓，一方面有助于对阐释话语进行思考。格尔茨的文化阐释人类学经常被看作是一个与心理和认识先验主义对立的概念。然而，格尔茨的理念是"做"（doing）文化人类学。很显然，这是一种明确的认知态度，与这些观念也并不对立。因为在他看来，文化人类学具有"流沙"特点，并不好把握，但这不意味着缺乏理论建构，他是想做具体的探寻，是走进某一文化群落的强烈愿望。对格尔茨来说，"人类学的精髓就是揭示人们头脑中的概念结构，并使用社会话语来呈现"。这句话也充分解释了文化人类学是研究人类认知方式的有效视角，特别是文化阐释人类学的视角，说明了文化认知和语言认知，思维认知的紧密相关性。格尔茨更加强调阐释的概念，意在强调认知方式的文化性。格尔茨认为，从认知角度来揭示人类行为的规则和意义，或者更广泛而言，是生活方式，因为了解这些规则使得这些人类行为更容易被理解，或者是，其他人类学家们也能理解这些行为的意义。

麻吉卜罗达（Majbroda，2016）还对比了结构人类学和阐释人类学的学科差异来说明人类认知的方式。他指出斯特劳斯（Lévi-Strauss）的理想是把人类学研究做成一个客观严格的社会科学研究。他相信，这样的学科解释基于规则和结构关联的内部逻辑系统。然而格尔茨却把文化人类学看作以社会科学，以田野调查为基础，去寻求某一具体文化特点，而不是一个普遍存在的特点。用罗宾（G. Rubin）的话说，"格尔茨研究的是经验中的意义存在，斯特劳斯却重在建构秩序。格尔茨研究的是社会视角的人（people），斯特劳斯研究的是人类（man）"（Rubin，1975）。以上论述可以看出，人类认知研究的视角也是在逐渐发展的，从静态的、结构内部的研究，发展到动态的、注重外部文化特点的研究，文化阐释人类学对人类的认知发展研究提供了理论与实例支撑。

5.5.2 宏观视角：神经认知、心理认知、语言认知、思维认知

文化认知的宏观视角主要是涵盖了神经认知、心理认知、语言认知与思维认知等四个方面，下面分别加以具体阐述。

5.5.2.1 在神经认知层面

认知神经学家认为有两种认知形式，一是自动认知，二是故意认知。自动认知是不费力的、即刻发生的、潜意识的思想流动，这样人在有效加工信息的时候不用花费太多心思或注意力。自动认知能够使得人们即刻对事物做出概括认识，快速判断，自动导航。故意认知则不然，它是个缓慢的、故意的、有意识的思想过程。文化认知社会学家认为，这两个认知过程常常会使用或测试一个双进程（dual process）认知模式。也就是说，故意认知是人们的表面认知，自动认知是本能认知在起作用。很多研究者发现，人们显性的认知（也可以叫作有意识的认知）不会与同一部门中关系较远的个体选择相关联的，而隐性认知却与之息息相关。在 *Culture and Cognition* 一书中，布莱克斯（Brekhus，2015）对韦西（Vaisey）的不同文化和认知传统做了相关批评，他引用

苏格拉底模式的社会行为，其典型特征就是集体表征方法，指出人们通过文化社会化方式获得规范其行为价值观。斯金纳模式则不同，主要强调文化工具箱方法。这种模式不做社会化解释，而是关注行为发生的外部环境，强调文化的首要角色是使其对已经发生事物进行合理化分析，对人们没能遵循本文化做出的行为表现出的约束与压力进行合理解释。他指出，人类有两个认知系统，一个是快速的、热的、自动的、无意识的；另一个缓慢的、冷静的、反思的及有意识的。韦西强调说，文化并不像一个工具一样，能够被进入或被调配，而是一个深厚的促进感知、阐释，以及行为的神经关联系统，而且很大程度上是非意识状态下进行的。

无独有偶，在 *Effortless Action* 一书中，森舸澜（Slingerland，2003b）运用认知科学，也明确地利用冷认知和热认知等两个认知系统的研究成果，深入阐释了中国哲学中"无为"概念的例证。森舸澜通过解读"庖丁解牛"，深刻揭示了两个认知系统的工作方式。他指出，越是通过热认知形成的，越是熟练、长久、自然而然、水到渠成的状态；越是通过冷认知形成的，越是刻意、短暂、需要反复训练、需要不断内化的状态。可见这两种认知系统在中国古代哲学中也得到了很好的证明与阐释。根据森舸澜的研究，他认为冷认知也可能被热认知接管。他引用孔子的例子做一说明，孔子七十岁时说从心所欲而不逾矩。此时，一生用力后的孔子可以放松下来，允许部分自我——心欲——接管行动权，主体不过是顺其自然。这里的"顺其自然"实际就是热认知接管，并开始起作用。森舸澜（2018：112）还强调了身心分离的概念，指出两个认知系统在功能上的差异性。

> 我们所说的"心"和"身"在技术层面上并不准确，但是从这个角度入手足以揭示两个系统的功能差异：一个是慢的、冷的、有意识的心智，另一个是一系列快的、热的、无意识的身体本能、预感和技能。"我们"在习惯上接受冷的、慢的系统，因为这是我们清醒的意识和自我感安顿的地方。不过，在清醒的自我的下面，还存在另一个自我——更大更有力——但我们却不能得其门而入。

森舸澜（Slingerland，2003b）在 *Effortless Action* 一书的第一章中，也用中国哲学中"无为"这一哲学思想作为分析语料，深入解释了两种认知系统关系。文中提及的非自我意识的状态其实就是热认知状态。"因为你要发力，你就得集中精力，这时所谓轻松自如——对熟悉向外发力的人来说，轻松自如就会自然发生——将与非自我意识（unself-consciousness）同时来临。"

5.5.2.2 在心理认知层面

布莱克胡斯（Brekhus）指出对于文化与认知的社会学研究，处于很多不同学科体系中（Brekhus，2015）。他给出了五种重要的当代理论研究方向，1）话语分析或形象分析，2）象征交互作用论，3）社会思维空间，4）文化工具箱传统，5）认知神经科学和认知心理学的交叉学科。本章选取认知神经学和认知心理学的交叉学科研究结果来探讨人类认知的过程。蔡曙山、薛小迪（2016）撰文《人工智能与人类智能》，回答了人工智能与人类智能本质区别等一系列重大理论问题。他们指出，"AlphaGo目前所做的工作只是模仿人类神经的某些活动，却取了一些相当吓人的名称，如神经网络、神经计算机、类脑计算机及深度心智等等，其实与人类的神经认知活动一点关系也没有"。正是这些复杂的看似代表人类心智的认知功能，让人把人工智能和人类智能混为一谈。蔡曙山指出，"包括视觉、听觉、嗅觉、味觉、触觉在内的人类神经认知活动，人工智能还无法达到人类认知能力，更不用说对包括幸福、痛苦、愤怒、生气等情绪在内的情感体验和情绪感受了，他们认为目前的人工智能恐怕连一些低级的动物如虫鱼鸟兽的认知水平都比不上"（蔡曙山，薛小迪，2016：145）。从以上例证可以看出，人工智能尚不能触及心理认知层面的建构，这也从侧面看出人类认知的心理体验是一个复杂的过程，表现形式也不好捕捉。因而，从表现形式看，心理认知在人类认知中属于表现形式较弱的一个层级。

5.5.2.3 在语言认知层面

语言与认知的关系密不可分。人类文明的总和不仅包括了代表这个族群的文化特征与文化遗产，最重要的是语言的巨大贡献。说到一个民族文化的精神，离不开代表这个民族文化的著书立说。德国语言学家、民族学家雅可布·格林 (Jacob Grimm)，指出"关于（既往）民族的见证有骨头、武器、坟墓。但是还有一种比这些更生动的见证，这就是语言"（阮咏梅，1997：28）。可见，语言不仅是人类认知的载体，更是生动形象的符号，没有什么比语言能够更加丰富细致地记录认知过程的发生与发展。

语言与认知的密切关系是认知语言学家们最先认识到的，并在此基础上逐渐明晰了语言学发展的新趋势。20世纪80年代，认知语言学的缘起和发展由于莱考夫和约翰逊的《我们赖以生存的隐喻》得到了充分的印证。文旭 (1999) 指出认知语言学的诞生有两个重要标志性事件。其中之一就是莱考夫 (Lakoff) 1987年出版的《女人、火与危险事务》和兰盖克 (Langacker) 1987年出版的《认知语法概论》等两部著作；第二个事件就是，1989年春天，由国际认知语言学协会 (ICLA) 发起，勒内·德文 (Rene Dirven) 组织的在德国的杜伊斯堡 (Duisburg) 召开的第14届 LAUD (Linguistic Agency University of Duisburg) 国际研讨会。认知语言学的快速发展为解释语言本身提供了理论依据和学术土壤。认知语言学认为，隐喻的认知基础是"意象图式"，这些基本经验是基于人们日常文化实践而进行的语言实践产物。可以说，没有文化实践，也没有语言实践的产生。认知语言学的发展给文化认知研究提供了重要的语言认知阐释。

语言世界隐喻无处不在，而对隐喻的认识恰恰是人类在认知过程中使用的语言参与文化实践的重要证明。正如莱考夫和约翰逊所说，不论是在语言上还是在思想和行动上，日常生活中的隐喻无处不在，我们的思想和行为所依据的概念系统本身是以隐喻为基础的。他们还进一步阐述了这些概念系统和隐喻的关系，他们指出（莱考夫和约翰逊著、何文忠译，2015：4）：

> 这些支配着我们思想的概念不仅关乎我们的思维能力也同时管辖我们日常的运作，乃至一些细枝末叶的平凡细节。这些概念建构了我们的感知，构成了我们如何在这个世界生存以及我们与其他人的关系。因此，我们的这个概念系统在界定日常

现实中扮演着举足轻重的角色。我们的概念系统大部分是隐喻——如果我们说的没错的话，那么我们的思维方式，我们每天所经历的所做的一切就充满了隐喻（莱考夫和约翰逊，2015）。

当我们阅读到某一句话或某一段落时，发现里面包含隐喻，通常只会认为这是一种文学修辞手段。然而正如莱考夫和约翰逊指出的"隐喻不仅仅是修辞手段"，而是和人们的生活息息相关。它不是一种特殊案例，特殊现象，而是一种普遍存在。人们生活中的概念系统是以隐喻为基础的，人们的思维方式、表达方式到处都有隐喻现象，而这些隐喻现象是人类语言文化实践的最典型的特征。

5.5.2.4 在思维认知层面

泽鲁巴维尔（Zerubavel，1999）在《社会思维空间：认知社会学概论》（*Social Mindscapes: An Invitation to Cognitive Sociology*）一书中深入阐述了社会思维空间这一概念，主要使用比较研究探索思维认知。泽鲁巴维尔认为，思维是基于现实感知形成的、过滤的，它还受到文化社会认知的影响。思维不是凭空产生，思维认知是经过现实感知过滤而成，同时还受到外部的文化与社会因素影响。可以看出，思维认知层面的形成也是基于现实世界，基于人们对于现实世界的感知与体验，同时外部的文化、社会因素也会对其起重要作用。译者思维认知的形成也不例外。译者要面临的现实世界是原文所涉及的语言与文化的世界，译者不熟悉、不了解这其中所描述构建的语言表达与文化特征，没有一定的语言与文化的感知经验或体验是无法读懂原文的；此外，译者的思维认知还受到外部的文化与社会因素影响，比如读者世界的文化与社会因素，读者世界的接受程度等，都会影响译者在翻译过程中的思维认知。

5.6 文化认知视阈对译者主体创造性研究的启示

在本章中，文化认知视阈的梳理与构建主要是围绕文化与认知的辩证关系为基础展开的。在此过程中，本书进一步厘清了文化认知的学科属性，这对于指导本研究开展的具体研究问题明晰了方向，特别是文化认知涉及的跨学科领域的性质，对于指导翻译研究，特别是对于研究译者主体创造性有着很好的启示与指导作用。

5.6.1 文化认知的工作定义

文化与认知的关系是辩证统一的。如前所述，在诸多研究文献中提及的文化认知，均把文化与认知笼统混在一起，并没有明确二者关系。本章从探寻二者关系入手，发现文化与认知是一个辩证关系的两个主体。也就是说，文化离不开认知，认知离不开文化，二者辩证统一，互相影响，互为发展，共同交织。因此，在诸多研究中不对"文化认知"做理论阐释与构建，而泛泛使用"文化认知"一词这一现象，也就不难理解了。文化与认知密不可分，这是由它们之间的辩证关系决定的。

依据"人类认知的核心层级是文化认知"这一提法，本章把文化认知放在了更加宏观的视角下加以解读，分别从神经认知、心理认知、语言认知、思维认知等几个层面，共同观察人类认知的核心——即文化认知这一核心概念，并根据认知科学的学科图表，尝试指出文化认知的学科路径。文化认知研究的学科归属可以从宏观角度和微观角度来划分。根据蔡曙山（2015）的观点，人类认知共有五个层级，依次为神经认知、心理认知、语言认知、思维认知、文化认知。其中，神经认知和心理认知属于低层级认知，语言认知、思维认知和文化认知属于高层级认知。这一分类归属对于构建文化认知视阈的内涵内容具有理论指导意义。

文化人类学视角下对于文化认知研究的主要观点，借鉴的是格尔茨的文化阐释学的主张来建构的。这种观点主要是从认知角度来揭示人类行为的规则和意义，或者更广泛而言，是人类的生活方式。除了解释文化与认知的不可分割性，还强调了人类生活方式认识视角的阐释与理解。因为了解这些规则使得人类行为更容易被理解，文化认知成为解读规则的手段或路径。

综上，本研究试图给出文化认知的工作定义，即文化认知是指人类对待、认识事物或世界的一个基本的认识过程。在这一过程中人作为认识主体，既要感知世界又要受到社会文化因素的影响，这其中包括神经认知、心理认知、语言认知、思维认知等不同层面，这是一个宏观视角的解读；此外，文化认知也指一种具体微观方式，这也是文化人类学阐释学派的主要思想，阐释本身即是认知，对文化人类学的研究就是一个阐释与认知的过程，而且这种阐释十分强调实际操作，比如文化人类学常用的一些记录、田野调查等具体的实践。因此微观视角下的文化认知就明确了人们阐释世界、理解世界、记录世界的一个认识方式。微观而言，文化认知的研究主要涉及文化人类学等；宏观层面上讲，人类认知也就是文化认知。文化认知学科归属较为复杂，因此具有跨学科属性。

5.6.2　文化认知视阈下的翻译观

文化认知作为人类认知的最高层级，或作为人类认知的核心部分，主要着重描述人的认识或认知的内部特征与外部因素。人类认识世界从体验感知开始，受文化、社会等外部因素影响，与外部环境互动。因此，文化认知是人类认知的核心内容。

在翻译过程中，译者从原文到译文呈现的认知过程，恰恰与人类认知的方式相同或相近，过程与路径也极为相似。译者对原文的感知体验，表现为译者本身的认知感知；不仅如此，译者还要理解语言所承载的文化意义。在译文文字产出阶段，译者需要在理解原文基础上进行加工创造，这时表现为一种基于原文理解的创作认知。以上的认知过程都是关注译者的。不论是文化体验感知阶段，还是创造性认知阶段，都是基于文化认知视阈对译者本身的思考，因此表现为一种向内的关注。在翻译过程中，译者是创造性这一动作的发出者，但这并不意味着译者是实现译者主体创造性的唯一因素。译者始终与相关利益者保持着多重互动，这就使得译者研究不能仅仅关注向内思考，还要关注向外的因素构成。在翻译活动结束后，译文在译语世界出版时，可以通过观察译文语篇考察其文化语篇性，追溯译者选择，追溯译者主体创造性发生或形成的原因，从而进一步挖掘文化认知翻译观对译者研究的启示作用（见图5-5）。

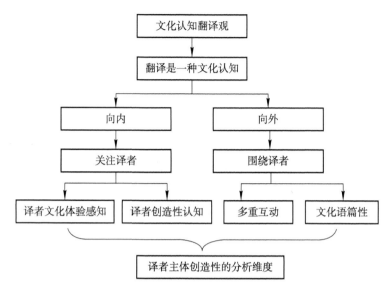

图5-5　文化认知翻译观示意图

5.6.3　文化认知视阈下译者主体创造性研究的四个分析维度

至此，文化认知视阈的确立，对译者的认识过程与认识方式都具有强大解释力。译者，作为一个认识的主体，其认识过程，即翻译过程，离不开文化认知。译者的认识方式，借用文化人类学阐释学派的基本观点，主要是阐释、理解、记录等认识方式。文化认知宏观与微观层面的研究，都有助于观察研究译者主体创造性。因此，在文化认知视阈下，本研究提出了译者主体创造性研究的四个分析维度。

如前所述，第三章（3.4.3）介绍了王寅认知翻译观的六个特点（王寅，2007），即翻译的体验性、翻译的互动性、翻译的创造性、翻译的语篇性、翻译的两个世界、翻译的和谐性。研究发现，基于六点特征的认知翻译观既有操作层面的运用，也有哲学层面的指引。前四点重点讲解了翻译过程中观操作层面的运用，后两点主要是宏观层面的思考。基于本研究需求，在王寅认知翻译观的六点特征基础上，再接受文化阐释学、文化翻译学的研究成果，按照上节提到的翻译过程中翻译行为发生的顺序，本研究提出文化认知视阈下译者主体创造性的四个分析维度：分别是翻译的文化体验性、翻译的创造性认知、翻译的多重互动性以及翻译的文化语篇性。本研究确立四个分析维度的基本原则主要是基于操作性、实用性，兼顾围绕译者主体创造性研究为中心而提出并梳理凝练而成。

首先，依据本研究需要，译者主体创造性研究的分析维度必须是操作性与实用性结合的产物。可以看出，认知翻译观的六点特征在本研究中解析成四个分析维度，没有再包含"翻译的和谐性"与"翻译的两个世界"。本研究认为认知翻译观中提到的"翻译和谐性"所体现的作者-译者-读者的三方关系，存在于翻译活动中体现出来的多重互动关系中，还体现在上下文语篇和谐中。因此本研究认为翻译的和谐性是一个宏观的指导原则，而不是操作层面的分析工具。"翻译的两个世界"实质而言是重点指向"翻译的体验性"这一特点的。也就是说，翻译的体验性这一分析维度的基本前提就是译者对"翻译的两个世界"的体验。可见，这两点均属于翻译研究宏观层面的特征表述，都可以内化到操作层面加以具体体现。

其次，本研究的四个分析维度确立的核心标准是它们必须是有关译者的。其一，宏观上讲，人类认知就是文化认知。微观上讲，文化认知研究的主要观点是从认知角度来揭示人类行为的规则和意义，了解这些规则使得人类行为更容易被理解，文化认知成为解读规则的手段和途径。可以看出，译者的文化认知既是一种操作基础，也是操作手段。其二，文化与认知的关系是辩证的，文化离不开认知，认知离不开文化。文化认知不仅是人类认识世界的过程，认知世界同时也受到文化影响。

因此，译者研究在文化认知视阈下来进行既是合理的，也是必要的。在前两个分析维度中，翻译的文化体验性、翻译的创造性认知均是直接指向译者的，直接用来分析译者主体如何在文化体验与创造认知中实现创造性；在后两个分析维度中，翻译的多重互动性、翻译的文化语篇性是围绕译者的，并以此来分析在翻译过程中译者主体如何体现创造性。具体表现为译者在翻译过程中与其他外部因素的互动关系、译者处理语篇文本时如何对待整体与局部之间的循环关系。因此，这四个分析维度主要是基于研究的操作性与实用性确立的。

同时，这四个分析维度清晰明确地表现出或指向译者研究或围绕译者研究。这样，既规避不易操作的宏观框架，又有别于技巧等细致微观层面的个别描述，属于操作性较强、实用性较为突出的中观层面的维度分析。这样就把译者主体性研究，在原来宏观的、哲学视角基础上解放出来，突出译者主体的创造性研究；此外，将其放到中观操作层面，既避免了不易操作、不易验证的弊端，也躲开了过于细枝末节的、容易忽略整体性的微观层面技巧研究。最后，中观操作层面的研究有利于观察动态的、开放的、多层面的译者主体创造性的表现，使得译者主体的研究脱离了静态的、封闭的、单一的研究。本书的下一章节将通过上述四个维度的分析，重点研究与探索译者主体创造性的动态实现过程。具体而言，本书将从葛浩文61部中国现当代文学作品中，选取5部代表性译本、若干书名或译者前言等副文本为研究语料，旨在证明文学翻译中译者主体创造性的实现过程[1]。下面根据译者主体创造性研究四个分析维度，分别说明每一个分析维度的特征以及要回答与探讨的具体研究问题。

5.6.3.1 翻译的文化体验性

王寅（2007：584）指出，"翻译具有体验性是有多重含义的，首先，作者的认知和理解是来自体验性活动，其创造灵感和要素主要来自生活，也高于生活。其次译者和读者的认知和理解也是来自体验，而且也只有对文本作体验性的理解才能获得其创作意图。因此，翻译主要是一种基于体验的认知活动"。这里提到体验是具有多样性的。一是指作者本人对生活的体验，体现在原文本的创作；在翻译研究中表现为翻译的过程首先是一个阅读认知的过程，这里不仅仅是对原文语言的认知，也是对源语文化的认知；二是指译者对原文的体验。在翻译过程中，表现为对目的语和目的语文化的认知与体验。三是读者对译文的体验。这是需要译者在翻译时以读者身份考虑的，这里更多指的是读者接受，也就是目的语世界的读者接受。所以不论是作者、译者、读者，毋庸置疑都是一个体验语言与文化的动态认知过程。特别是在文化认知视阈的观照下，本研究将这种体验性称之为文化体验性。翻译的文化体验性这一分析维度，重点用来回答分析文化认知视阈下译者主体体验过程中译者主体创造性的实现。

---

1 截止到本书2024年出版时，葛浩文翻译中国现当代文学的数量已经超过70部。此处61部文学作品的统计时间是截至2018年12月底。

5.6.3.2 翻译的创造性认知

如前所述，译者主体作用是译者对语篇的认识与体验相关的。正是"由于翻译是基于对原文或相关知识的体验和认知之上来理解其各类意义的，然后译者主体将其用目标与映射转述出来，其间译者的主体性作用也是不言而喻的"（王寅，2007：587）。那么，文化认知视阈下，译者作为文化认知主体，就必然会有其特有的创造性。因此"将译者视为认知主体就必须承认译者的思维具有创造性，不同译者对同一语篇必然会有不同的理解"。每一位译者参与翻译过程的文化体验与文化认知结果，其形式应该是不同的。因此，原文译文差异性会促进创造性认知的形成。翻译总是一种创造性的叛逆是对译者主体创造性在译文中表现的最好诠释。翻译的创造性认知这一分析维度，重点解释的是文化认知视阈下译者的创造性认知是如何发生的，译者主体的创造性是如何实现这一具体问题的。

5.6.3.3 翻译的多重互动性

语言是人类对客观世界感知体验的结果，"是主客观互动的结果"（王寅，2007：299）。而且，"有了互动的概念，其实就强调了人在认知自然世界过程中可发挥主观能动作用"。首先，就翻译活动而言，译者正是在这个过程中，在阅读—理解—译语加工—译语产出等各个环节中发挥了主观能动作用；当这一作用对语言的产生或创造有进一步推动作用的时候，创造性特征尤为明显。其次，正是由于这种主观能动性的存在，翻译中经常是仁者见仁，智者见智。因为每个人的文化认知差异决定了译本呈现的不同形式。因此译者主体创造性作用，不但无处不在，而且每位译者对待原文的文化认知会不同，思维方式不同，所选用的译语表达都会有所不同。译者翻译作品时，必然会与周围的外部因素进行多重的互动。阅读是译者在翻译中的第一个互动行为。葛浩文坦言说，"翻译的一切过程由阅读开始，翻译是阅读过程，阅读也是翻译过程，因为在阅读时脑子里也是做翻译的"（闫怡恂、葛浩文，2014：293）。似乎很难区分，从阅读到翻译和从翻译到阅读，谁先谁后，孰重孰轻，阅读是译者和原文文本互动的一种模式，也是译者首要选择的一种方式。除了通过阅读的方式，译者与周围相关因素的互动内容和方式还有很多，比如在语言加工阶段，译者与自己的思维方式的互动，选词造句的选择，对不可译问题的处理等等；在语言输出阶段，和目的语文化及读者世界的互动，与编辑、出版社及赞助人的互动以及与作者的互动等而做出的最终选择。这些相关要素可以说是组成了翻译的互动系统。那么在整个互动过程中，作为核心的译者与其他要素间的互动内容与方式最终决定了译作的呈现内容与方式。以上关系具体如下图：

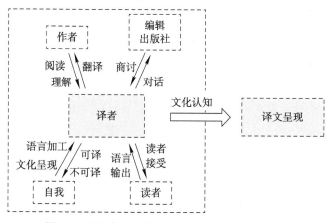

图5-6 译者与翻译系统中各要素多重互动关系

翻译的多重互动性这一分析维度重点回答围绕译者在翻译过程中的多重互动关系有哪些，译者主体创造性又是如何在翻译的多重互动过程中实现的。

5.6.3.4 翻译的文化语篇性

文化认知视阈下翻译的文化语篇性主要强调翻译中要注重整体意义，注重语篇中语言意义的同时，还要关注语篇中的文化意义，二者缺一不可。因此翻译的文化语篇性是着重基于语言，生于文化的语篇整体行为。就这点而言，这种整体性重点表现为一种循环性特征。既然翻译作为一种整体性存在，段落翻译或篇章翻译除了涉及两种语言、观照两种文化差异，还要注意通篇的、包含诸多段落的整体性，因此这种整体性重点表现为循环性特征。翻译的文化语篇性，要求译者不仅仅关注语言意义，还要关注文化意义。因此译者主体在完成译文之后，由于多重互动关系的促动，会使得整个译文语篇发生变化，这就是语篇的文化意义引起的。葛浩文在翻译完《天堂蒜薹之歌》后交付出版社，在编辑的建议下，又与作者联系出版了带有新的结尾的译本。这种添加结尾的考虑更多是出于译文的文化语篇而呈现的。因此翻译的文化语篇不仅要考虑语言，还有语言之外的文化，甚至还有译者在传递原作时所面临的文化整体，比如出版、读者等目的语世界或读者世界的整体文化接受的问题。翻译的文化语篇性这一分析维度主要用于分析文化认知视阈下围绕译者主体的语篇循环过程有哪些，译者主体创造性是如何在这些过程中实现的。

　　因此，本研究在文化认知视阈下提出的翻译的文化体验性、创造性认知、多重互动性、文化语篇性等四个分析维度，分别具有动态性、差异性、多重性、整体性等四大特征；同时，这四个分析维度均指向对应的译者主体创造性的四个动态实现过程，每一个分析维度与译者主体创造性的实现过程一一对应，与每一过程的特征也一一对应。译者主体创造性实现的四个分析维度与分析过程及特征对应关系如下表5-1所示：

表5-1　译者主体创造性分析维度与分析过程对应关系

分析维度	维度名称	对应分析过程	特征	与译者关系
分析维度1	翻译的文化体验性	译者主体体验过程	动态性	直接指向译者
分析维度2	翻译的创造性认知	译者主体创造性认知	差异性	直接指向译者
分析维度3	翻译的多重互动性	多重互动过程	多重性	围绕译者指向过程
分析维度4	翻译的文化语篇性	语篇循环过程	整体性	围绕译者指向过程

　　综上，本研究在文化认知视阈下，提出译者主体创造性研究的四个分析维度。通过四个分析维度，对应出译者主体创造性实现的四个分析过程，并把每一个分析过程的特点，以及重点研究内容做了明确的阐述。翻译的文化体验性与创造性认知都是直接指向译者的，也就是说，是从

译者主体分析角度操作的；多重互动性与文化语篇性是围绕译者，通过译作分析，围绕译者指向翻译过程的。多重互动性，是基于文本或副文本等分析译者如何与相关因素进行多重互动的；文化语篇性是指通过观察译文语篇的形成过程与特点，译者是如何在语篇循环过程中实现译文语篇的整体性的。因此，这四个分析维度的确立为研究译者主体创造性提供了可操作的分析框架，具有较为明显的实际操作功能。

第六章
文化认知视阈下译者主体创造性的动态实现过程

本章主要基于葛浩文代表性译作《呼兰河传》（1979版，2002版）、《马伯乐》（完整版）、《丰乳肥臀》、《青衣》（与林丽君合译）等为主要语料，并以葛浩文译作书名翻译、部分译者序、前言等副文本以及某些译作研究结果为辅助进行案例分析，追溯分析译者如何在文化认知视阈下实现译者主体创造性的。本章回答第三个研究问题，具体论述在文学翻译中译者主体是如何通过译者主体体验过程、创造性认知过程、多重互动过程、语篇循环过程等四个不同动态过程中实现译者主体创造性的。

6.1　文化认知视阈下译者主体体验过程

翻译的过程首先是一个体验过程。文化认知视阈下译者主体创造性的实现主要表现在译者的阅读体验过程及译者的翻译创作体验过程；此外，译者主体创造性还在译者与作者共同构建下得以实现。

6.1.1　译者主体创造性在阅读体验过程中的实现

译者首先是读者。作为读者的译者在拿到原作之后首先要进行阅读。葛浩文的翻译生涯就起源于他阅读的第一本中文小说萧军的《八月的乡村》。阅读使他有了第一次文学翻译尝试。根据葛浩文翻译作品，将这种阅读文化体验行为分为三类情形。一是出于兴趣阅读带来的文化体验，二是出版社翻译约稿实现的阅读文化体验，三是自己有意识地加强阅读范围带来的文化体验。不论哪种情形，阅读都是第一位的。"翻译的一切过程都由阅读开始"（闫怡恂、葛浩文，2014：194）。可以说阅读给译者带来的文化体验是译者翻译的内在动机，也是译者文化认知形成与积累的过程。葛浩文早期翻译都是出于兴趣。这种阅读体验使他热爱萧军、萧红、端木蕻良等作家的文学作品，并奠定了译者早期翻译作品的文学范围以及翻译的作家群体——东北作家群。有的作家更成为他一生研究与翻译的主要对象。萧红的《呼兰河传》第一次翻译是在1979年，不但是葛浩文最早的翻译作品之一，也是他第一本自己重译（2002年）的作品，最近一次访谈得知他又第三次翻译《呼兰河传》，即将出版。可见，由于阅读带来的文化体验是译者主体性彰显的基础，更是主体创造性实现的源泉。葛浩文翻译作品中后期多是出版社约稿以及通过译者自己阅读书评杂志而选择的作品，这些通过阅读、翻译的文化体验扩大了葛浩文翻译的数量与范围，也加深了译者对中国语言与文学的文化认知的深度。

　　至2018年底为止，据不完全统计，葛浩文翻译小说有61部，这样大量的阅读体验过程，对于译者主体的创造性发挥奠定了坚实的基础。有了阅读的文化体验，译者对原文、对源语文化才会有更深刻的把握。毕飞宇《青衣》中有一句话，"乔炳璋参加的宴会就是一笔糊涂账"[1]。葛浩文、林丽君对"一笔糊涂账"译笔生花的处理，将"一笔糊涂账"译成 a blind date，这样翻译不但是译者主体创造性的绝佳体现，更加反映了译者对源语文化准确的文化认知的结果。文化认知是基于语言认知、思维认知的产物，不了解中国"饭局"的形式与格局，不知道中国饭局特点，不知道中国饭局中可能存在"有些有钱人请某甲某乙某丙，这些人之间不认识，也根本不知道谁参加，到了宴会那边才知道"的情况（闫怡恂、葛浩文，2014：295），这笔"糊涂账"是无论如何也处理不好的，译者也就无法对原文进行有效的意义传递。从葛浩文翻译中国作家的作品范围来看，他翻译的作品从最初的东北作家群，到大陆（内地）其他地区知名作

1　葛浩文、林丽君夫妇多次谈及"一笔糊涂账"的译法。一次在2013年秋天于沈阳召开的《中华文化对外传播研讨会》上葛浩文就引用此例讲述译者在翻译时要花心思；另外一次是在会后，笔者与葛浩文先生的一次访谈中再次提及，该访谈已发表在2014年第1期《当代作家评论》；最近的一次与许诗焱教授谈及译者与作者互动，她提供了珍藏在俄克拉何马大学翻译档案馆的《青衣》原文中译者阅读时有标记图片。葛浩文当年翻译时在原文中做了标注，并打了问号。后来译者说过就此事问过毕飞宇。这也证明了译者阅读的深度认知，体验。

家群，再到有意识去选择台湾、香港地区作家的作品，都反映了阅读体验带给译者文化认知的积累，大量不同作家作品中多维社会背景、多位作家风格成就了译者主体创造性实现的文化土壤。译者对中国文学的热爱以及他向往的阅读体验有些时候造就了某一作品的翻译出版。据葛浩文（闫怡恂、葛浩文，2014：195）本人讲，《红高粱》是一本他"爱不释手"的小说。由于他阅读汉字速度很慢，需要花费一定时间来阅读文学作品，因此花了一周才看完《红高粱》。由于爱不释手，他放下手里其他翻译工作，决定着手翻译《红高粱》。这本小说也成为莫言作品译介出版到英语世界的第一本小说。有时，由于阅读带来的文化体验的愉悦还会促成某个作品的出版，译者的阅读体验扩大了译者文化认知的深度与范围。在一本葛浩文、林丽君共同担任的翻译诗集（2011：xix）的前言中，二位这样写道：

When we agreed to take on this exciting project as translated editors, we were reminded of a comment that has long resonated with us, as readers and translators of Chinese literature and as "shameless" prompters of the best of it, in the original when possible and in translation otherwise.

可以看出，他们把自己看作是中国文学的读者和译者，而且读者身份位于译者身份之先，同时他们也感觉到长期以来中国文学界以及中外文学评论界将他们称为"中国文学"的推动者，他们为此感到深有共鸣之处。言语之间虽有些自谦，但看得出他们对中国文学的热爱以及这种体验过程带给他们对翻译这一活动的本分坚持与淡定执着。这也是他们欣然接受担任《推开这扇窗》（*Push Open the Window*）这本翻译诗集编辑的原因所在。紧接着他们还热切表达出中国文学、中国诗歌带给他们的阅读体验：

John Cayley, himself a translator and a publisher of Chinese poetry in translation, has written: "Incontestably, the translation of classical Chinese poetry into English has given us a body of work which is culturally distinct from the poetry of its host language but which has immediate appeal, and is often read with intense pleasure and a deep awareness of its moral and artistic significance." The challenge, for us, was to assist in bringing over contemporary poetry from China such that Cayley's assertion could be modified by replacing a single word and remain true.

他们借用约翰·凯利（John Cayley）的话，道出了他们作为读者—译者的身份共鸣，他们都深深体验到了浓厚的阅读快乐（with intense pleasure），以及对中国诗歌的艺术审美以及人格德行的深刻体验及感悟（and a deep awareness of its moral and artistic significance）。可见译者作为读者首要身份，实际是译者主体对源语文化与源语深刻文化认知过程。没有阅读体验，就没有文化认知发生，没有阅读积累，也没有文化认知的积累，更没有创造性认知发生的可能。因此，译者主体作为读者的体验过程，是译者主体创造性发生的前提。

6.1.2 译者主体创造性在翻译创作体验过程的实现

对于目标语读者来说，译者序言通常是译作阅读的首要部分。对于译者而言，他的全部创作体验除了通过译作本身展示以外，译者序言是译者主体翻译创作体验过程的一个集中的心声表达。无独有偶，本研究也发现，葛浩文早期翻译作品中译者序言并不多见，多半集中在2000年后的作品中。这也从侧面说明了译者翻译创作随着数量的增多、翻译创作体验也在进一步加深。现以译者较为早期的作品李昂的《杀夫》、近期作品莫言的长篇《檀香刑》等为例，考察译者主体的翻译创作体验过程。

李昂的《杀夫》于1983年出版。出版以后，台湾地区官员以及维护社会道德观念的道德卫士被激怒了，他们无法接受为何这本小说会获此殊荣。抱怨之声淹没了赞美之言。《杀夫》在英国出版的英译本的"译者序"中有这段描述。译者写到（Li Ang, 1986: i）：

…Indignant critics, government officials, and self-styled defenders of the public morality were outraged that such an honor could be bestowed on a work that they considered little more than pornographic. The controversy over *The Butcher's wife* has since died down (although the author, Li Ang, has recently written an even more "objectionable" work), but the local literary scene has been lastingly affected by the appearance of this daring and powerful work.

译者关注该小说评论及其带来的文学影响，这是译者主体地位彰显的表现，也是译者对翻译创作背景的文化认知过程。译者注意到当时文坛的情形，他做出断言：他认为这本小说的问世会对台湾地区的文坛产生深远影响。作为译者，他的使命是什么呢？他认为这是译者需要完成的一个目标，因此译者主体意识表现十分直接明了。他指出："Deciding that *The Butcher's wife* should be made available to an English-speaking audience was easy, deciding how to accomplish this goal acquired more thought"，认为译者是要试图实现英文译本同样的影响力再现。译者的这种翻译创作体验的目的极其明确——完成使命（accomplish this goal）。再看看下段译者序的表述：

Ultimately a collaborative translation—two genders, two ethnic backgrounds, and two native languages—seemed particularly appropriate for this short novel, which is unique in the Chinese literary tradition, and is the vehicle for such powerful emotions. In our translation, the third on which we have collaborated, we have striven to convey not only the narrative text of *The Butcher's Wife* (for which a literal title would be "Kills Husband," itself a cultural non sequitur), but also the texture—the sharp edges, the sense of brutality that runs through the work, and the controlled anger.

葛浩文不论是在选择翻译同伴、书名翻译以及文本风格处理，无一不彰显了译者主体创造性意识。译者对于中国文学文化认知的积累，以及作为中国文学在海外传播的一个积极推动者，其文化认知不仅促进了译者主体翻译创作的实现，反过来也进一步加强了这种文化认知意识的建立。当他谈及该书书名翻译时，他指出如果直译《杀夫》为 *Kills Husband*，这是一个文化上不合逻辑的推论，或是从文化角度的不当结论，因此选择了 *The Butcher's Wife* 这一译法。与此同时，也可以看出，译者力争做到传递原文的"锋利的笔触、贯穿全文的残酷感以及抑制不住的愤怒"，因此译者主体的翻译创作过程不是脱离原文的不忠或不顾原作者的不屑，而是充分尊重原作、源语以及源语文化的过程，没有对源语、源语文化及原作的充分文化认知，译者主体的创造性势必是偏离原作的，偏离源语文学立场的无根飘荡，从而毫无根基而言。因此译者主体的翻译创作过程是译者文化认知参与的结果，没有这些，无法谈及原文语言的再现，更无从谈起文学翻译目的的传送抑或翻译文本文风的成功再现了。

　　译者主体创造性在文学翻译创作过程中表现的另外一个例子是《檀香刑》的翻译。与《杀夫》巧合的是，论及小说中语言残酷感较强的小说，《檀香刑》也是一部不得不说的作品。莫言《檀香刑》英译本2013年在俄克拉何马大学出版社出版。译者序中葛浩文专门就《檀香刑》这本小说书名翻译的创作过程做了介绍。葛浩文开宗明义指出翻译莫言这本小说书名的难度，他写道：(Mo Yan, 2013: i)：

"…The challenge for the translator of Mo Yan's powerful historical novel begins with the title, *Tanxiang Xing,* whose literal meaning is "sandalwood punishment" or, in an alternative reading, "sandalwood torture." For a work so utterly reliant on sound, rhythm, and tone, I felt that neither of those served the novel's purpose. At one point, the executioner draws out the name of the punishment he has devised (fictional, by the way) for ultimate effect: "Tan-xiang-xing!" since the word "sandalwood" already used up the three original syllables, I needed to find a short word to replicate the Chinese as closely as possible. Thus: "sandal-wood-death!"…

　　译者从直译书名的选择谈起，拟将书名翻译成 *Sandalwood Punishment*（檀香惩罚）或 *Sandalwood Torture*（檀香折磨）。然而，译者更是注意到了音、律、调三者的考察，从本质上讲这已经进入到审美层次的探求，与文学创作性质接近。译者对"檀香刑"这几个字深刻理解远远超过了译者本身要解决的语言或文化层面的问题，因为它包括了对审美或艺术层面的追求。译者主体创造性的实现就是文化认知参与的过程，是译者基于对中国文字的韵律、文化内涵、文学表现形式的深刻认知表现出来的译者主体的创作参与，这样的参与不仅通过异化翻译策略保留了鲜活到位的、"直指死刑"的表达手法，同时保留了原文的语言韵律之美。译者在这个过程中如同扮演一个审美化身的主体，时刻考量原作的效果传递，这样创作的意义绝不仅仅在于译者处理了以词组形式出现的书名翻译，而是为读者世界打开了对一个民族或一个民族的某个区域的文化认知窗口。可见，译者对于原作的文化认知是译文读者理解译作的必要中介与桥梁，更是译者主体创造性在翻译创作过程实现的前提与可能。

6.1.3 基于译者与作者共同构建的译者主体创造性

翻译行为是一个文化体验行为，这不仅仅表现在译者作为读者的身份，还有创作者的身份。与此同时，译者与作者构建共同体身份，一起参与译者主体的创造性行为。《天堂蒜薹之歌》的写作结尾是非常具有说服力的例证。中文读者最早读国内出版的原作结尾，与美国出版的英文的结尾相比是有所差别的。然而，这并不是译者的无根无据的任意"创造"，而是由于出版社与译者对话，译者也认同当时的结尾无法满足美国读者的需求，因而希望作者添加结尾。葛浩文就此致信莫言说明情况，莫言重新撰写了结尾，并进一步交代了人物命运。可以说新版的《天堂蒜薹之歌》的结尾是基于译者作者构建的共同体身份一起完成的。如果没有译者的文化认同，译者不会同意出版社的提议写信给莫言。如果莫言也不认同葛浩文的提议，也不会写出一个新的结尾。可见，作者译者的共同体身份造就了本书美国出版的英文结尾，而且国内出版社再次出版原作时也补加了这个"美国式"结尾。这充分说明了译者作者共同体身份的重要性，也说明了译者的文化认知参与对于主体创造性实现的重要性。当然，美国出版社的意见，中国再版出版社采纳新增结尾的做法，也是协助这一创造性行为发生的必需条件。

2018完整版《马伯乐》英、汉两个文本的出版更是作者译者身份共同构建的极致体现。《马伯乐》是萧红生前最后一部作品，未写完就辞世，未竟《马伯乐》1941年出版。将近80年后的2018年，葛浩文英文续写的完整版《马伯乐》在中美两国以两种语言出版。20多年前葛浩文翻译了小说的前九章，现经林丽君将续写部分翻译成中文在国内出版，完成了一次跨文化、跨国界、跨世纪的书写，完成了一次超越译者本职的书写，更是一次译者作者共建同一身份的神奇尝试。完整版《马伯乐》中译者主体的身份，超越了任何一次文学翻译者应有的本分，是译者主体创造性实现最值得书写的一笔。译者主体创造性在这一共同构建的译者作者身份特殊的情形中得以实现，主要有三个方面的原因。首先，这一共同身份取决于葛浩文先生作为萧红作品的研究者、翻译者。如前所述，葛浩文最早是因为喜欢东北作家的作品，喜欢阅读萧红的作品，所以开始研究、翻译萧红的作品，并且持续将近40年之久。作为研究者的译者，葛浩文不仅翻译萧红的作品，更喜欢、欣赏她。完整版《马伯乐》2018年9月在中国首发之际，当笔者问及为何要选择续写《马伯乐》时[1]，葛浩文的回答几乎是出于情感的一种寄托与回馈，"如果活到一百岁，没能续写完成《马伯乐》，就白活了"。这样的一种诠释显然是带有由内而外的决心与动力的。续写是最难以完成的译者作者之间的对话，是最没有把握的二者之间的互动结果。然而，完整版《马伯乐》中译者作者身份的共同构建在续写中实现了统一。其次，这一共同身份源于葛浩文作为译者对萧红作品的热爱。葛浩文翻译了萧红的所有作品，当然不忍扔下最后一部未竟的《马伯乐》。这源于译者对于作者的热爱以及在续写时如同他喜爱的萧红依然在世。在葛浩文写到他的博士论文《萧红评传》的最后几个字的时候，他不忍一笔写完，在他看来，只要他不停笔，萧红就不死。在完整版《马伯乐》（萧红著、葛浩文续、林丽君译，2018：iii）的序言中，葛浩文感人至深的言语道出了这部作品翻译创作体验的缘由：

---

[1] 关于《马伯乐》译者作者身份问题，笔者曾经在完整版《马伯乐》中国首发仪式之后，访谈了二位特殊身份的译者作者。

> 当然我无法知道萧红会有什么反应，或她是否同意我续
> 《马伯乐》的方式，只知道我这翻译以及创作的始末是完全出于
> 对她的尊敬，希望读者看完后会觉得萧红如果地下有知也认可
> 我的用心良苦。

从中可以看出，葛浩文作为译者续写《马伯乐》的情感之重。只有如此，这种译者作者身份才能穿越时空对话，替作者的灵魂作主，完成作者内心的人物生命。作为译者，他知道他的文学构思水平也许远不及他的偶像作者萧红，但是希望自己的一份真挚打动读者。访谈时，当问及这部续写萧红是否会满意时，译者直言表示萧红未必喜欢，但是若萧红地下有知，该明白葛浩文的一片心意[1]。刘震云在本书序中也曾如是说，"对创作同一部作品的两个不同的作者而言，生活和文学的认识，能站立在同一个层面上，实属难得"。可见，译者作者身份的共同构建造就了本书的成功续写。再次，这一共同身份也离不开葛浩文、林丽君夫妇的共同译者身份。林丽君作为《马伯乐》续写部分的中文译者，她的译者本职只有翻译吗？显然不是，她甚至说自己不是一般意义的译者，她一直试图使用"萧红的语言在写作"，她坦言自己翻译的艰难，要把自己在阅读萧红写的《马伯乐》的鲜活语言记录整理出来，才能在翻译时还原到萧红的语言，这个时候的译者林丽君又几乎成为《马伯乐》续写部分的中文作者了[2]。

当然完整版《马伯乐》的出版是一种较为特殊的文学翻译现象或文学现象，因为并不是每一个译者都有机会能续写作者的作品。这里要表达的是，译者葛浩文之所以选择续写这种形式，充分说明了译者的文化认知高度参与到了译者主体创造或文学写作创作中，作为翻译完成《马伯乐》前几章的译者，认为自己的身份已经与作者身份构建了共同体身份，译者可以为作者代言，可以称得上译者主体创造性的最直接、最大胆的实现形式。也许，葛浩文续写《马伯乐》是一个并不常见的文学创作事件。但是，葛浩文用英文为作者萧红续写《马伯乐》，再由林丽君翻译成

---

1 笔者是《马伯乐》的策划人之一，共同与史国强教授促成了《马伯乐》完整中文版在中国的出版发行。
2 完整中文版《马伯乐》中国发布会当天林丽君发言。

中文的过程还说明了另外一个问题。那就是，没有译者文化认知的积累，就没有译者兼为作者的共同体身份的构建，这一跨文化、跨语言、跨世纪的书写也就完全不可能发生。这一特殊的文化体验行为，充分证明了译者文化认知的参与和积累成就了译者主体创作的最大限度发挥。这一小节论述的译者作者身份共同体构建的问题，主要是基于译者作者共识较多或者是译者作者浑然一体的情况而言的，因此可以说这是译者作者身份共同构建的体验过程。至于译者与作者、译者与出版社、译者与编辑等还有较为复杂的互动参与过程，本研究将其列入"多重互动过程"中一起探讨。

6.1.4 文化体验性：译者主体创造性实现的前提

上文分析了在译者文化认知的参与下，译者主体的读者体验、译者创作体验、译者作者身份共同体等三个体验层面中译者主体创造性的实现过程。可见，文化体验性是译者主体创造性实现的前提，总结看来，有如下原因：

第一，人类认知是建立在对客观世界的认识、概念、推理、理解等基础上的，没有来自客观世界的感官经验、体验认识，就不可能生成认知结果。换言之，对于不同群体、民族、国家的文化认知，正是通过不断加深的认识与理解客观世界的结果。作为译者来讲，他的读者身份、译者身份、译者作者共同体身份都会使得他的文化认知参与到这个体验过程中来。这种体验经验或过程构成了属于译者本体的文化认知基础，形成了独特的文化体验性，成为译者主体创造性实现的前提。第二，人类需要认知以及赖以生存的客观世界基本相同，"因此才有了大致相通的思维"，从而形成了"不同语言之间具有互译性的认知基础"（王寅，2007：590）。因此，可译性问题可以在认知翻译观中得到很好的解释。在此基础上，文化认知视阈更突出了译者的文化认知参与，从而使得这一"相通思维"的语言表征与文化表征得以充分展现，它不仅是不同语言之间的互译性基础，更是不同语言之间互译性发生的文化认知基础。有了不同语言、不同人群享有"基本相同的客观世界"这一基础，译者才能通过思维的相通性实现不同语言之间互译，通过译者文化认知的参与，实现不同文化之间的互通。翻译的活动性质恰恰如此。因此，某种程度上讲，文化认知视阈进一步解释了不同语言、不同文化之间的可译性问题。第三，译者的文化认知是基于译者主体体验发生的，译者体验又不断促进了译者文化认知的积累。译者作为读者体验、译者创作体验、译者作者共同体身份的体验，都证明了翻译是一种基于体验的文化认知活动。没有体验就没有认知，译者没有文化体验就不能形成其文化认知观，创造性更无从谈起。因此译者主体的文化体验是译者主体创造性实现的前提与基础。

6.2 文化认知视阈下译者主体的创造性认知过程

本节将详细论证文化认知视阈下译者主体创造性如何在文学翻译过程中通过创造性认知过程实现的。这一过程实际也解释了由于差异带来的翻译中不可译问题的处理。正是因为两种语言与文化不可译之处，才会有创造性认知发生。本研究提出的文化认知视阈下译者主体的创造性认知过程这一分析维度，也是可以同时解释翻译中为何有"创造性叛逆"发生的实例佐证。

这个过程是译者主体创造性的最突出表现。任何一个译本的生成都离不开译者创造性认知过程。这个创造性认知过程具体体现为外在的、可观察的译者选择，以及内在的通过译作分析反映出来的译者翻译观。译者选择是译者主体创造性实现的表层凸显 (physical presentation)；译者翻译观是译者主体创造性实现的内部动力 (internal impetus)，因而会贯穿于整个翻译过程中。译者翻译观是由多个译者选择逐渐内化而成的。

6.2.1 译者选择：译者主体创造性的表层凸显

不同译者对同一文本的理解与表现形式不尽相同，可谓一千个读者会有一千个哈姆雷特。这是由人类的认知体验决定的。从认知语言学讲，人类不仅拥有对所认识的事物有认知、概念、意义、推理、理解等体验，还有在这些体验过程中的主观能动作用 (王寅，2007)。某种意义上讲，文学社会学家埃斯卡皮 (1987) 提出的"翻译总是一种创造性叛逆"其实也是认同了人们认知过程中对文本的解读与理解受个体的影响，只不过强调的是对翻译活动本质的论述，而不是指向译者主体动作发出的。因此谢天振在将这个命题引入国内译界研究的时候一直强调"创造性叛逆"是一种必然发生，是文学翻译的本质，而不是曾经一度被误读的翻译方法或策略。在文化认知视阈下，本研究认同认知语言学关于人类认知的体验特征，以及在认知体验过程中的主观作用，也看到了文学翻译的创造性叛逆，因而认为译者文化认知的参与，会造就合理有创意的译者选择，从而产生译者主体创造性，而这些也会成为译者翻译观形成的具体体现与特征。换言之，观察一个译者的翻译观，要看他的译者选择，看他在翻译文本中反映出来的价值判断。因此，译者选择是译者主体创造性的表层凸显，是最容易在文本中识别的，是一个显性特征。译者翻译观则是多个译者选择的内在反映与动力，表现为隐藏性特征。本节就以观察分析译文文本中的译者选择，论证译者如何在自身文化认知的作用下实现译者主体创造性。据统计，截至2018年11月30日译者葛浩文（部分与林丽君合译）翻译了共计61部作品（见附录）。

现以61部作品书名翻译为例，论证在译者选择中如何体现译者主体创造性。经统计，在61部作品中书名完全直译的比例占44.4%，意译的比例占55.6%。进一步分析这些直译、意译的书名案例，可以看到译者选择包含了丰富的文化认知内涵，每一个最终的译者选择都充分彰显了译者主体创造性。此外，有的书名的翻译选择是译者与编辑或出版社互动之后的选择，也有的选择是结合整个译作语篇整体性而决定的。本节重点探讨第一种情况，即译者选择是如何彰显译者主体创造性的。关于后两种情况的论述将在接下来的章节中讨论。

首先，书名翻译中选择直译的，是否说明译者主体文化认知并未参与其中呢？也不尽然。在文化认知视阈下，译者选择将书名完全直译的原因也可以得以解释。这是因为每个人对于一个词语或事物的体验是与自身的体验及文化认知分不开的。如果按照框架语义学视角来解读的话，就是一个词语的意义实际是这个词语本身和它所涉及的百科知识的意义的总和（闫怡恂、成晓光，2018）。可以推断，在书名翻译选择中，如果译者不需要做任何修改就能传递信息，同时，也能够预测让目标语读者充分读取作者意图，那么译者就没有必要在翻译的时候进行改变，可以选择直译。这样的选择是译者主体的文化认知参与的结果。只有译者认为直译书名会符合作者意图或引起译语读者共鸣时，他才会选用这样的书名。这样的选择不代表译者文化认知未参与翻译过程，而是反映了对于那些人类可以共通的体验，译者选择的是顺势而为，译者主体创造性也体现在这里。更何况，即使完全直译的书名，每个读者也会有他自己的体验感受。即使面临同样一个命题，每个人的解读与反应可能也不尽相同。Fillmore关于早餐的描述可以用来阐述这一情形发生的原因，他认为（Fillmore，1982：121）早餐需要满足三个标准：

> To understand this word is to understand the practice in our culture of having three meals a day, at more or less conventionally established times of the day, and for one of these meals to be the one which is eaten early in the day, after a period of sleep, and for it to consist of a somewhat unique menu (the details of which can vary from community to community).

可以看出，这三个标准分别是一日三餐的文化行为；早餐是在睡醒一觉之后并且是早些时候进行的；早餐菜单有其独特性；不同文化早餐菜单有所不同。但在实际语境中，人们说"吃早餐"时，即使没有进行一天三餐的配置，人们仍然会使用早餐这一表达。即使是早午餐合在一起，人们也泛泛称之为早餐；此文化里的早餐可能是豆浆油条，彼文化里的早餐可能是牛奶、面包或培根、烤西红柿等。如Fillmore所说，即使这三个条件任何一个缺席，说话人仍然可以使用这个词。这里涉及的不仅仅是一个词语的核心意义的问题，还是一个词语的范畴问题，特别是这些范畴可以用在不同语境中，并将由典型用法等多个方面来决定。综上，可以看出，当两种语言完全可以直译的时候，即使他们的语言选择是一致的，认知体验也未必相同。

下文将重点阐述葛浩文译作中选择意译的书名。可以说，译作书名中的译者选择充分体现了译者主体创造性。现举两个例子来具体阐述：

例1：白先勇《孽子》书名翻译的译者选择

白先勇《孽子》的英译书名为 *Crystal Boys*。葛浩文在《孽子》

英译本的译者序（Translator's Note）里写道（Bai Xianyong, 1990），"台湾地区把男同性恋社群称为'玻璃圈'，男同性恋者会称为'玻璃孩子'。译文中使用的是'crystal boys'"，从这一点，完全可以看出译者对台湾地区的认知与了解。葛浩文对这类情形的解释是下意识的翻译再创作本能（闫怡恂、成晓光, 2018: 644）。"孽子"既能表达那群孩子在阴暗角落的具体形象，又能暗喻小说"冤孽"的命题。译者葛浩文选用两个词 Crystal Boys 来表达，实在是高明的选择，应凤凰称之为玲珑剔透的译笔。这种选择不但涵盖中文惯用的"玻璃圈"比喻青涩少年，英文借用 Crystal 的"水晶"之意来表达，又形象又准确。"孽子"的"子"也对应地用 Boys 准确翻译出来。译者选择最终是由于了解原文文化内涵，又会把原文许多具体因素进一步物化、具象化，在这样的创造性认知过程中充分展示译者主体创造性。极大丰富了译文的场景，把同性恋群体对于家人、对于社会的内心反应，用最简洁、最贴切的文笔得以具体再现。换句话说，没有译者的创造性认知就没有译者的最佳选择，也就无从谈起译者主体创造性。这一译者主体创造性的实现也是译者创造性认知发生的过程。因此可以说，翻译不仅是认知活动，更是文化认知活动，这一过程既体现了译者的文化认知参与，也促进了译者创造性认知的发生，从而在译文中体现出译者主体创造性。

例2：陈若曦《尹县长》书名翻译的译者选择

这是一部葛浩文早期的翻译作品，1978年出版，2004年再版。陈若曦的《尹县长》英文书名是 *The Execution of Mayor Yin*，意为"尹县长的死刑"。翻译《尹县长》时葛浩文做过一些改动，比如为了考虑可读性删减或增加一些内容。葛浩文（2014: 18）曾经回应 Mark Elvin 的评论中提到过的"有些是增加故事的可读性或为迎合西方读者口味，有些是删节过时、不清晰或无关紧要的按语引文"。可见，译者在翻译时所做的选择主要是基于译者主体的认知理解，就他熟悉的原文为译文读者做出的选择。同样，对于书名的翻译，他也是征求多方意见，十分谨慎，做了几番考虑才最终选择了这一译法。"把县长译成 Mayor（市长）大多数关系人终于都同意，因为现在美国没有县长（Magistrate）这个官位，而在英国乃是地方法官名字。译作篇名上加上 Execution（枪决）一字完全是由于销路的考虑。大家都认为这样才能引起英文读者的注意力"（葛浩文，2014：19）。经过几番征求意见、商讨以及预测未来读者群体的需要，尽管原来的书名只有尹县长，而没有"死刑"的字眼，译者还是综合考虑多方因素添加了Execution，这样做出的译者选择无疑是译者主体充分参与原文文本与读者需要的结果，这些都必须建立在译者文化认知的基础上译者选择。因此可以说，译者选择是译者主体创造性的表层凸显，译者选择是译文文本中体现译者主体创造性的证据所在。

这样的例子还有很多，译者在翻译《师傅你越来越幽默》《生死疲劳》《檀香刑》等莫言的作品时，都在译者序里提及了这些书名的翻译选择原因和过程，这几本书名翻译的共性都是译者在充分了解原文的文化背景、作者风格、原文所承载的语言信息与文化信息基础上做出的译者选择。看似字词不多的书名翻译，最能体现译者的苦心与斟酌，是译者主体创造性的一个突出表现。《师傅越来越幽默》（Mo Yan, 2001：xxi）中，译者有意将"师傅"直译为拼音的形式，并在译者序特意做了说明，"'师傅'是尊称，特指有技术在手的人，并且这一称呼在中国已普遍使用，可以说，已取代'同志'等其他称谓"；此外，译者借用原文最后徒弟对师傅说的一句话"师傅，你越来越幽默！"在原有的书名中加入了主语"you"，使得书名更具有动感，凸显文中结尾的对话特征。《生死疲劳》原文扉页上的那句佛经话语，道出了整个作品的真谛所在，因此译者是结合原文的魔幻、诙谐文体风格与扉页中的佛经的那句超度经典。由此可以看出译者主体创造性的实现是译者文化认知参与翻译过程的结果，译者的最终选择凸显了译者主体创造性的彰显与发生。《檀香刑》的例子也说明了这个问题。上一个小节讨论译者体验的时候也提到了这个例证。译者选择的英文书名 *The Sandalwood Death*，不但关注了意义的准确表达，还考虑了音节、音律等特征，完全符合原文的审美需求。综上，译者主体创造性的实现是译者在文化认知参与下不断选择的结果。译者选择展示、凸显了译者主体创造性，译者主体创造性也是通过译者的不断选择而发生的，这个译者选择过程也就是翻译的文化认知不断深入与积累的过程。

6.2.2 译者翻译观：译者主体创造性实现的必然

对于翻译多部作品的译者来说，一般会逐渐形成自己独特的翻译观。译者的每一次创造性活动首先就是因为承认译者的创造性思维。没有创造性思维，就没有创造性意识。没有创造性意识，也就没有创造性的行为发生。译者的文化认知会随着时间的推移，对某一作家或作品的研究或翻译体验及经验积累进一步加深，因此会促进译者主体创造性的实现，进而形成译者稳定的翻译观。本节重点对比1979年与2002年出版的两个《呼兰河传》译本，研究译者跨越23年后的文化认知积累是如何在译本中显示这种创造性的，进而从这个视角出发进一步梳理译者翻译观，来证明译者翻译观决定了译者主体创造性实现的必然。

萧红是葛浩文研究一生、翻译一生的作家。葛浩文对萧红的热爱，不仅仅从他多次到访东北、到访萧红故乡，甚至为了看一眼萧红的遗物到访鲁迅研究院可以窥探一二[1]；更重要的是他翻译完成了萧红全部的作品，就连萧红未完的《马伯乐》他也不遗余力去续写完成，尽管可能会有费力不讨好的结局，他也在所不惜。刘震云在完整版《马伯乐》（萧红著、葛浩文续、林丽君译，2018：x）序言中的那句"相惜是一种力量"就是印证。译者对这位作家的热爱，还体现在他几度重译《呼兰河传》。《呼兰河传》是葛浩文以及业内公认的萧红最佳作品。他最初翻译《呼兰河传》是在1979年，也是他翻译生涯的开始。时隔23年后，于2002年他又重译《呼兰河传》。在访谈中，葛浩文谈及重译的《呼兰河传》即将出版[2]。对于这部作品的多次重译，也能看出译者对这部作品翻译的重视，

1　2018年9月葛浩文在北京参加完整版《马伯乐》的发布会，会间特意到访鲁迅研究院，院长黄乔生拿出研究院珍藏的萧红的影集、衣物及手提箱等个人用品，葛浩文林丽君夫妇为之惊叹。笔者曾陪同在场。

2　在2018年9月的采访中，笔者得知葛浩文先生又再度重译《呼兰河传》，即将出版。

更是对萧红作品的钟爱。本节将在译者最钟爱的作品译本里，找到证据验证译者主体创造性是否因为译者文化认知的积累与加深而进一步凸显，从而形成较为稳定的译者翻译观；同时求证，译者翻译观决定了译者主体创造性发生的必然。

现就两个译本的共性简单作以说明。1979年版本和2002年版本都是萧红两部小说《呼兰河传》《生死场》的合集；题目也几乎相同，均是 *The Field of Life and Death and Tales of Hulan River*；两个译本中都附有鲁迅、茅盾的序言。下面从语言之外因素，语言词汇层面、句子重译等角度，分别对比两译本，以求证译者文化认知对译者主体创造性实现的作用，以及这一作用对译者翻译观形成的影响，从而验证译者翻译观是译者主体创造性实现的必然。

6.2.2.1 语言之外相关因素对比

首先，封面设计有所不同，1979版译文封面中萧红拼法是HSIAO HUNG，2002版则是拼音写法XIAO HONG。看上去这可能与出版社相关，但也不排除是译者的观点选择。1979版译本中作者介绍（Introduction）以及译文正文部分涉及的中国地名如Heilungkiang Province，介绍萧红原名张乃莹用的是Chang Nai-ying等。可见，凡涉及中国人名、地名的拼法，均与封面作者拼法一致。而2002版的Translator's Introduction以及译文正文部分提到的相同名称均选用拼音拼法。可见，这并不一定是出版社所为。而且2002版译文封面还标有"萧红""生死场"等汉字字样。这是在1979版译本中没有的；这一选择很可能是出版社的考虑，新千年后汉语在全世界的升温，热度也在蔓延，而且两年后全球第一家孔子学院成立。此外，从译者的角度分析，可以看得出他对萧红作品的热爱，这是唯一一部封面中印有汉字的译本。译者组成也从1979版译者是Translated by Howard Goldblatt and Ellen Yeung 到2002版的 Translated by Howard Goldblatt。关于这一点，葛浩文在2002年版的译者序中有所交代（2002：vii）：

> The original translation of *The Field of Life and Death* was a
> collaborative project. I acknowledge the fine work of Ellen Yeung,

who has not been consulted for this revision. I have, however relied upon the sensitive reading of Sylvia Li-chun Lin, whose suggestions have proved invaluable to the re-translation of both novels.

　　他指出1979版的《生死场》这部合集当时是与旧金山州立大学的一位学习汉语的研究生合译的。他也夸赞她的功力很好，但2002年的这次修订她并没有参与，而是葛浩文翻译完成后请林丽君阅读。据他讲，林丽君语感很好，阅读之后会给他提出修改建议，对这两部小说她的建议都极具价值。可见这次修订的主要初衷，是译者希望读者读起来更有语感，生动有活力。在对比分析两个译本的语言时也确实发现了这个现象。译者主体创造性在这一次重译中更突出表现在译者对语言审美及修辞的追求。23年翻译经历使得译者的文化认知有所加深，译者不但更加谨慎，还为了更高的创造性形式比如审美需求、读者需求而努力，而不仅仅追求把原文意思翻译出来而已。具体论证见下文"语言层面对比分析"。

　　此外，继续对比《呼兰河传》两个版本的标题、章节安排等细节之处，也有所不同。1979版《呼兰河传》译者都分别添加了每个章节的小标题，可见译者在初试翻译时译者谨慎的投入态度。这种谨慎态度一方面说明了译者的主体参与，另一方面译者当时应该会预感到美国对中文小说或是萧红小说的接受是没有把握或者把握不足的，他希望作为译者登场，要站出来为作者代言，为作者出面。当然这也从另外一个侧立面证明译者对作者的热爱与肯定，愿意不遗余力投入其中。正是这种爱好与兴趣，执着与努力，成就了从翻译生涯一开始译者创造性意识的形成，这些创造性在多个译本中不断呈现，从而不断推动译者翻译观的形成。下面为清晰起见，将1979版《呼兰河传》译本中每个章节添加的小标题列表说明。为对比方便，下表也包含《生死场》标题，标注如下：

表6-1　1979版《呼兰河传》与《生死场》译本标题情况一览表

1979版《生死场》译本	1979《呼兰河传》译本
原文17章，有标题	原文7章，无标题。 译文只选5章，有标题。其余部分刊登在小说集中。
1. The Wheat Field 2. The Vegetable Plot 3. The Old Mare's Trip to the Slaughterhouse 4. The Desolate Hill 5. A Herd of Goats 6. Days of Punishment 7. The Sinful Summer Festival 8. Busy Mosquitoes 9. Epidemic 10. The Years 11. The Wheel of Time Turns 12. The Black Tongue 13. Do You Want to Be Exterminated? 14. To the City 15. The Dud 16. The Nun 17. The Unsound Leg	1. Hulan River 2. Festivals and Such 3. Granddad and Me 4. The Compound 5. The Child-bride

　　如表所示，译者在《呼兰河传》译本每一个章节都加上小标题。这样做至少说明两个问题。一来译者认为可以通过概览小标题，帮助读者进一步了解作品；二来这是译者参与到译作形式并产生译者主体创造性的有力证据。显然，译者是在自身文化认知的参与下，代为原作者与读者对话。这是译者与原文作者对话的表现形式，更是译者主体创造性获得彰显的有力证明。通过分析发现，译者也可能考虑同在一本书里出版的《生死场》原文是有标题的，因此翻译《呼兰河传》的时候译者将标题加入补充，以使其与《生死场》从形式上保持一致。总之，通过译者文化认知与主体意识参与，译者主体创造性充分彰显。

　　研究还发现，《呼兰河传》共收录了原文5个章节的翻译文本，而不是原文的7个章节。这一点，1979版的译者序中也做了解释（Hsiao Hung，1979：xi）：

…The present translation does not include the final two chapters of the original work, for once the decision was made to include two novels under one cover, problems of length and other considerations made necessary some cuts. The two chapters are certainly detachable from the novel as a whole, and both are covered in translation elsewhere (see Introduction, note 6).

译者谈到 1979 版《呼兰河传》没有包含原作后两章内容的原因有二。一是因为当时出版社认为这个合集如果包含两部小说，认为太长，建议删减。二是另外两章译者认为可以和小说独立开来，并放在别处出版。根据该译本作者简介（Introduction）中注释 6 的说明（1979：xxvi），可以找到没有编入其中的原因。

"The Family Outsider," which was the basis for Chapter Six of the novel (not included here), is scheduled for inclusion in C.T. Hsia, Joseph S.M. Lau and Leo Ou-fan Lee, eds, *Modern Chinese Stories and Novellas, 1918-1949* (forthcoming from Columbia University Press). An English translation of Chapter Seven, entitled "Harelip Feng," appeared in the magazine *Chinese Literature*. The translators feel that the gain of *The Field of Life and Death* easily compensates for the loss of these two chapters of *Tales of Hulan River*.

根据这里的注释解释，第六章和第七章分别是"家族的外人"（原文中没有标题，这里的"家族的外人"主要是对她的大家庭里的"有二伯"的描写）和"冯歪嘴子"；前者当时收录在即将由哥伦比亚大学出版社出版的夏志清、刘绍明编撰《中国现当代故事与小说集（1918—1949）》。后者已经发表在《中国文学》杂志上。译者特意强调《呼兰河传》虽然没有涵盖这两个章节，但是他和当时的译者 Ellen Yeung 都一致认为《生死场》中的丰富描写已经足够弥补这一缺憾。可以说译者在最初翻译生涯中就能如此重视每一个细节的解释与说明，足以为他后来简洁细致的翻译观形成打下坚实的基础，而且译者也非常有意识地代言作者推广中国文学，推广萧红小说，译者主体创造性的实现也在译本这些语言文字功夫之外得以印证。译者对中国文学文化认知的确立，从最初开始就奠定了他积极的译者主体参与的地位。译者主体积极参与以及译者主体创造性在文本内、文本外的充分体现，随着翻译经验与文化认知的加深，译者翻译观也在逐渐形成（Xiao Hong，2002：vii）：

> Returning to these, my earliest full-length translations, has been an instructive and humbling experience. Happy to be able to apply more than two decades of experience to a "rewriting," and somewhat embarrassed by its necessity, I've mainly profited by the chance to reread the most important works of the most important Chinese writer in my career and one of Republican China's true treasures.

2002版《呼兰河传》的译者序中，译者谦虚地谈起了过去二十几年的翻译经历，认为自己"早年的翻译是一个非常有启发意义的经历"，这也是译者主体对自己身份认同与反思的开始，而这些也是他作为译者主体积极参与翻译活动并逐渐形成创造性思维的开端；同时，他还自谦称"也有点感到羞愧难当"。2002年这个版本发行之时，他已经翻译出版了包含台湾、香港作家在内的中国作家的作品32部，几乎占到了他翻译总量的一半。在此之前，他已经翻译了很多中国现当代作家的作品，包括萧红、端木蕻良、巴金、杨绛、莫言、贾平凹、朱天文、阿来等作家的作品。那个时候，贾平凹的《浮躁》、莫言的《红高粱》《酒国》等知名作家作品早已于1991年、1994年、2000年分别翻译出版。因此，可以说，新千年前后不论是数量质量都是译者翻译生涯的第一个高潮。至此，应该说，译者翻译观已初步形成，已经具备了译者独特的翻译理念。在谈及《呼兰河传》的重译时译者曾直言，令我高兴的是我花费了20多年的翻译实践经验来对《呼兰河传》进行"重写"[1]。译者也坦言不太确定这种重译或重写到底有没有必要，但是他始终认为这种重译使得他能够"受益

---

1 原文是 rewriting。也有学者会将其翻译成操纵派术语"改写"，也有学者认为应当译为"重写"。因为"改写"的概念里有一种不顾原文的任意行为。笔者同意"重写"这一译法。

于重读这些当年中国最重要的作家经典著作"，因为"这些是民国时期的
文学瑰宝"。

　　谈及译者主体创造性在文本语言之外因素中的表现，还必须要提到
两译本的译者介绍（Translator's Introduction）及序言（Preface）的对比。
二者都涵盖了鲁迅、茅盾以及译者本人对萧红及两部作品的介绍。译者
如何借助文本外的因素最大限度实现译者主体参与，2002版译本序中可
以看出译者主体参与的痕迹（Xiao Hong, 2002：vii）：

> I have included translations of the original prefaces to both novels: Lu
> Xun, as Xiao Hong's patron and friend, bestowed immediate stature
> to *The Field of Life and Death*, not just by reading it before he had
> even heard her name and publishing it in his own Slave Series, but by
> putting his name up front on his Preface. His close friend and fellow
> literary mover and shaker, Mao Dun (China's Minister of Culture in
> the 1950s) wrote an emotional and predictably ideological preface to
> *Tales of Hulan River* for a 1947 Shanghai edition. Both works, with or
> without the prefaces, have appeared in a variety of editions.

　　译者提到《生死场》和《呼兰河传》两个译本都涵盖了原文两部小说
的序言。因为鲁迅先生不仅是萧红的赞助人还是好朋友，鲁迅的赞赏为
萧红的《生死场》奠定了文学地位，因为鲁迅先生在萧红名气还不大的时
候，就将其作品收录到他的文集中，并且对萧红大加赞赏。译者借助当
时的文学巨匠鲁迅的话，在译文中向英语读者推介萧红、推介中国文学，
可以说是利用一切机会参与译文在海外世界的传播。这种译者的强烈参
与原文价值的构建与传播的意识，也是译者主体参与的真实写照，译者
主体创造性也从另外一个侧面凸显出来；鲁迅的挚友、文学同僚茅盾先
生，20世纪50年代曾任文化部部长，给1947年上海出版的《呼兰河传》
写了序，情感真挚，预见性强。这两部作品都有不同版本出版，有的有
这些序言，有的没有。

　　1979版茅盾写的序言里，茅盾先生一直强调萧红的孤独，她在香港
的孤独，在圣玛丽医院病床上的孤独。因此他推断《呼兰河传》就是写萧

红早年的孤独。译者在此译本中放入序言，也是他作为译者最大程度与原文作者的对话，从而产生一种召唤的力量来面对那些也许对中国文学还陌生的译文读者群。序言中，茅盾把读者可能对《呼兰河传》产生的误解或误读，以及现有的争论，都没有回避地进行了直面评论 (Hsiao Hung, 1979: 288)：

> "Some readers may not regard *Tales of Hulan River* as a novel. They may argue: No single thread runs through the whole book. The stories and characters in it are disconnected fragments, the work is not an integrated whole. Others may look upon *Tales of Hulan River* as an autobiography of an unorthodox sort. To my mind the fact that it is not an orthodox autobiography is all to the good and gives it an added interest."
>
> ——引自1979版《呼兰河传》茅盾写的序（Preface to *Tales of Hulan River*）

茅盾在序言中提到，也许有些读者会质疑《呼兰河传》是否称得上是一部小说。因为整个作品看似没有一个主线，小说中的故事及人物似乎也互不关联，显得缺乏整体性，也有人会认为《呼兰河传》是一部非传统意义上的自传体小说。但是茅盾认为这种非传统的自传体却毫无疑问地增加了读者的阅读兴趣。这样也进一步证明，译者为何在1979版中的每个章节都加上小标题，这不仅仅是出于为作者代言，进行译者主体参与从而产生的创造性痕迹，更是译者的一种担忧——读者也认为译文读者读后可能会产生像茅盾提到的那种效果，担忧译语读者会不那么看好《呼兰河传》，从而不能高度肯定甚至否定《呼兰河传》的文学价值。不仅如此，那个时候的葛浩文已经获得了文学博士，他的博士论文《萧红评传》主要是对萧红及其作品的研究，这些对于萧红的系统文化认知使得他作为译者的话语权会显得十分有分量。因此，每一部小说出版时，他都附上了作者简介（Introduction），从研究者、译者角度推介萧红的这两部作品，可以说译者主体文化认知参与或译者主体创造性表现在译者序、前言、作者简介等非译本文本语言层面实现了最大突破。显然译者不仅仅是译者，还是一个文学传播者，中国文学的跨文化提倡者。这些身份认同无一不反映出译者的主体参与，从而最大限度实现译者主体创造性，更为译者翻译观的形成铺垫了良好的开端。到了2002年版，译者去掉了这些小标题的翻译，并把当年没有涵盖进来的后两章即第六章、第七章都囊括进来。这个时候的译者，对原作显得自信了许多，不再那么小心呵护，不再那么刻意而为；这个时候，译者翻译观念更加成熟，也自然了许多。可见，不断加深的译者文化认知积累会决定译者行为，决定译者作为主体实现创造性的程度与方式。这些行为与方式，一旦固化下来，就形成了较为稳定的译者翻译观。作为当时已经从事翻译20多年、译作30多部、翻译的作家近30位的知名译者，译者翻译观从最初的谨慎与小心翼翼，已经达到了收放自如及追求简洁的自然状态。

6.2.2.2 语言词汇层面对比

上面的讨论就文本之外的因素探讨了两译本中译者主体创造性的实现以及译者翻译观的形成。本节重点探讨译文文本中语言词汇层面的细节对比。重译的原因通常是因为作品的经典性，或者现有版本的满意程度还有待提高。译者对《呼兰河传》重译的原因是兼而有之的。译者在一次采访中坦言，自己最初翻译的《呼兰河传》还不够好，因而要强调自己应做得更好。至于重译，也是出于尊重文学经典性，他在2002版的译者序（Translator's Preface）中曾这样描述（Xiao Hong，2002：vii）：

> Most will agree, I believe, that translations of significant literary works are as prone to becoming dated, in some respects at least, as the works themselves; the translations, however, can be given a second life (or, more exactly, third, since any translation extends the life of the original work). Sometimes, ironically, thanks to publishers who allow works to go out of print, a translator is given the opportunity to revisit his work and make it available to a new generation of readers. That is the case with Xiao Hong's finest works. My translations of *The Field of Life and death* and *Tales of Hulan River* was reissued with minor changes in Hong Kong in 1988 by Joint Publishers. My thanks to both for releasing their rights to the works for the current revised translations.

显然，译者首先肯定了文学翻译对原作的重要作用。因为翻译"确实使得原作又有了一次生命"。译者甚至认为，如果说译作使得原作有了第三次生命都不过分，因为译作延伸了原作的广度，比如读者群体、传播方式等。因此任何一个翻译行为都再一次扩展了原作的生命力，这是毫无疑问的。而且译者认为出版社"允许作品付梓印刷，这样译者才有机会重温自己的作品，呈现给新一代读者"。这都使得每一次翻译或重译都使译文有更多机会做到更好，译者坦言萧红的所有经典之作都是这样。现以《呼兰河传》1979版与2002版两个版本细节为例，从语言词汇、标点、段落划分等细节进行分析对比。现就细微且有价值的发现归类如下：

首先，2002版的语言词汇使用显得更加简洁、简单。不必要的重复性的语言都删掉了，有必要加以解释的又进行了增加。总体看，译者倾向使用较为简单的词语或简洁的句式来描述。下面是译例对比：

例1：

2002版：he **looks like** someone on ice skates for the first time who has just been pushed out onto the rink by a friend.（102）

1979版：He **resembles** someone on ice skates for the first time who has just been pushed out onto the rink by a friend.（114）

例2：

2002版：Drops of sweat begin to form on his back, his eyes become clouded with the frost, **icicles** gather in even greater quantity on his beard, …（102）

1979版：Drops of sweat begin to form on his back, his eyes become clouded with the frost, **ice** gathers in even greater quantity on his beard, …（114）

这两组例句中显示的译文整体结构没有变化。但是，看得出在2002版中，译者选用的词汇是较为简单的"look like"，而不是1979版的"resemble"来表示原文的"好像初次穿上滑冰鞋……"；这些都表现了作者鲜明的词汇翻译观——简洁易读；2002版显示出译者并不喜欢用复杂词汇，而开始倾向简洁词汇；2002版中使用"icicles"而不用"ice"来表示"胡子上的冰溜"。可以看出为了译文的准确性与生动性，译者都不辞辛苦，力尽所能，细微之处精益求精。2002版的语言体现出流畅、接地气的译文文风。这不仅仅还原了萧红的原文风格，也表明译者的翻译自信在逐渐增加。看下面两组例句：

例3：

2002版：...for it is the heart of the town. At the Crossroads there is a jewelry store, a **dry goods** shop, an oil store, a salt store, a teashop, an herbal pharmacy, ...（103）

1979版：...for it is the heart of the **whole** town. At the Crossroads there is a jewelry store, a **yardage** shop, an oil store, a salt store, a teashop, a **pharmacy**, ...（115）

例4：

2002版：...for I thought I heard lots of people talking nearby.（194）

1979版：...for I seemed to hear a great many people talking somewhere nearby.（227）

从这两组例句中看，在2002版中译者用"dry goods"代替"yardage"，使用更为常见的词汇来代替较为生僻的词汇。不仅如此，原文"十字街口集中了全城的精华"中即便是含有"全城"的表述（2018：4）；而且，译者也弃掉了"whole"这个词，语言变得更为简洁，并不追求一一对应。同时译者也会增加词汇进一步保证原文的准确性，比如用"herbal pharmacy"来代替"pharmacy"表示"药店"，使得译文更具有中医药店的表达特征。在例4中，1979版的句式显得较为啰嗦。对比来看，"I seemed to hear..."，"talking somewhere nearby"这样的句式，可能是译者受了汉语原文"我似乎是听到了什么地方有不少的人讲着话"的表达方式的影响，显得似乎有些令人费解。反而，2002版的译文表达更清晰了，该例句主要强调自己认为自己听见了一些什么声音。总体看，2002版的译文显得简洁、贴切、准确了许多。可见经过了二十几年的翻译创作体验及文化认知积累的提升，译者对于原文的理解与译文的驾驭都明显有着属于自己风格的翻译观的表达痕迹：译者不再那么受原文语言形式的牵绊，大胆收放；作为译者主体积极参与翻译的整个过程。这几乎是越来越成为大家公认的葛浩文译作风格：用英文写作的境界。译者主体创造性的实现是通过译者不断参与翻译实践、译者主体意识增加、译者文化认知不断积累与提升而实现的。更为明显的是，多年翻译的丰富经验使得译者翻译观更为显化，那就是不断追求简洁的语言表达与用法句式等。追求简洁明了的表达，这样的译者翻译观决定了译者在进行翻译创作时，势必加入译者个人视角，通过译者自己的主体审美来进行语言的选择，因此译者主体创造性就会成为必然。

其次，2002版的语言词汇显得更加自然、地道。译文中语言使用及表达，读起来更有味道，更舒服，更加考虑读者阅读需求。如前所言，2002版的修订，是经林丽君阅读后，从读者视角再将反思反馈给译者。因此2002版的译文更追求语言表达形式的地道，句式的简洁，特别是译者更加关注人物对话简洁表达的特点。看下面例句：

例1：

2002版：Maybe this pork is **plague-ridden**. But on second thought, how could it be?（111）

1979版：Maybe this pork is **infected**. But on second thought, how could it really be infected?（125）

例2：

2002版：I amused myself by catching dragonflies until I **wore myself out**...（194）

1979版：I amused myself by catching dragonflies until I **grew tired of it**...（227）

以上这两组例句都是非常有代表意义的。例句1中，"plague-ridden"与"infected"相比，显然后者是"感染"的意思，指人或动物生病或感染疾病，然而前者更强调是"瘟疫"，表达的是原文"闹猪瘟"的意思，在这个语境下与原文的"瘟猪肉"的意思也更加符合。例句2中的"wore myself out"是指"我"喜欢捉蜻蜓，"捉累了就躺在蒿草里边睡着了"，显然不是"grow tired of"所指的"厌烦"或"玩腻了"的意思。以上这些表达都是比原来的用法更加地道、自然、舒服、准确，译者能把小处、细节的翻译在新的译本中不厌其烦、精益求精地进行斟酌，足见此时译者对细节追求更加完美，对语言的准确表达以及地道用法的追求都做到了不遗余力。

例3：

2002版：He understands at once and shouts to the man who is eating the buns, **but hasn't gone too far**: "Hey, the weather's icy cold, the frozen ground's all cracked, and **my buns have been swallowed up**!" (101)

1979版：He understands at once and shouts to the man who is eating the buns, **but still not left the scene**: "Hey, the weather's icy cold, the frozen ground's all cracked, and **my buns are all gone**!" (114)

这组例句中，2002版中的"but hasn't gone too far"代替了原来的"but still not left the scene"，原文中是"他向着那走不太远的吃他馒头的人说"（2018：2）。看得出，1979版选择的是"but still not left the scene"（没离开现场），显然不如2002版的"but hasn't gone too far"（没走太远）贴切自然。2002版中用"my buns have been swallowed up!"来表示"吞了我的馒头"，相比1979版选用的"my buns are all gone"的意思说得更明白了，从而进一步贴切地表达了地冻天寒的东北天气。在地皮冻裂后，掉在地上的馒头都是"被吞了"的感觉。译者把当时的"地皮冻裂"的场景映射脑海里，用最为直贴切、自然的拟人方式"吞了我的馒头"表达在译文中展示出来。可以说，2002版体现译者语言的使用更娴熟，更注意意义的表达与阐释，做到了充分理解之后的"重写"。此外，1979版的"not left the scene"中的场景（scene）指代不清，这到底是哪个场景，什么样的场景都模糊不清；"吞了我的馒头"用"不见了"（all gone）来表达也是增添了几分啰嗦。可见，上述例子均说明译者的词语选择更倾向简单直接、自然地道的表达。

第三，句式简洁，逻辑紧密。2002版更加注意句式的简洁，比如更多使用主动句式，减少使用被动句式；修改句式关系，使得逻辑更紧密。看得出此时的葛浩文更加注意句式表达的可读性，考虑读者不亚于考虑原文，尽可能让读者读起来不受语言形式的羁绊，而能够投入故事情节的阅读中。所以译者在这里的主体参与更多表现为读者意识有所增强，译者主体创造性的痕迹主要体现在句式改变，比如通过句式关系的改变来呈现译文中的环境描写。

例1：

2002版：The freezing cold splits open the skin on people's hands.（101）

1979版：The skin on people's hands is split open by the freezing cold.（113）

例2：

2002版：Above this dentist's door there hangs a large shingle on which is painted a row of oversized teeth about size of a rice-measuring basket.（103）

1979版：Above this dentist's door there hangs a large shingle about size of a rice-measuring basket, on which is painted a row of oversized teeth.（115）

例1中的原文是"人的手被冻裂了"（萧红，2018：1），使用的句式是被动语态。2002版选择了主动语态，1979版句式与原文相同，丝毫没做改变。译者在进行重译时对这一句式的修改表明了译者更考虑读者接受，同时强调这种"天寒地冻"的天气。1979版中出现的被动语态的选择，译者也是有根据的，从上下文衔接角度看，被动句式的选择是与原文一致的。这句之前也是在描述皮肤在寒冷天气下的状态——"...he reaches out for a steamed bun; the back of his hand is a mass of cracked, chapped skin"。因而译者选择这句以被动语态开头，先以"Skin"开头是有道理可循的；2002版为何做了改变呢？主要的原因在于译者对萧红《呼兰河传》这部作品的整体理解。译者曾多次表达对于作者萧红关于大地冻裂的这段描述准确的喜爱，比如"大地就裂开口了""严寒把大地冻裂了"等等。这些表达译者都选择了主动语态，来表达东北严寒天气的描写。因此，可以说，这个简单的句式转换行为，不仅仅出于文字考虑，而应该是对整个文章整体风格的考虑。例2中2002版句式紧密的处理也有类似的作用。原文中介绍了呼兰河这个小城并不繁华，但是十字街上应有尽有，有油店、布店，还有洋医生开的牙医诊所等。因此牙医门店的装饰也成了译者重译时关注的重点。通过对比发现改动之处极其细微，但是意义却变化极大。在2002版中，这句是指特大牙齿与量米斗接近（oversized teeth about size of a rice-measuring basket），1979版却是指招牌与量米斗大小相似（a large shingle about size of a rice-measuring basket）。显然通过进一步的句式紧密衔接的调整，2002版译文与原文的意思更为接近。译者精益求精、超越自我的翻译观在多处例证中得以证明。

第四，译者对标点、段落的划分，两个译本也有很多变化。经对比分析，2002版分段的频率多于1979版。2002版中，很多段落均为译者自行分段；在标点符号的处理上，2002版为了让读者阅读方便，译文中也增加了一些原来没有的标点符号。译者在1979版中显然并没有注意到从读者出发的感受。那个时候，译者更多关注的是原文怎么样能顺利地表达出来。对于这一点，在1979版序言中葛浩文曾表示要考虑原文语言的韵律表达、断音节奏等等（Hsiao Hung，1979：xi）。

Each of the novels included here presents its own problems to the translator. For *Tales of Hulan River*, the translation of which was begun in mid-1975, the foremost consideration has been a faithful rendering of the unique writing style—simple yet precise, intimate without being gushy.

——摘自1979年版本《生死场与呼兰河传》译者序言
（Translator's Preface）

译者回忆道，他最初开始翻译《呼兰河传》大概始于1975年。当时，译者考虑更多的是如何最大限度忠实呈现原文，因为译者认为萧红的写作风格十分独特，语言使用非常简洁、准确，有一股邻家之风，一点不做作。因此看得出，译者那个时候的翻译观尚未形成，尽量把原文简洁的风格直译出来可以说是最大的追求。这也可以解释为何2002版中几乎每一行都有或多或少的修订，因为这时的译者似乎悟到一个结论：并不是直译就会保持原文的简洁风格的，再简洁的原文如果是直译都会显得啰嗦，这是两种语言存在差异这一本质决定的。1979版中的译者序显示，译者其实已经认识到有的段落和表达他都没有弄清楚，甚至还会请教很多人一起来猜测（Hsiao Hung，1979：xi）：

> Another problem has been the occasional unclear passage or local expression. The resolution of these problems owes a great deal to many people and, where unavoidable, some educated guesswork. Owing to the noninflected nature of the Chinese language, a writer can move undetected from the general to the specific, from tense to tense, without affecting the readability of the work. In *Tales of Hulan River* the translator has rendered the narration of the first two chapters in the present tense, moving occasionally to the past when specific, isolated incidents demanded it. The remainder of the work and the whole of *The Field of Life and Death* have, for the most part, been translated in the past tense.

如原文所言，译者坦言，他在翻译中遇到的另外一个问题就是原著中偶尔会出现的表达不清的段落或方言。看来这很可能是2002版进行多次分段以及添加标点的原因之一。因此译者主体的这一创造性行为也是源于对原文理解的深入，再加上译者认为的应在译本中呈现的诠释而引起的。同时，译者还提及有些选择并不是自己的决定，而是询问"很多有良好教育的人"一起来猜测。而且，考虑到原文中由于汉语并没有词尾变化，译者在使用时态方面也是颇费心思。既要考虑英文的"时态变化，还不能影响到作品的可读性"。所以，译者在处理1979版《呼兰河传》的前两章时用的是现在时态。有时，特指一件已经发生的事件时也用过去时态。《呼兰河传》的其余部分，以及《生死场》的全部，都使用了过去时态。可见译者选择的各种翻译方法均源于译者主体意识的加入，也就是说译者必须参与到原文中，再走出原文，进入到译文，与读者世界对话，才能充分找到译者角色的定位从而决定译者主体创造性的发挥。说到标点符号的使用，译者在1979版的序言中也提到过困惑 (Hsiao Hung, 1979: xii)：

The translation of *The Field of Life and Death*, a cooperative venture that took much less time to complete, proved as challenging as that of *Tales of Hulan River*. The major problems were in re-creating the earthly language and staccato rhythm of the original (the punctuation made this task more difficult). There were other problems created by texture variances between the original 1935 edition and the 1957 Hong Kong republication. While the earlier version has been used as the standard, the bowdlerizing editor of the later edition has made some corrections and clarifications that have been incorporated into this translation.

在1979版的译者序中，译者提到了《呼兰河传》的翻译面临的挑战，其中之一就是如何再现或再次创造原文的那种接近百姓生活的鲜活语言，包括原文展示出来的断音节奏。难怪2002版重译时，译者请林丽君朗读后再进行修改。他的另外一个困惑就是对标点的把握，他直言，标点符号可能会使得充分再现原文文风的难度加大了。2002版中有大量增加标点的地方。这样的好处就是原文长句在译文中变得更耐读，语感更好，节奏感强，有一种东北作家特有的豪爽味道。在1979版序言中，译者还事无巨细地交代了该译本可能与个别原文版本不尽一致。译者尽量使得每一个细节考虑在内。现在看来，在2002版中，译者有时可能还要承担编辑的角色，把最好的、合理的译本呈现出来；除了语言、词汇层面的考虑，还要考虑段落划分、标点添加、文风再现等多重任务。译者角色显然是超越译者的综合角色。比起1979版的译者任务，这个时候的译者参与更具有主动性、综合性以及全面性。

综上比较，发现2002版的段落与标点等细节的修改也是源于某种根据的。这也就是说，译者主体参与并由此而产生的主体创造性，是因为译者的文化认知会帮助译者在当下的语言选择中作出决定，从而形成具有一定创造性翻译行为的文本痕迹。当这些翻译选择固定下来，就会形成较为稳定的译者翻译观。就这些段落和标点选择而言，显然，译者是按照读者习惯重新划分了部分段落或增加标点，而没有拘泥于原文的结构段落安排，这种主体创造性主要是为了读者接受考虑，使得阅读过程更体现语感或美感。

6.2.2.3 译文的句子重译对比

在对比译本的过程中还有一些现象值得注意：译者把某些句子干脆选择重新翻译了。这不仅是对译本精益求精的表现，还说明了译者翻译的谨慎态度，尤其是对待喜爱作家的作品态度，译者更是毫不含糊。这些重译的句子，都有一个共同的特点——它们都呈现出译文简洁性。请看下面的例子：

例1：

2002版：Too bad, for his wooden box crashes to the ground, and the buns come rolling out of the box, one after the other. (101)

1979版：Falling down is the worst thing that can happen to him, for his wooden box crashes to the ground, and the buns come rolling out of the box, one on top of the other. (114)

例2：

2002版：It is an object of enormous concern to all the people. (108)

1979版：An intimate bond between it and the people begins to form. (121)

例3：

2002版：The more they struggle, the faster they sink. Sometimes, they die without sinking below the surface, but that happens when the mud is gummy. (110)

1979版：If, on the contrary, they continue to struggle, they might sink even faster. Some even die there without sinking below the surface, but that's the sort of thing that happens when the mud is gummier than usual. (125)

在上述三组例句中，2002版和1979版的译文单词数分别是23/34，11/11，24/37。三组数字除了一组没有变化，另外两组数字显示，2002版与1979版相比，这两句都分别减少了11个词与13个词。这说明译者重译的时候，应该是考虑了语言的简洁化。经进一步比较发现，2002版的语言使用较短单词，两个逗号之间单词数量明显减少，译者时刻秉承语言简洁到位之风格。2002版中会使用一个"Too bad"来代替"Falling down is the worst thing that can happen to him"。看得出1979版的译文意思更接近原文，然而读起来却显得稍嫌复杂啰嗦，而2002版的一句"too bad"，读者自然懂得了"跌倒了是很不好的"这句意思的全貌。此外，对于意思接近、字数接近的两个短语，译者也进行了修改，译者将"one on top of the other"改成了"one after the other"。很显然，这也是出于语感的需要，后者也似乎显得比前者读起来更有韵律，更上口。这些例句显示了译者重译的部分主要是由于追求语言简洁，去繁就简，考虑读者感受，增加可读性，让阅读译文的读者一样能感受到原文的语言韵律之美。此外，译者在这些细节下的功夫，再一次说明了有多年翻译经验的译者，已经基本形成了自己简洁、自然、地道的翻译观。

6.2.3　译者主体创造性的"度"与译文的和谐性

以上几个小节充分讨论了译者如何在翻译这一创造性认知活动中实现译者主体创造性。不论从文本外的因素观察，还是从文本内视角进行分析，不难发现译者主体创造性是时时刻刻都存在的。比如译者有意识地在原文增加序言或作者介绍，或是在序言里提及译文中的某处为何如此处理，这些都不是为了译者本人说话，而是为作者说话，为原著代言。译者主体参与绝不仅仅是从译文正文的文本才开始的，而是在很多文本外因素中就有所显示。时隔二十几年的这一重译实践，就是译者主体充分参与的结果，是译者主体创造性进一步发挥的结果。因为重译时若没有修改之处，也就没有创造性发生的空间而言。译者不厌其烦、精益求精修改词汇的使用、细节的更正、句子的重译、段落的划分、标点的增加，这些无一不是译者主体创造性发生的痕迹所在。然而每一处的创造性"痕迹"都是有迹可循，有据可依，无一不是有"度"可施。译者"在翻译过程中应当兼顾'作者''文本''读者'三个要素，充分考虑这三者之间的协调性"。

就如上文讨论的那样，译者主体参与原文翻译时，必须充分研读文本。特别是重译原文，更需要译者高度关注原文文本要传达的故事核心及原文写作风格，因此葛浩文2002版《呼兰河传》重点对文本进行了段落重新划分等结构安排，通过增加标点、缩短句子长度等方式，以求保留原文简洁之风；与此同时，译者对于语言层面简单、自然、地道的追求，也是译者充分考虑文本进行创造的痕迹所在；此外，译者在两个版本的序言中都通过加入译者序言、他人序言、作者简介等方式，充分与原著与原文作者互动。诚然，也许大部分译者可能无法做到葛浩文对待萧红的这份研究与翻译兼有的身份，但是译者对原文作者的充分了解与认同无疑会增加译文的可读性，保持翻译的和谐特征；在2002版《呼兰河传》中，译者重译的主要初衷还是因为考虑读者群体。比如这个版本中译者充分强调了小说可读性特征，自己译完之后请林丽君朗读，提出修改意见，通过反复阅读，进一步传递原文的语言简洁富有韵律之美；还有很多细微之处，译者特意回避生僻词汇、使用简单词汇、明确更为中国化的词汇直译。比如原著中提到的"康熙字典"，1979版译为 *Classical Dictionary*；在2002版中，译出了 *Kangxi Classical Dictionary*；此外，在2002版中对于作者萧红名字的翻译，译者也使用了汉语拼音 Xiao Hong，而不是威妥玛拼音 Hsiao Hung。显而易见，译者主体创造性的实现过程要考虑的因素，始终没有离开作者、文本、读者。所有这些主体创造性都是根据译者的文化认知判断得到了更大的发挥空间。因此，译者主体创造性的"度"始终要求，译者与其他诸者保持好协调关系。关于译者是如何在与作者、编辑、读者等多重互动关系中实现译者主体创造性的，下节作专门讨论。

6.3 文化认知视阈下翻译的多重互动过程

认知是主体对客体的认识与改造过程。译者从阅读原作开始，就与翻译过程中的其他要素，如作者、编辑及出版社、读者等开始充分互动。

每一个环节都充分影响着译者主体的各种行为，作为译者主体能动性的最高表现形式——译者主体创造性——也毫不例外。这一过程中，译者与作者的互动、译者与编辑互动、译者与读者互动、译者本体互动，都最大限度地体现了译者主体创造性的实现。译者文化认知始终存在，并在这些错综复杂的、多重的互动关系中积极扮演决定性因素。

6.3.1　译者—作者互动

就当代社会情况而言，一本小说、一本著作的翻译，通常是译者接受出版社任务完成的。特别是在跨文化交际活动不够丰富的过去，译者基本是仅以原文为主要工作对象，而没有机会接触到作者本人的。对于比较经典的文学著作来说，有的作者都是一个世纪甚至是几个世纪以前的作家，这种互动关系更是无从谈起。本研究提及的译者作者互动的前提，指的是译者作者基本处于同一个时代，且原文作者在世的情况下有可能发生的译者、作者的互动情形。对于葛浩文来说，译者作者互动关系就属于此类情形。也就是说，他翻译的作品主要是中国现当代文学作品，因此他所处的时代与作者所处的时代基本相同，这种译者作者互动才有可能发生。

译者作者互为欣赏的互利关系对译者主体创造性实现是颇为有利的。莫言可以说是葛浩文翻译最多的一位中国现当代作家，就译者作者关系而言，也是较为紧密的。在一次会议演讲中，葛浩文以《作者与译者：一种不安、互惠互利，且偶尔脆弱的关系》为题，谈到了译者作者关系（葛浩文、王敬慧，2013：11）：

> ……译者与作者的关系并不总是愉快的。当然，一些作家欣赏和理解作者和译者的关系。很幸运的是，我与大多数小说家的合作都很愉快，尤其是与莫言的合作，他对我将其作品翻译成英文的工作大力支持、鼎力相助。他很清楚汉语和英语之间是不可能逐字逐句对应的，与其他语言之间也是如此。他会很体贴、和善地给我解释作品中一些晦涩的文化和历史背景，他明白翻译是对原文的补充而非替代……

译者葛浩文对于莫言对其翻译的肯定以及欣赏是译者主体参与原作翻译的前提，它使译者主体创造性的实现成为可能。任何两个主体，互为信任是健康关系的第一要素。译者、作者关系也不例外。字里行间，葛浩文先生得益于这种信任，并将其称为是"大力支持、鼎力相助"。显而易见，译者遇到的翻译中的理解困难及表达障碍，一定是通过二者的经常沟通得以解决的；不仅如此，作者的豁达与视野成就了译者得以抛开原文结构规则的死板束缚而产生的主体创造性，译者充分彰显权力，却不过分追求汉语和英语之间的所谓对等的文字转换。因为作者"很清楚汉语和英语之间是不可能逐字逐句对应的"，这种充分的信任关系，不仅解决了译者的语言难题，还为译者提供了更多空间了解原文文化与历史问题。作者给予译者的权力，也使得译者对原文的理解会不断增加译者个人的文化认知，并在文本翻译创作之时给予最恰当的表达。在这样的过程中，源语到译语的转换过程，不是英语对汉语的替代，而是增加了文化表达、语言补充、抛开词句对应关系的译文创造。译者之所以有这样的机会去充分表达，实现英语世界对原文的忠实传递，首先得益于作者的充分支持与信任。而译者本人也从不去抢功，他甚至会纠正"莫言的诺贝尔获奖成功是葛浩文的功劳"这一说法。"我最近听到这样的传言——大家一直在谈论的这些享有国际声誉的小说，其真正的作者是美国人葛浩文；而这个葛浩文，事实上，就是莫言。对此我要断然否认"（葛浩文、王敬慧，2013）。可能，在译者作者关系的问题上，少有这种令人感到欣慰的关系了。

无独有偶，2000年第五期的《小说界》登载过一篇同年3月莫言在科罗拉多大学博尔德校区的演讲。演讲中莫言的话也证明了葛浩文的说法，他们之间的亲密关系不但造就了译作的出版、传播与获奖，更造就了译者主体在译作中实现创造性的可能与前提。这不仅得益于莫言本人对译者的信任，更得益于莫言眼里葛浩文对源语语言与文化的热爱，以及翻译的严谨态度。他写到（莫言，2000）：

> 我与葛浩文教授1988年便开始了合作，他写给我的信大概有一百多封，他打给我的电话更是无法统计，我们之间如此频繁的联系，为了一个目的，那就是把我的小说尽可能完美地译

成英文。教授经常为了一个字、为了我在小说中写到的他不熟悉的一件东西，而与我反复磋商，我为了向他说明，不得不用我的拙劣的技术为他画图。由此可见，葛浩文教授不但是一个才华横溢的翻译家，而且还是一个作风严谨的翻译家，能与这样的人合作，是我的幸运。

很明显，译者作者的关系不仅仅是单纯的互相信任，还有非常频繁的书信、电话等沟通，这也成为译者、作者健康关系的第二要素，即充分交流。他们的100多封往来信件以及无法统计的电话沟通为莫言小说在英语世界的完美呈现打开了顺畅之门。其中原因并不在于葛浩文的汉语不够好，抑或是找不到合适的词汇来进行表达。而是译者在翻译过程中，始终如一有一个信念：他的译作不要歪曲了、减弱了、降低了原作的文化味道及语言功力。就这一意义而言，译者无时无刻不在以主体身份进行着创造，译者的文化认知无时无刻不参与到他的翻译活动中。译者的那些不计其数的电话、通信实际是每一个译者主体创造的声音的化身，译者愿意竭尽所能呈现原作之美。让译者更为欣慰的是，作者看到了译者的充分参与，看到了译者的文化认知提升，即使通过"拙劣的技术为他画图"也在所不惜。这种充分的译者作者的互动交流，不仅保证了译者文化认知的充分参与，也使得作者不断信任译者以至于赋予他更大的权力。莫言还指出："当然也有人对我说，葛浩文教授在他的译本里加上了一些我的原著中没有的东西，譬如性描写。其实他们不知道，我和葛浩文教授有约在先，我希望他能在翻译的过程中，弥补我性描写不足的缺陷。"（莫言，2000：25）可见，译者作者充分交流基础上的创作，比如加上原著中没有的内容，并不是译者无意忠实原文，而是受作者之托，出于经验之谈，应读者世界之需。这里需要强调的是，并不是提倡译者要强加原作中没有的某些表达，而是提醒我们必须清楚地看到：当译文中存在某些不同于原作的地方，也许是作者之约、出版社之请而已。然而事实通常是，当看到个别不同于原文之处时，有些读者、研究者或是评论者通常在脑海里跳出来的第一个信念就是，译者没有忠实原文，胡译乱译。其实，事实远非如此。回到主题，因为这不是本节讨论的重点。本节讨论的重点是，译者作者的互动交流关系使得译者创造性发生成为一种合法状态，成为二人共同努力打造完美译作、消除译文读者障碍的重要因素。那么至此，可能存在的问题倾向是，作者是为了译者而写吗？还是译者为了译作完美接受而译？莫言指出（2000：26）：

> 如今，越来越多的中国小说被翻译成外文广泛传播，但这涉及一个问题——作家创作的出发点：作家到底为谁写作？为自己写作，还是为读者写作？如果是为读者写作，到底是为中国读者还是为外国读者？小说翻译成外文需要译者，那是不是可以说作家是为翻译家写作？这种为翻译家写作的趋势绝不可取。尽管文学走向世界必须经过翻译家的翻译，必须经过他们创造性的劳动，但是作为一个作家，在写作的时候如果想着翻译家，那势必使自己的艺术风格大打折扣，势必为了翻译的容易而降低自己作品的高度和难度。因此，作家在写作时，什么人都可以想，就是千万别想着翻译家；什么人都不能忘，但是一定要忘记翻译家。只有如此，才能写出具有自己风格、具有中国风格的小说来。

莫言理智地提出了译者作者关系应是理智冷静，充满思考的，而不是一味迎合某种传播或出版需要的。葛浩文引用莫言这个说法也提出了对译者身份的思考，译者主体在进行翻译创作时虽然与作者保有亲密信任、互动交流的关系，但是最终译者需要运用内化的文化认知，将其运用到译文的创作中去。译者主体不仅体现为做"翻译"这件事的人，也成为"创造性"这一行为的实施者，因此，译者作者健康关系的第三要素是彼此拥有冷静客观思考，只有这样才会最终实现译文完美旅行的目标。换句话讲，译者必须知道译者的立场。"只要我在翻译词汇、短语或更长的东西上没有犯错，我的责任在于忠实地再现作者的意思，而不一定是他写出来的词句。"（葛浩文、王敬慧，2013：13）译者所要的不是文字的对等，语言的重复，而是意义的再现，思想的传达。译者的文化认知已经成为其内化的语言与文化的力量，在新的译作外表下，完成译者主体创造性的实现。只是这种创造性的实现终究是为了原文意义的传递，而不是字词句的形式传递。

综上，良好健康的译者作者互动关系主要体现在互为信任、交流互动、冷静客观的思考等三个方面。只有健康的二者关系才会成就译者主体创造性的实现。

6.3.2　译者—编辑—出版互动

译者是一个在翻译过程中活跃的主体，他不仅是体验者、认知者，还是一个主动的互动者。在多重互动关系中，译者与译作编辑、出版社等共同构建了一体化的工作模式，形成了译者—编辑—出版社之间的互动关系。翻译是一项复杂的跨文化过程，译作完成所涉及的相关因素之间的互动或促进或制约了译者主体，本节主要考察文化认知视阈下译者主体创造性是如何在这个互动关系中实现或受到制约的。

编辑工作是文字出版工作必不可少的环节。通常意义的编辑工作多以文字校对、修订以及润色等工作为主。但是，对于译作编辑来说，编辑工作不仅仅限于文字本身，有的编辑可能会推动一部好作品产生、新结尾的诞生，甚至推动一部作品的出版。海明威的编辑就曾建议海明威修改结尾，海明威"就要回去重写"（闫怡恂、葛浩文，2014：296）。曾经与葛浩文共事的两位编辑高克毅、宋淇，对早期的葛浩文作品可以说起到了画龙点睛般的推动作用。因此，第一种互动关系表现为"商讨型"译者编辑关系；第二种是"合作式"译者编辑关系；第三种是"修改式"译者编辑关系。

在第一种"商讨型"关系中，译者与编辑是一种和谐的、讨论式的工作关系。他们的愿望只有一个，就是译者与编辑一道让译文在读者世界的传播与接受更加顺畅。在这个过程中译者主体创造性体现在译者与编辑的互动信件、有针对性探讨以及文字的反复磋商等具体方面。本书以许诗焱（2016）在《基于翻译过程的葛浩文翻译研究》中提及的《干校六记》这一书名的译法作一案例评析。文中提到，据俄克拉何马大学中国现当代文学翻译档案馆中关于《干校六记》译者与编辑互动的信件往来共计83封，均为讨论具体文字翻译的处理，以及"文本风格和文本风格之后的时代历史背景和社会文化因素的思考"（许诗焱，2016：95）。从这83封信中，关于《干校六记》书名翻译的提议有如下若干：

　　提议1：Six Chapters...（编辑参考《浮生六记》*Six Chapters of a Floating Life*）

　　提议2：Six Chapters of Cadre School

　　提议3：Six Chapters of Reform School/Reform Center

　　提议4：Six Chapters of Downward Transfer

　　提议5：Six Chapters of Life "Downunder"

　　提议6：Six Chapters from Life "Downunder"

　　提议7：Six Chapters from My Life "Downunder"

　　提议8：Six Chapters from My Life "Downunder"（1984年版增加脚注）最终定稿：*Six Chapters from My Life "Downunder"*

　　根据许诗焱提及的译者与编辑的83封通信中关于上述主要译法的提议过程，可以看出每一个考虑都是译者与编辑互动的结果。从通信中可以看出，葛浩文在完成书稿后，一直未确定书名的翻译，而是选择与编辑商讨的方式。因此整个书名翻译探讨就是一个典型的译者编辑互动过程的案例。当时的两位编辑高克毅、宋淇都是香港中文大学从事翻译研究的，对于本书书名的翻译给予了很高的重视。首先，如提议1中所示，将书名确立为"Six Chapters..."这一整体结构。据许通信显示，主要是考虑到《干校六记》与《浮生六记》之间有明显的互文关系，两位编辑首先参照林语堂对于《浮生六记》的译法*Six Chapters of a Floating Life*"（许诗焱，2016：96）。可见，书名的最初确定意见是编辑提出来的。提议2、3、4均是针对"干校"的译法的商讨。对于提议2中干校的译法，编辑的担心是读者也许会想到干部提拔；提议3又恐读者认为这一译法是改造未成年犯的地方；提议4主要是参考了夏志清关于"干校"的译法，但又担心downward的表达不充分，可能会导致读者发出疑问，到底是"down where"？

　　看得出，以上的商讨充满疑虑，没有达成确定结果。高克毅在1981年8月21日写给葛浩文、宋淇的信中，他又提出，是否可以直接借用"英语中已有的词汇'downunder'来指代'干校'"。译者认为这个译法可以说得通。因此，译者编辑双方达成了第一次共识结论，但是编辑宋淇担心会出现读者误解，在同年9月10日写给葛浩文、高克毅的信中指出，应为这个词"downunder"加上引号，至此有了提议5的表述——Six Chapters of Life "Downunder"。高克毅接过了这一说法，但对介词用法提出了进一步思考，在1982年1月29日写给葛浩文、宋淇的信中，他提及了from要比of能表现出节选之意，因为提议6的Six Chapters from Life "Downunder"中的表述可以强调"这里的六记并非作者干校经历的全部，而只是从中选取了一部分加以记录"。同时强调把原来的Life加上My，以求与文中的"所使用的第一人称"一致，即提议7——Six Chapters from My Life "Downunder"。经过译者编辑的通信协商，最终确立为《干校六记》的最终译法。这个译者编辑互动的过程充分说明了译者编辑共同完成了译者主体创造性的实现，特别是他们通过商讨、协商充分考虑文化背景、历史因素、语言表达等因素把译文的书名做到了最佳选择。

《干校六记》译本1984年又在华盛顿大学出版社再版。这个过程再一次充分显示译者、编辑、出版社三方互动的情况。两版《干校六记》的书名译法虽然没有任何改变，但是三方就这两版中多处商讨过程，再一次彰显了翻译过程本身就是文化认知过程，是译者、编辑、出版社三方文化认知一直充分参与的过程，编辑、出版社共同协助译者完成了译者主体创造性的实现。译者、编辑、出版社作为共同为读者服务的主体群体，通过互动、商讨、选择等环节完成了这一实现。据许诗焱（2016）的考证，1983年出版的《干校六记》是作为 *Renditions* 的丛书之一出版的。出版后引起了很大共鸣，华盛顿大学出版社社长 Donald Ellegood 于1983年2月19日写给高克毅、宋淇的信中提到，这本《干校六记》"记录了'文革'期间知识分子的遭遇，读来令人动容"（许诗焱，2016：97），因此建议再版，并建议作为单行本发行。但与此同时，来自各方的关于书名译法的担忧也随之出现：

1. 既然"downunder"常用来指代澳大利亚，香港中文大学教授担心"downunder"指代干校可能会引起澳大利亚读者的反感。
2. 特别是干校，主要指中国"文化大革命"期间知识分子下放的地方，也可能会让人联想到澳大利亚曾是流放罪犯的地方。

针对以上疑问，编辑与出版社再次协商，协商结果是依然采用这个译法不变。据译者编辑通信来看，闵福德认为澳大利亚人不会引起反感，反而会觉得一语双关，达到幽默效果。但是他指出要对"downunder"增加脚注，同时因为刘绍明的来信提到他开设的课程中提及学生阅读该书，"学生们普遍觉得《干校六记》很难理解"（许诗焱，2016：97），因为这些学生"对于作品的背景几乎一无所知"。因此编辑提出，对译文中可能出现引起读者误解的地方均增加脚注。宋淇建议增加文中的历史背景注释，并拟好了33个脚注准备在华盛顿大学出版社出版的时候增添进去。译者葛浩文认为此举不妥，在1983年10月20日写给两位编辑的信中提出了以下想法，他认为：

> 其实并不一定需要每一个读者都完全了解文中所指涉的隐含意义，不同的读者对于作品有不同的理解程度是很自然的事，不必事无巨细地对每一处典故和双关都加上注释，只需在译文中适当加以解释就足够了。
>
> ——摘自许诗焱《基于翻译过程的葛浩文翻译研究》一文中
> 提及的信件部分

显然，译者葛浩文并不赞同为了服务读者，过度诠释该书的历史与文化背景。毕竟，每一个人对于他所阅读的内容都会有个人的认知和理解，没有必要让每一个读者完全了解所有的隐含之意，因此只建议在译文中适当增加足够的解释。译者并不建议过多参与到译文中，只做适度参与，而不用也不应该过度影响读者的判断与理解。同时，尽管译者总体上赞同"宋淇所撰写的33个经过详细考证的notes，但还是认为译者不应该代替读者进行判断，而应该让读者自己得出结论，避免翻译过程中的过度解释"（许诗焱，2016：98）。可见，译者强调读者阅读与理解，不想强加于读者必须理解原文的全部内容。很显然，译者与两位编辑的想法出现了分歧，译者是站在原文与译文中间，源语与译语中间客观观察，不建议加入太多主观参与，因为毕竟读者有权自己去体验任何一个读本。译者编辑的合作模式应该是为了更好地展示译本，而不是过度服务读者。编辑高克毅也表示不要"用力过猛""喧宾夺主"。可见，译者此时有意使用文化认知，主动调和着译者主体参与译作的程度，以确保最大限度实现译者主体创造性。同时译者清楚知道，译者主体参与创造译文的程度是有限度的，而不是无限扩大的。尽管编辑可以从读者理解角度以"编者按"为读者提供阅读方便，但是葛浩文始终认为译者不应该过度为作者或读者考虑，要始终坚持译者本分。因此葛浩文建议"删去与小说内容不直接相关的notes，以及那些在译文中已经解释得相对清楚的notes"（许诗焱，2016：98）。译者对于译作公正客观的态度重充分说明了译者主体的充分参与，同时作为译者主体的创造性是受制约的，是客观的，是应该考虑综合因素的，这也反映出译者的文化认知是始终兼顾中西文化或源语译语的。最后于1984年由华盛顿大学出版社出版的《干校六记》英译本，不但增加了"downunder"的解释，还由出版社出面协商，综合译者、编辑的意见，增加了20个宋淇拟好的背景注释，并且所有文字的修订由译者葛浩文负责（许诗焱，2016）。

译者、编辑、出版社共同参与制定书名的过程的例子还有很多。2017年12月由现代出版社出版的《为与无为：当现代科学遇上中国智慧》，译自森舸澜的著作 *Trying Not To Try: Ancient China, Modern Science, and the Power of Spontaneity* 一书。该书书名的最终决定也是三方充分商讨参与的结果。现以该书汉语版书名翻译的三方商讨过程为例，进一步说明译者主体创造性的实现过程。在该书名翻译的三方商讨中，共出现了5个版本的翻译：

版本1:《无为：古代中国、现代科学及自发性的力量》
版本2:《科学版无为：提升当下与未来的智慧》
版本3:《为无为》
版本4:《为与无为：自然状态下的中国智慧》
最终版本:《为与无为：当现代科学遇上中国智慧》

版本1为《无为：古代中国、现代科学及自发性的力量》。这是译者最初交付出版社时暂定书名。很显然，译者采取的是直译，基本没有做任何修饰与处理。笔者就这个问题采访过译者，译者表示"直译纯粹是为了安全起见，这样能够把全部信息都翻译出来，最后大家再讨论"，因为"最初书名的翻译是一定要改的"[1]。

版本2为《科学版无为：提升当下与未来的智慧》。编辑提出，版本1的译法对读者群体可能不会有足够的吸引力。编辑考虑的显然是如何通过书名预测读者接受与适应，因此建议将其修改为《科学版无为：提升当下与未来的智慧》，旨在说明无为思想的科学验证，锁定本书的读者群是精英白领或知识分子，也涵盖对自我提升有深刻需求的人群。因此强调目前的读者群体语境，即目前中国当下读者群体有提升自我内在修为提升的意识，因此认为"提升当下与未来智慧"这一书名的译法会有较好的读者接受。

版本3为《为无为》。在这个过程中，笔者就该问题又进一步与译者、作者探讨。作者森舸澜认为，本书的主标题《无为》，更适合他于2003年由牛津大学出版社出版的学术著作 *Effortless Action* 的翻译选择。而这本书主要深入浅出、细致入微地探讨了无为悖论这一主题，森舸澜主张将其译为《为无为》，对副标题的提法还存在疑问，不好确定，但建议"科学"这一字眼最好不要放在主标题中，建议可以将其放在副标题中。

版本4为《为与无为：自然状态下的中国智慧》。此番建议提出交付编辑后，编辑认为"为无为"仍然太过学术化，坚持认为这是一本具有普及"无为"学说及自我提升的心灵读本。同时，也提出这个译法没有将本书中谈及的自发的、自然的、由内而外的智慧通过书名表达出来。同时出版社编辑的主要聚焦点仍然是对"自发力（Spontaneity）"这一译法的处理，认为"自发力"这个概念很不"中国"，言外之意这个译法或多或少还是带着翻译腔。因为在森舸澜阐述的无为学说中，无为是庖丁解牛的精湛、自然、显得毫不费力的"如有神"的状态——"自发力"这个表达有待探讨，这里应该是强调"合乎自然的能力爆发"。中文有自己的语境，在特有的语境中需要有产生吸引力的标题。之后，出版社从中国读者接受角度，建议在副标题中保留"智慧"一词，决定将英文版 *Trying Not To Try: Ancient China, Modern Science, and the Power of Spontaneity* 这一书名汉

---

1 引号部分摘自笔者与作者森舸澜、译者史国强、编辑李鹏、社长臧永清于2017年11月20日到12月20日之间的邮件、电话记录及面谈等。

语翻译确立为：《为与无为：自然状态下的中国智慧》。这样的题目的选择完成了三个层面的语义阐释，一是"为与无为"强调了本书中的无为悖论的主要思想，这也恰恰是森舸澜对于"无为"解释与理解的主要内容；二是原文中的 spontaneity 译为自然状态，要比原先处理的"自发性的力量"要贴切、恰当；三在翻译选择与协调过程中，译者、作者、编辑及出版社都认为，仍要把"无为"作为一种智慧传递给读者，这也是本书要传达的深层思想，因此"智慧"一词建议出现书名中，这样"无为的智慧"与"无为"思想就交代一清二楚了。至此，这个译法已经获得译者、作者、编辑的深度认可。

我们再来看看最终版本《为与无为：当现代科学遇上中国智慧》的选择。当上述书名译法基本定稿后，问题又来了。作者认为，版本4翻译中的"现代科学"一词并没有体现在书名中，还是颇有遗憾。他提出"现代科学"对"无为"的解读正是本书的特色与风格，应该在书名中有所体现，强调这也是"无为"新解或新意所在。因此强调书名中应有"现代科学"这一表述。然而，这个版本中最初让译者和编辑都感到困扰的 spontaneity 一词反倒省去了。笔者认为，其实"无为"一词强调自发也好，自然状态也好，和英文 spontaneity 的内涵却有着异曲同工之妙。这又何须特殊标明出来，又何须追求翻译的逐字处理呢？时任现代出版社臧永清社长更是一语道出其中奥秘，既然"无为"是核心概念，为何还一定要提"自发性"这一字眼呢？最后，几经讨论，该书名翻译的最终定稿为《为与无为：当现代科学遇上中国智慧》。如上可以看出，一个好的翻译作品或书名翻译正是需要译者、作者、编辑、出版社等充分对话、协商、共融而使译作表达最大程度反应原文并获得新生的。

可见，译者主体参与的协商、讨论过程造就了优秀译本的生成，编辑站在读者服务的立场上充分考察译作的可读性，出版社一般来说会充当第三方协调，进一步力求文字的简洁表述，客观表达。译者主体创造性的实现不是受到限制，而是最大限度地达到读者可读性的目的。只有把作者、译者、编辑与出版社看作是一个整体，才会把译作的语言之美、信息之准确等核心因素呈现到最佳程度。译者主体创造性的实现才有意义。如果单纯地、主观地为了创造性的实现而进行译者主体的主观参与，译文的质量很难保证甚至会导致"胡译""乱译"的发生。译者主体性的实现始终都应该是为了译文的最佳呈现、可读性及传播性服务的。

6.3.3 译者—读者互动：从"译者创造"到"读者接受"

译者，除了与编辑、出版社互动之外，还有一个特殊的互动对象，那就是读者。译者、编辑与出版社之间的互动，可以说最终都是为了读者接受以及译作在读者世界的传播。译者与读者的互动，本质上与编辑、出版社的互动不同。译者、编辑、出版社是属于一个共同体，在这个共同体中，甚至可以加上作者。前文很多论述也证实了这一点。然而，译者、读者的互动却是相对对立的互动，读者或欣赏或批判，或阅读或研究译者的译作。因此二者关系相对对立。为研究方便现把读者分为以下几类。一是作为出版社编辑的读者；二是作为海外批评家以及译作研究者的读者，三是译语世界里阅读译者作品的读者。第一种情况在上一个小节已经深入探讨过，下面论证第二、三种情况。

第二种情况中，涉及海外的评论家以及译作的研究者两个群体。一般来说，海外批评家对于文学评论主要是针对译作的。甚至可以说，从某种程度上说，他们批评的对象并不是直接针对作者的。美国《纽约客》杂志文学评论家约翰·厄普代克（John Updike）曾高度赞扬葛浩文，说"中国现当代文学的翻译是葛浩文一个人的天下"（曹顺庆、王苗苗，2015：124）。然而，他也十分尖锐地批评葛浩文的翻译是"陈词滥调"。对此，葛浩文一直不接受这一说法。在一次访谈中，葛浩文直言不讳地指出，厄普代克不懂中文不应该做出这样的判断。葛浩文用姜戎《狼图腾》中的一句话为例，说明了不懂中文的批评家对此做出的结论是有失公允的。他认为将原文中的"舐舐伤口"翻译为"He licked his wound"，就是原味处理，不知批评家为何得出"陈词滥调"这一个结论（葛浩文，2014：45）。此外，还有很多翻译研究者也会以读者的身份阅读译作，这个群体的读者多半从自己的研究目的出发，对译作进行研究。比如，这类读者有时会责备译者为何在《天堂蒜薹之歌》中自作主张添加了结尾，有时会批评《狼图腾》中出现的大量省译现象等，殊不知这些情况都是因为编辑或出版社参与互动的结果。

第三种情况是指在译语世界里阅读译者作品的读者。在2013年的一次访谈中，据葛浩文讲，在美国，文学翻译只占图书市场很小的份额，大概只有文学作品总量的3%（闫怡恂、葛浩文，2014）。其中，中国文学翻译在3%的份额中占比更少，其他比例部分还包括一部分欧洲、美洲的翻译文学作品。可以看出，在美国，中国文学翻译的读者群体是有限的。的确这一现象也可以在亚马逊的购书网中略显一二。下表是汉译英翻译小说排行一览表（闫怡恂，2018）：

表6-2　汉译英翻译小说销售排行一览表[1]

书名	作者	译者	出版社	出版年份	销售排名
Breasts & Hips	Mo Yan	Goldblatt	Arcade	2012.1.4	84,595
丰乳肥臀	莫言	葛浩文	上海文艺	2012.10.1	347
Life and Death	Mo Yan	Goldblatt	Arcade	2012.7.1	16,364
生死疲劳	莫言	葛浩文	作家	2012.10.1	1,078
Red Sorghum	Mo Yan	Goldblatt	Penguin	1994.4.1	40,955
红高粱	莫言	葛浩文	上海文艺	2012.10.1	2,463
Red Poppies	Alai	Goldblatt/Lin	Mifflin	2002.2.12	1,145,417
尘埃落定	阿来	葛浩文 林丽君	作家	2009.4.1	4,317
Three Sisters	Bi Feiyu	Goldblatt/Lin	Mifflin	2010.8.9	1,138,400
玉米	毕飞宇	葛浩文 林丽君	人民文学	2003.4.1	17,370
Daughter of River	Hong Ying	Goldblatt	Grove	2000.1	303,709
饥饿的女儿	虹影	葛浩文	北京十月	2012.9.1	41,970
Turbulence	Jia Pingwa	Goldblatt	Grove	2003.1.6	1,480,055
浮躁	贾平凹	葛浩文	作家	2009.7.1	15,610
Playing Thrills	Shuo Wang	Goldblatt	Penguin	1998.3.1	1,012,637
玩的就是心跳	王朔	葛浩文	北京十月	2012.6.1	13,323

（待续）

---

[1] 感谢大连理工大学博士生李晗佶提供数据。以亚马逊中美网站2013年11月28日数据为准。因再版问题，中文当代小说多有数个版本，在统计销量时，价格、装帧、出版社名誉都对排名有影响。表中排名为该书在图书类商品中总排名。

（续表）

书名	作者	译者	出版社	出版年份	销售排名
Rice: A Novel	Tong Su	Goldblatt	Morrow	1995.8	968,939
米	苏童	葛浩文	上海文艺	2005.12.1	18,048

——摘自笔者《废都英译出版及其他》一文

这是以亚马逊中美网站2013年11月28日提供的葛浩文译作的发行情况的数据。从上表可以看出，《丰乳肥臀》英译本销量在国外的排名是84,595，原文汉语小说在国内排名347，在这些作品中位居榜首。这些作品中在国内销量位居第二的《生死疲劳》，其英译本国外销量对比《丰乳肥臀》英译本，销售排名提升了5倍。但总体看销量不理想已是不争的事实。可以说，外国读者群对中国翻译文学的阅读是比较有限的，互动并不充分。

综上，译者主体创造性的实现主要集中体现在译者与作为编辑或出版社的读者互动、与作为批评家、翻译研究者的读者互动关系中。

6.3.4 译者本体互动：从"译者隐身"到"译者复活"

长久以来，译者一度是隐身人。关于译者从"隐身"到"复活"与"现身"的争论是近几十年的事情。谢天振（2014：10）在《隐身与现身：从传统译论到现代译论》一书的引言中提及"进入20世纪后半叶以后，这一问题越来越成为中外译学界关注的热点问题"，甚至可以说从"隐身"到"现身"，也是从传统译论到现代译论过程的一个标志特征。本节将讨论译者主体创造性是如何在译者角色自我认同的发展过程中得以体现的，对此称为译者本体互动。这里主要包含两个方面的内容，一是译者文化认知如何影响译者主体角色的历时发展问题，即不同时期译者主体自我身份认识过程中译者主体创造性的彰显。二是译者主体创造性如何在译文中实现"既隐又显"，即如何通过文化认知参与，表现译者主体"隐""显"双面互动特征。

对于第一种情形，从不同时期对译者的称呼就可以适度判断译者主体的身份与地位。从译者应该扮演的角色或完成的任务的角度出发，也会明确不同时期译者主体的身份与地位。在谢天振的《隐身与现身：从传

统译论到现代译论》一书中，他系统梳理了中外传统译论代表性翻译家对
译者主体的认识（谢天振，2014），见下表：

表6-3　中外传统译论代表性翻译家对译者主体的认识及观点简表

译家	时期与国家	对译者主体的主要观点
于埃（Pierre Daniel Huet）	17世纪法国	忠实原文；不要施展自己的写作技巧；译者要表现的不是自己，而是原作者；做到一分不增，一分不减。
泰特勒（Alexander Fraser Tytler）	1790英国	翻译三原则；译者没有权力现身
严复	20世纪初中国	信、达、雅三原则
傅雷	20世纪初中国	神似说；理想的译文仿佛是原作者的中文写作
钱锺书	20世纪初中国	化境说；应该隐身，无权现身

　　从上表不同时期、不同国家的翻译家所持的基本观点不难看出，中
外译学理论对译者主体的态度与观点，具有以下几个特点。一是中外传
统译论都不约而同地认同译者的"隐身"状态，从客观上都忽视了译者的
主体地位，更不用谈及其创造性。二是这些代表性的翻译家主观上都认
为译者自己无权"现身"。然而，不论是严复的"信、达、雅"三原则，傅
雷的"神似说"，还是钱锺书的"化境说"，都有自相矛盾之处。严复翻译
赫胥黎的《天演论》，有意无意地将原文的第一人称改为第三人称，用
"'范史公'曰"这种当时十分流行的语言论述开篇，形式上与当下语言风
格保持一致，吸引当时读者眼球，达到开宗明义吸引读者的目的。此外，
严复对该书中很多科学名词的翻译，或是创立新词，或是使用现成成语，
煞费苦心，可谓是"一名之立，旬月踟蹰"。最后呈现的《天演论》中文译
稿不仅是符合国民阅读口味，同时，西方的新词、新思想也涌入国民眼
中，甚至连原文的文风也从科学论著体裁转向了颇具戏剧化风格的特征。
可见，严复为了增强国民文化意识，唤醒民众，并没有刻板遵循"信、
达、雅"原则，而是在此基础上做了大胆的创造性的尝试。这些既体现了
译者本人文风文笔的醇熟完美，也体现了译者的文化认知始终影响译者

主体抉择。同样的，傅雷的"神似说"也是来自译文实践的精华思想的汇聚。"神似说"虽然处处提及恪守译者本分，实际也十分认可翻译的创作特征。他认为翻译不仅仅是"运用语言问题，也得遵循文学创作上的一些普遍规律"（傅雷，2014：6）。钱锺书指出，"文学翻译的最高标准是'化'。把作品从一国文字转变成另一国文字，既能不因语文习惯的差异而露出生硬的痕迹，又能完全保存原有的风味。那就算得入于'化境'"（谢天振，2014）。"化境说"虽然强调"保存原有的风味"，但是钱锺书在谈及林纾的翻译时，发现"自己宁可读林纾的译文，不乐意读哈葛德的原文"，因为"林纾的中文文笔比哈葛德的英文文笔高明得多"。由此可见，尽管翻译家们自己对身份认知看似出奇的一致，实践上却是倾向于译者主体凸显或现身的，这一方面说明了译者本身的中西文化兼顾、处于原文译文的中间地位，也说明了译者"隐身"到"复活"的历时表现与发展历程。在这个过程中，译者从自我身份模糊，到自我身份明晰，再到译者主体创造性的彰显，从隐身到复活，恰恰说明译者主体创造性客观发生的历史必然。译者的文化认知是在不同历史时期的文化背景下，自然而然地参与到译者主体创造性实现过程中的。

对于第二种情形，即译者主体创造性如何在译文中通过"既隐又显"来实现的，本节将以《丰乳肥臀》（Mo Yan，2004）英译本第三章（汉语第四卷，英文为第三章）的四字成语或四字表达为语料，探讨译者如何通过文化认知参与，表现译者主体"隐""显"双面互动特征，从而实现译者主体创造性。

四字成语或四字表达是富含中国文化元素的语言代表，字意深邃，形式明了，结构对仗。在翻译中，一般来说是比较难处理的部分。比如，译者可能会追求格式对仗，所以逐字处理可能会显得啰嗦、重复；如果一个英文单词带过可能会显得语义表达不够充分，从而显得不够忠实原文。因此，四字成语或四字表达的翻译是反映译者主体创造性在意义与形式层面呈现的典型例证。下面以《丰乳肥臀》为例重点说明。《丰乳肥臀》（莫言，2012）第四卷中共出现四字成语或四字表达共255处，现按照这些四字成语或四字表达所传递的意义分为三类，即，动词意义、名词意义、形容词与副词意义。下面分别在每个意义类别中列出10例加以分析对比，列表如下：

表6-4　《丰乳肥臀》四字成语或表达案例对比

分类	中英对照案例
动词意义	期期艾艾 stammered 哭叫连天 wailing and weeping 上蹿下跳 hopping around 飞檐走壁 leap over eaves and walk on walls 豁然开朗 opened up 拐弯抹角 beat around the bush 呆若木鸡 stunned 浑身颤抖 trembled 拳打脚踢 kick 颤颤悠悠 swayed
名词意义	茫茫雪原 the white land 笨手笨脚 a clumsy oaf 欺世盗名 hardly worthy of the name 油头滑脑 slick character 心照不宣 a tacit agreement not to divulge the answer 茫茫原野 the open fields 号啕大哭 a loud wail 风烛残年 a candle guttering in the wind 哄堂大笑 laughter filled the room 鸦雀无声 not a peep
形容词副词意义	小巧玲珑 small and exquisite 轻手轻脚 slip quietly 隐隐约约 the gentle 慢条斯理 slowly and contentedly 糊糊涂涂 silly 绝顶聪明 cleverly 花花绿绿 brightly colored 萎靡不振 despondent 漫不经心 careless 羞羞答答 bashful

　　经过这些分组对比发现，译者在处理这些四字成语或四字表达时充分体现了译者主体创造性的彰显。译者的文化认知参与了这些四字成语或四字表达的翻译，使得这些译文既保有原文特色，又有译者主体的创造性特征。总体看，译者的翻译选择主要分为"隐性意译"与"显性直译"，表现为隐显互动特征，翻译方法极为灵活。这一特征具体体现三个

不同分类意义的表达中。三类意义表达按照翻译处理的方式不同有两个特征：一是针对具有动词意义及形容词与副词意义的四字成语处理，主要是去繁就简，一语击破，去形式、显内容，属于显性的直译；二是对于名词性意义特征明显的四字成语表达，译者尽量做到保持意义形式的充分再现，翻译方法有隐有显。

具有动词意义的四字成语或表达是指词组的核心意义是以动词意义为主，汉语中四字是为了寻求一种对仗，是格式需要。因此，把握动词核心意义十分必要。译者葛浩文正是找到了这一特征，把带有辅助说明的成分忽略不计，重点直译其动词意义。请看下面例句：

例1：

沼泽地里，狐狸鸣叫，大街小巷里冤魂游荡，**哭叫连天**。
（284）

Out in the marshes, foxes and a variety of canines cried out, while the ghosts of wronged individuals roamed the streets and lanes, **wailing and weeping**.（323）

例2：

他们**期期艾艾**，说不出一句完整话。（285）

They **stammered** incoherently.（324）

例3：

王氏兄弟双腿像弹簧，**颤颤悠悠**。（286）

The Wang brothers **bounced and swayed** on springy legs as the citizenry ceased their silent transactions and stood straights.（325）

这三个例子中的四字表达都有一个核心动词意义，分别是"哭""结巴""颤"。译者完全跳出了汉语形式上的束缚，其主体创造性表现在抓住了这些意义的核心特征，剥开了意义的形式外衣，直击主题，所采取的直译方式干脆利落。对比研究还发现，对于形容词与副词意义的四字成语表达的翻译，译者的处理方式与动词意义的翻译处理接近，都是跨越语言形式的删繁就简。看以下代表性例句：

例 1：

他**久经磨炼**的肩膀像铁一样坚硬，他们的腿脚训练有素。
（285）

Their **tempered** shoulders were hard as steel, their legs well trained for their profession.（324）

例 2：

它们**小巧玲珑**，说软不软说硬也不硬，像刚出笼的小馒头。
（290）

They were **small and exquisite**, neither too soft nor too firm, like steamed buns fresh from the oven.（330）

例 3：

张天赐**心安理得**慢条斯理地剥着大蒜，等待着包子的冷却。
（289）

…who **slowly and contentedly** peeled the garlic as he waited for the buns to cool.（329）

可见译者对中文语言形式的文化认知是充分而深刻的。充分，是指译者完全了解中文语言形式的布阵，中文四字表达寻求的是形式对仗与声音和谐；深刻，是指译者深入语言形式其中，直指动词意义本身。这也是葛浩文翻译的一大特色：用词并不华丽也不生僻，反而直接生动，简洁有力。

再来看看第二类——名词意义为主的四字成语或表达。具有名词特征的四字表达主要是用于描述人、事、物、状态的名词表达。对于描写景色或状态的四字表达，译者多半选择的是显性直译的表达，尽量简洁。如下例所示：

例 1：

雪遮掩大地，人走出房屋，喷吐着粉红色的雾，踩着洁白的雪，牵着牛羊，背着货物，沿着村东的**茫茫原野**，往南走……（283）

They tramped through the virgin snow on the eastern edge of **the open fields**, their possessions on their backs, leading their cattle and sheep behind them as they headed south…（321）

例2：

茫茫雪原上一片"嘎吱"声，人遵守不说话的规则，但畜生们随便叫唤。(283)

A steady crunching sound rose from **the white land**, and while the people observed the practice of not speaking, their livestock didn't. (322)

相比而言，描述心理状态的四字成语或表达，译者的处理就显得复杂得多。译者既要表达其基本意义，还必须传递内涵意义或比喻意义。因此，直译处理的手法显然不够有力度。因此译者多半会选择解释性的"重写"方式，既符合英语读者的期待，又能满足再现原文的语境。看下组例句：

例1：

至于说话究竟会带来什么样的后果，没有人问，也没有人说，仿佛大家都知道，大家都**心照不宣**。(283)

Exactly what might befall you if you broke the speech proscription was something no one ever questioned, let alone answered; it was as if everyone knew, but participated in **a tacit agreement not to divulge the answer**. (321)

例2：

他虽然历史上有过污点，但后来立了功，**功罪相抵**。何况你们两家关系非同一般。(300)

Even though there are blemishes in his history, he **set everything straight with his meritorious service**. Besides, you two have a special relationship. (334)

从以上例证可以看出，译者既关注四字成语或表达所展示的基本意义，还十分重视原文内涵意义的进一步挖掘。属于第一种情形时，译者多选择直译，属于"显性直译"处理，与前文论述的动词、形容词与副词的处理方式接近；第二种情形多选择以意义的翻译与传递为主，同时注意内涵意义或比喻意义的延展表达。这样的翻译处理方式其实是类似用英语写作或"重写"的。因此，看得出来，译者在充分认知理解原文基础上，大胆重写，收放自如。译者时而隐身不见，尊重原文；时而现身彰显，"重写"译文。译者的既隐又显的翻译处理成就了葛浩文另一翻译特色：收放自如，大胆重写。译"字"，也译"意"，更译"境"。当然，这样的翻译处理也多半出现在他后期作品中。前面论述提到翻译《呼兰河传》时译者译"字"，译"意"，注重语言简洁，尽量忠实传递并再现原文意义。相比而言，《丰乳肥臀》显然进入了更佳的译"境"状态。可见，译者的文化认知积累，译者主体意识的增强，其主体创造性的彰显更具活力，译者的"隐身"到"复活"的表现也逐渐明晰。

6.4 文化认知视阈下翻译的语篇循环过程

　　王寅（2007）认知翻译观借用阐释学的循环论观点，阐明翻译具有语篇性。"有待理解的局部意义存在于整体之中……文本的意义就形成于部分与整体的不断循环之中，理解与解释的过程就是不断从整体到部分、又从部分到整体的循环过程"。本书认同这一说法，并在文化认知视阈下，更加强调文化语篇的整体与部分之间的循环性。本节拟在文化认知视阈下考察译者主体创造性是如何在语篇循环过程中实现的。在译者主体创造性的四个分析维度中，这一维度重点解释语篇的整体与部分之间循环过程是如何成为译者主体创造性实现的保障的。译者主体创造性的实现是在语篇中完成的，语篇构建了语言意义与文化意义，失去语篇，就失去了语言的文化意义，译者主体创造性便无从表现。因此，此处语篇所指就是词语的语言意义与文化意义的共同载体。可以说，语篇是译者主体创造性实现的载体，语篇的循环过程又构成了译者主体创造性实现的土壤或生态环境。本节将从语篇内循环过程与语篇外循环过程两个层面，重点论述文化认知视阈下译者主体创造性的实现。

6.4.1 语篇内循环过程：译者主体创造性的显性实现

翻译是一种文化认知活动，这是文化认知翻译观对翻译活动性质的一个最基本的认识。因此，在这一文化认知过程中，翻译的认知模式决定了翻译的对象不是从字、词、句出发的结构主义的翻译过程，而是赞同"翻译的基本单位是语篇"（Beaugrande，1981：13）。在文化认知视阈下考察翻译活动，这种语篇性特征离不开译者的文化认知参与，使得翻译更具有文化语篇性特征。换言之，文化认知视阈下强调翻译的文化认知过程，而这个文化认知过程主要体现在译者对于所要翻译语篇的文化认知，以及通过译者的文化认知背景表现出来的译者主体的选择，即译者主体创造性。翻译的文化语篇性是通过语篇内循环以及语篇外循环两个过程集中体现出来的。译者主体创造性是译者文化认知参与语篇循环的结果。

首先，这一小节将论证语篇内循环中译者主体创造性是如何实现的。任何一个语篇都是由字、词组、语段、句子与段落组成的。译者在翻译语篇时需要对原文的字、词组、语段、句子与段落进行充分思考，还需要考虑它们之间的关系，这也是整体到部分、部分到整体的循环过程，在此称之为语篇内循环过程。这里要关注的是文化认知视阈下译者主体创造性是如何通过语篇内循环过程实现的。语篇内循环过程循环关系见下图：

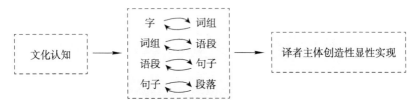

图6-1　语篇内循环过程：译者主体创造性的显性实现

本节采用葛浩文、林丽君合译的《青衣》译本（Bi Feiyu，2009）为语料，对比原文（毕飞宇，2011），分析不同层面的语篇内循环过程中译者主体创造性的实现。

6.4.1.1 字词与词组的循环过程

首先来看以下例句：

例1：

烟厂老板一听这话直着腰杆子反问说："什么景气?你说什么景气，关键是钱。"(112)

"Hard times?" The factory boss stiffened. "By that I take it you mean money." (2)

原文中出现的"直着腰杆子"到译文中"stiffened"的处理，是一个原文中词组到译文中单词的循环过程。原文中的"直着腰杆子"是动宾词组。"腰杆子"是方言，指腰部，直着腰杆子通常指直起腰，这里代为表达一种高昂的情绪，或坚持某种观点或反对某种意见。老板认为有钱能使鬼推磨，因此烟厂老板反问"你说什么景气，关键是钱"。所以从话语的交际意义出发，这里边"直着腰杆子"的意思显然带有挑战对方话语的意义。汉语中"直着腰杆子""挺起腰板""直起腰板"都有"硬气"的寓意在里边，这里边译者选择的是stiffen这一动词意义。stiffen从字面意义指僵直(make material stiff so that it will not bend easily)。或关节不舒服(become painful and difficult to move)。但是，根据朗文当代英语辞典，stiffen的前两个含义是指态度强硬(suddenly become unfriendly, angry, or anxious) 或态度坚决(become stronger or more determined)。原文中"腰杆子"虽然没在译文中出现，但是译文的表达贴切、地道，非常符合译语习惯，是一种典型的归化策略的显示，译者十分重视译文语言的读者接受与表达习惯。译者主体创造性表现为简洁归化策略，重点阐述话语的交际意义及语用意义，找到了"直"与"stiffen"的映射意义，巧妙地使得原来带有方言俗语特征的词组表述用一个英文单词来形成简洁的表达，既完成了交际意义的呈现，也突出了两种语言间的映射意义的传送。如果没有良好的文化认知基础，不能正确理解源语语言与文化的背景内涵，是无法完成这一转换的。因此，从原文的词组表述到译文的单词表达这样一个整体到部分的循环过程中，完成了译者主体创造性的实现。这一过程的意义在于，既避免了干巴巴的直译，也避免了复杂的解释性注释，跳出结构框架，重视交际意义呈现，这是建立在译者文化认知积累丰富的基础上的。因此，译者主体创造性的实现是在词组到字词的循环过程中实现的。

6.4.1.2 词组与语段的循环过程

原文中的一个词组，翻译到译文中几乎成了一个语段的处理也是汉英翻译中的常见情况。究其原因主要就是因为汉语中有大量的成语、四字俗语、叠词等等，一般是对一个人的动作或事物的某种状态的充分描述，多表现为动词性、名词性、形容词性等等，比如上蹿下跳、风和日丽、风风火火等均可以分别视为动词性、名词性、形容词性的四字成语或俗语等。这些词汇大多具有文化性特征，直译通常不能达到效果。因此，有的时候，译者要根据自己对原文上下文的理解，调动自身的文化认知，找到恰当的对应方式，来完成从词组到语段的循环过程。现举例说明：

> 例2：
>
> 乔炳璋激动了。人一激动就顾不上自己的低三下四。(112)
>
> On occasions when he was excited, as he was now, he tended to blur the line between honesty and flattery. (3)

"低三下四"在《汉英双语现代汉语词典》的解释是，用来形容卑贱、没有骨气的情形，后面的英文解释共有四个词，分别是abject、subservient、servile、obsequious。然而，这几个英文词汇均没有出现在汉语译文中。既然"低三下四"这一词意有英文单词可以对照，译者为什么没有直接选用呢？下面看看这四个单词的主要意义。英文abject的主要指卑鄙的、可怜的；subservient是屈从的，奉承的；servile是奴性的，卑屈的；obsequious是谄媚的，奉承的。可以看出，这四个词似乎都不能直接表达原文的主要意思。原文中，乔炳璋希望得到资金支持，实现剧团经典剧目《奔月》得以登场演出的梦想。那么，乔炳章在说话的时候就免不了有些故意奉承的成分，而他自己还有一点文人的清高正直，所以他本人从内心是不愿意这样"低三下四"的。这些复杂的原文意义如何在译文中能够投射成功呢？译者不仅考虑了这两种心情的为难之处，也表达了具体的两种情绪的具象化表现，一个是奉承巴结之状（flattery），一个是自己的清高正直（honesty）之意。这一具象化过程就是原文意义从部分到整体的循环过程，原文的"低三下四"的静态变成了译文的在 flattery 和 honesty 两者之间的动态，实为十分符合译文的贴切表达。"顾不上"更是用了 blur the line 来勾勒，这些译语的选择，读起来让人感觉真是浑然天成，地道优美。

6.4.1.3 语段与句子的循环过程

在语篇中，语段是大于词语或词组的表达，也可能是动词加名词构成，也可能是动词加副词构成，语段的意义相对较为完整，其作用已经接近句子。相比而言，语段是部分，句子是整体。这一小节看看语段是如何与句子进行整体到部分又由部分到整体的循环的。看下面的句子：

例3：

《奔月》阴气过重，即使上，也得配一个铜锤花脸压一压，这样才守得住。后羿怎么说也应当是花脸戏，须生怎么行？就是到兄弟剧团去借也得借一个。(115)

The Moon Opera was too feminine, contained far too much yin. If they insisted on staging it, they should have balanced the roles with a male singing character. And Houyi the Archer ought to have been played by a "Brass Hammer," a Hualian, not a Laosheng, even if that had meant getting one on loan from another troupe. (7)

例3中包含两个独立的句子单位。每个句子里面，都有几个语段组成。比如第一句中有"阴气过重""铜锤花脸压一压""守得住"等。第二句里面的语段有"花脸戏""须生怎么行""借也得借一个"等。两句都提到了京剧元素，比如，花脸，须生；还涉及些中国文化词汇，比如阴气过重，后羿等；包括"守得住""压一压"都是非常独特的、蕴涵中国文化内涵的表达方式。巧妙的是，译者把这些看似零散的概念映射转述得非常具有整体性，译者并不是一个字、一个词的来消化理解，而是尽量让读者站在一个整体视角下去体会中国京剧的文化内涵。首先分析"铜锤花脸"的翻译。在第一句中出现"铜锤花脸"时,译者使用了a male singing character,而在第二句中出现的"花脸戏"时,译者又进一步把"花脸"做了解释,即a Brass Hammer, a Hualian。看得出来,译者针对花脸的主要理解与解释是,a Hualian, a Brass Hammer, a male singing character这三个词汇组成的意义映射的集合。a Hualian是直译,是拼音的单刀直入,起到了推动原文文化进入译语世界的进程;a Brass Hammer是借代,手拿铜锤是典型的花脸扮相,这是对源语语言中文化部分的诠释;a male singing character是意译,意指京剧中男性角色。三个关于"花脸"的表达作为"部分",共同构建了这句话要呈现的一个"整体";反过来,从"整体"再回看"部分",这三个"花脸"的"部分"由译者根据需要分布在整个语篇中,完成了"整体"到"部分"的循环过程。译者主体创造性不仅体现了文字意义的翻译,还有结构的重新创造,还有意译、直译、解释性翻译三者的最佳组合。这样的做法既免去了翻译京剧文化时多数翻译选择的较为繁琐的加注,又在句中从整体角度介绍了"花脸"的意义、读音以及扮相。可以说,这里通过"整体"到"部分",又从"部分"到"整体"的循环过程,充分彰显了译者主体创造性实现的动态过程。

6.4.1.4 句子与段落的循环过程

从句子到段落的循环过程也会清楚地表现出译者主体创造性充分发挥并实现的过程。看下面例句:

例4:

乔炳璋参加这次宴会完全是一笔糊涂账。(111)

For Qiao Bingzhang the dinner party was like a blind date. (1)

乔炳璋参加的宴会是"一笔糊涂账",为什么英文就成了一个"盲目的约会"(a blind date)呢?前文论述译者作者互动关系的时候曾提过,译者对这个地方的处理确实询问过作者的。该如何处理这个"糊涂账"?译者得到的答复是:在中国,有的饭局的吃请,很多时候是不知道都有谁参加的,只有到了地方,才会知道都有谁参加,参加的人当中有的可能还不认识。这样的社会现象与美国不同。译者的文化认知在译者作者互动基础上有了进一步认知理解的内化，但是使用哪一个词、哪一个字，译者仍十分重视。译者反复与母语是中文的妻子林丽君女士商定，最后决定选用a blind date作为该句译文。在此，从译文文本分析推断，对于这一创造性的译法，译者考虑的是如何在语篇中构建文化意义，而这些是通过语篇循环过程完成的。原文中"乔炳璋参加这次宴会完全是一笔糊涂账"是一个句子，通观整个段落上下文的几处呼应，可以证明为什么作者称其为"糊涂账"：首先是"宴会进行到一半"，才知道对面坐的是烟厂老板；其次是，他和老板不认识，眼睛也没有"好好对视过"；再次是在场的其他人也不知道乔炳璋，直到有人问了乔团长这些年还上不上台的时候，大家才知道这就是"著名的老生乔炳璋"。具体看下表：

表6-5　《青衣》中关于"一笔糊涂账"在句子—段落语篇内循环的对比

乔炳璋参加这次宴会完全是一笔糊涂账。宴会都进行到一半了，他才知道对面坐的是烟厂的老板。乔炳璋是一个傲慢的人，而烟厂的老板更傲慢，所以他们的眼睛几乎没有好好对视过。后来有人问"乔团长"，这些年还上不上台了？炳璋摇了摇头，大伙儿才知道"乔团长"原来就是剧团里著名的老生乔炳璋，八十年代初期红过好一阵子的，半导体里头一天到晚都是他的唱腔。	For Qiao Bingzhang the dinner party was like a blind date, and it was half over before he learned that the man sitting across from him ran a cigarette factory. Qiao was an arrogant man and the factory boss was even more so, which is why their eyes hadn't really met. One of the guests asked "Troupe Leader Qiao" if he'd been on the stage in recent years. Qiao shook his head, now the other guests realised that he was none other than Qiao Bingzhang, the celebrated Laosheng of the Peking Opera, who had been wildly popular in the early eighties, his voice heard on transistor radios day and night.

上述表中这几处涂色的描述组成了一个整体，清楚地勾勒出当天饭局"糊涂账"的样子。因此，译文中点睛的一笔a blind date几乎驾驭了整个译文段落的生成。这里，从句子到段落，又从段落回到句子，使得a blind date成了小说开篇的点睛之笔。此处，译者主体创造性的彰显是在从句子到段落，再从段落到句子的循环过程中完成的。可见，翻译从来都不是字到字、句到句的翻译，翻译本身也是译者文化认知的过程，没

有对原文语言与源语文化的认知积累，译者主体创造性就无从实现，译文的完美呈现更是无从谈起。在语篇循环中，这种创造性表现为从字词到词组、从词组到语段、从语段到句子、从句子到段落的循环过程。这一循环过程完成了从部分到整体，又从整体到部分的语篇内循环过程，确保译者充分调动对两种语言的文化认知，进而实现译者主体创造性，将最好的原文以译文的形式呈献给译语世界的读者。

6.4.2 语篇外循环过程：译者主体创造性的隐性实现

语篇与语篇之间的互文性特征决定了语篇与语篇之间的循环过程的发生。本书把这一循环过程称为语篇外循环过程。本节将探讨文化认知视阈下译者主体创造性是如何在语篇外循环过程中实现的。这一循环过程主要表现为两个具体过程：一是两个位置相邻或相近语篇之间的联系是依靠上下文的语境来产生关联的，比如原作中使用的衔接手段、词汇重复、前后呼应等写作手段都是上下文的语境；二是整个作品的各个语篇之间的联系是依靠一些核心概念来贯穿完成的，比如主题词、中心思想、核心词汇等。本节从以下两个层面探讨译者主体创造性的实现。

6.4.2.1 相邻或邻近语篇的外循环过程

如果一个足够长的段落组成一个语篇，那么语篇与语篇之间的互文性就和句子和段落的内循环相似，他们之间是有一些共性的或相关联的因素紧密连接在一起的。现仍以前面提到的那句"乔炳璋参加这次宴会完全就是一笔糊涂账"为例。到底什么是糊涂账是译者开始翻译此书时遇到的第一个困惑。译者虽然谙熟中西文化，还是通过邮件与作者进行了询问。最终与合译者也是妻子的林丽君女士商量，确定为a blind date。译者主体创造性在句子与段落的语篇内循环中得以完成；不仅如此，这笔"糊涂账"使得邻近语篇之间发生了语境意义关联，译者主体创造性也体现在此。下面选取两段语篇作为研究语料加以论述：

表6-6　《青衣》中"一笔糊涂账"语篇外循环原文译文对比

原文语篇1：乔炳璋参加这次宴会完全是一笔糊涂账。宴会都进行到一半了，他才知道对面坐着的是烟厂的老板。乔炳璋是一个傲慢的人，而烟厂的老板更傲慢，所以他们的眼睛几乎没有好好对视过。 后来有人问"乔团长"，这些年还上不上台了？炳璋摇了摇头，大伙儿才知道"乔团长"原来就是剧团里著名的老生乔炳璋，八十年代初期红过好一阵子的，半导体里头一天到晚都是他的唱腔。	**译文语篇1**：For Qiao Bingzhang the dinner party was like a blind date, and it was half over before he learned that the man sitting across from him ran a cigarette factory. Qiao was an arrogant man and the factory boss was even more so, which is why their eyes hadn't really met. One of the guests asked "Troupe Leader Qiao" if he'd been on the stage in recent years. Qiao shook his head; now the other guests realized that he was none other than Qiao Bingzhang, the celebrated Laosheng of the Peking Opera, who had been wildly popular in the early eighties, his voice heard on transistor radios day and night.
原文语篇2：大伙儿就向他敬酒，开玩笑说，现在的演员脸蛋比名字出名，名字比嗓子出名，乔团长没赶上。乔团长很好听地笑了笑。这时候对面的胖大个子冲着乔炳璋说话了，说："你们剧团有个叫筱燕秋的吧？"又高又胖的烟厂老板担心乔炳璋不知道筱燕秋，补充说："一九七九年在《奔月》中演过嫦娥的。"乔炳璋放下酒杯，闭上眼睛，缓慢地抬起眼皮，说："有的。"乔炳璋放下酒杯，闭上眼睛，缓慢地抬起。 老板不傲慢了，他把乔炳璋身边的客人哄到自己的座位上去，坐到乔炳璋的身边，右手搭到乔炳璋的肩膀上，说："都快二十年了，怎么没她的动静？"乔炳璋一脸的矜持，解释说："这些年戏剧不景气，筱燕秋女士主要从事教学工作。"	**译文语篇2**：They raised their glasses in a toast. "Actors these days," a guest quipped, "find their looks are a faster road to fame than their names, and their names will get them there quicker than their voices. Apparently, Troupe Leader Qiao was born at the wrong time!" Bingzhang laughed agreeably. "Isn't there someone called Xiao Yanqiu in your troupe?" the large, heavy-set man across from him asked. Then, on the off chance that Qiao Bingzhang didn't know who this was, he added, "The one who played the lead role in the 1979 performance of Chang'e Flies to the Moon—*The Moon Opera*." Qiao Bingzhang set down his glass, shut his eyes and then opened them slowly. "Yes, there is" he said. Putting aside his arrogance, the factory boss talked the guest next to Bingzhang into switching seats with him, then laid his right hand on Bingzhang's shoulder. "It's been nearly twenty years. Why haven't we heard anything from her since then?" "Opera has fallen on hard times in recent years," Bingzhang explained primly. "Xiao Yanqiu now spends most of her time teaching."

语篇1中的第一句是小说《青衣》开篇第一句，故事开头也是因为这笔"糊涂账"引出。

语篇1与语篇2是相邻的语篇组合，这笔"糊涂账"使得两个语篇产生了关联，因此"糊涂账"的翻译选择十分重要，它会带动多个有相关语篇的意义传递。原文作者会使用"乔炳璋参加这次宴会完全是一笔糊涂账"来开篇，必定是语篇的核心意义。上述表格列出的两个语篇对比也证明了这个判断。下面看看两段语篇中与"参加这次宴会是一笔糊涂账"这一意义直接相关的描述词语有哪些：

原文语篇1：①糊涂账；②进行到一半了，才知道……；③眼睛几乎没有好好对视过；④问乔炳璋这些年还上不上台了；⑤才知道"乔团长"就是剧团里著名的老生乔炳璋

原文语篇2：⑥大伙儿就向他敬酒；⑦这时候对面的胖大个子冲着乔炳璋说话；⑧老板担心乔炳璋不知道筱燕秋；⑨老板不傲慢了，他把乔炳璋身边的客人哄到自己的座位上去；坐到乔炳璋的身边，右手搭到乔炳璋的肩膀上；⑩乔炳璋一脸的矜持

译者最后选择了a blind date绝不是因为"一笔糊涂账"这个语段或词组本身意义的译法，而是因为译者对中国文化特别是文中涉及的中国式饭局了解后，真正从语篇意义出发而进行的译者主体创造。译者知道中国社会里"宴会"一词绝不仅仅是"吃饭"那样简单，它是饭局，是不认识的人可以在一起吃饭（比如②③④⑤⑥⑦），是吃到一半才有可能知道坐在你对面的是谁（比如②③），才知道某种饭局是为了某种目的（比如⑧⑨⑩）等等。下面的论述将说明译者是如何针对原文这几处连接两段语篇的核心词语或语段的表达，从而在译文中实现译者主体创造性的。

原文语篇1：①糊涂账；②进行到一半了，才知道……；③眼睛几乎没有好好对视过；④问乔炳璋这些年还上不上台了；⑤才知道"乔团长"就是剧团里著名的老生乔炳璋

译文语篇1：①like a blind date; ②it was half over before he learned…; ③ their eyes hadn't really met; ④if he'd been on the stage in recent years; ⑤ now the other guests realized that he was none other than Qiao Bingzhang

原文中出现了两次"才知道"。第一次"才知道"是原文交代宴会时间都过半了，乔炳璋才知道对面坐的是烟厂老板；第二个"才知道"是大伙聊了好一会的天，才知道乔炳璋是一个著名京剧演员。这些描述都进一步说明了为何小说一开篇作者就交代"乔炳璋参加这次宴会完全就是个糊涂账"。显然，译者注意到了语篇之间的内在关联的必要性，认为一定要把这笔糊涂账搞清楚才能将关联语篇表达清楚；也正因为此，译者才会特意去询问作者这句话的暗含之意。在此基础上，译者对于两个"才知道"这一表达的处理，并没有使用两个完全相同的英文结构或意义来表述原文中出现两次的同一概念。相反，译者使用了不同的语言结构，一是时间概念上的"才知道"，二是心理概念上的"才知道"。对于时间概念上的"才知道"，译者使用的是表示时间结构的从句——It was half over before...，强调这笔糊涂账到了宴会席间过半，乔炳璋对于饭局的相关情况才得以略知一二；心理概念上的"才知道"是指人在认识事物过程中渐进的心理过程，是从不知道到知道，从有点糊涂到有点明白的渐进的心理状态与过程的描述。因此，译者使用了 now the other guests realized that he was none other than Qiao Bingzhang 这一表达，让读者有一种恍然大悟之感。

再来对比原文语篇2和译文语篇2：

原文语篇2：⑥大伙儿就向他敬酒；⑦这时候对面的胖大个子冲着乔炳璋说话；⑧老板担心乔炳璋不知道筱燕秋；⑨老板不傲慢了，他把乔炳璋身边的客人哄到自己的坐位上去，坐到乔炳璋的身边，右手搭到乔炳璋的肩膀上……⑩乔炳璋一脸的矜持

译文语篇2：⑥ They raised their glasses in a toast; ⑦ the large, heavy-set man across from him asked; ⑧ Then, on the off chance that Qiao Bingzhang didn't know who this was; ⑨ Putting aside his arrogance, the factory boss talked the guest next to Bingzhang into switching seats with him, then laid his right hand on Bingzhang's shoulder. ⑩ Bingzhang explained primly

从小说开篇的"乔炳璋参加这次宴会是一笔糊涂账",到语篇1中所描述的时间过半后,才知道饭局上谁是谁的局面,再到语篇2中"大伙儿就向他敬酒",再到老板的"不傲慢",再到老板开始殷勤的打听筱燕秋目前的情况等等,这些因素都共同构建了语篇整体性——即围绕"一笔糊涂账",从糊涂到明白,再到进一步表明饭局目的等一系列的语篇行为。这个过程就是由部分到整体(从"糊涂账"到整个饭局)、再由整体到部分(整个语篇中的一切语篇行为都是围绕"糊涂账"这一部分个体来开展的)的过程,这些是通过不同语篇的外部循环过程来完成的,而且表现形式较为隐秘,因此这一语篇外循环过程是译者主体创造性的隐性实现。具有丰富经验的葛浩文,正是认识到语篇循环的必要性,才清楚准确、巧妙而默契地处理了语篇间的诸多具体细节。

再比如,语篇2中出现的"哄"字。"哄"多半指的是哄逗、哄骗,英文可以用fool、cheat等来表达。显然这不是原文作者要表达的意思。译者选择了比较负责的翻译,暗指这里是指老板和乔炳璋旁边邻座的客人"换座位"这一意图,以便离乔炳璋更近一些。因此,可以判断此处的"哄"字与哄逗、哄骗无关,而是一种"好言好语的商量"以达到换座的目的(talked the guest next to Bingzhang into switching seats with him),这些微妙细腻、不动声色的语言表达,都得益于译者对原文字里行间的文化认知。可以说,译者主体创造性的隐形实现充分体现在这个语篇外循环过程里面了。

以上对比分析不难看出,译文语篇1、译文语篇2中整体到部分、部分到整体的循环过程,译者不但完成了这两个语篇中译者主体创造性的意义核心——"一笔糊涂账"的翻译,还使得两个语篇之间通过比较典型的表达如"才知道""哄……到座位"等多处细节翻译处理,使得译者主体创造性在这个循环过程中得以充分彰显。在语篇外循环过程中,译者主体创造性的实现并不是一语道破的,而是一个细腻、不动声色的、渐进的构建过程,是一个由一个语段推动另一个语段生成的过程。译者必须做到既要关注整体、又要注意细节才能完成这个整体到部分以及部分到整体的双循环过程。因此可以说,这个动态实现过程是译者主体创造性的隐性实现。如下图所示:

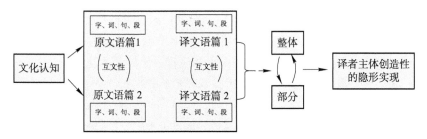

图6-2　语篇外循环过程：译者主体创造性的隐性实现

为了进一步说明以上过程，现以《马伯乐》（完整版）与英译本第一章的对比分析为例。本书采用的汉语版本是中国大百科全书出版社出版的完整版《马伯乐》（萧红著、葛浩文续写，2018）。经过对比发现，译者英译时做了结构调整，整个译作的结构布局发生了较大变化。本节重点考察一个完整的译作包含的若干相邻或相近语篇之间外循环过程，考察译者主体创造性是如何在这个过程中得以实现的。译作与各章节之间的关系处理将在下个小节重点讨论。

《马伯乐》（完整版）英译本（*Ma Bo'le's Second Life*），第一章中，共有11页，与原文中第3-20页内容相对应（葛浩文在英译本中做了一定的结构调整，因此并不对应原作第一部的内容，而是其中一个部分。这部分具体内容也在下一个小结中论述。）在这短短的十几页的描述中，译者进行了较大的结构调整，统计下来，共有20几处。本节根据对比数据，按照《马伯乐》英译本（Xiao Hong，2018）第一章中调整变化出现的顺序，对比标出原文的组合排序的变化情况，共有以下23种情形。

1. 英译本中将原文汉语第一句"马伯乐在抗战之前就很胆小的"保留。接着，直接跳入第5页"马伯乐很胆小……"到第7页"这个家庭是呆不得的，是要昏庸老朽的"。

2. 英译本中翻译原文第7页描述马伯乐的父亲"你就看看父亲吧……"到"见了外国人就说，'Hello，How do you do?'"。

3. 英译本中加了一段关于马伯乐一家三个孩子的描写，增加部分具体见英译本第14页。

4. 英译本中翻译原文第9页，"祖父也不只尽教孙儿们这套"到"打着哈欠"。

5. 英译本中又增添了关于马太太的描写一段。

6. 英译本中翻译的原文第10页"还有守安息日的日子"到"给他们念一段《圣经》"。

7. 英译本中删掉了一句"马家的传统就是《圣经》和外国话"。

8. 英译本中一小段是原文第11页、第15页各一小段糅合精简翻译而成。

9. 英译本中第15页"比方上公共汽车"到第16页"的中国人"。

10. 英译本中增加了一小段。（英译本见16页中部，以It was both…开头。）

11. 英译本中翻译原文第12页"虽然马伯乐对于家庭是完全厌恶了"到第13页"但是她却机警"。

12. 英译本中将汉语原文第13页下以"未发生的事情"那一段删掉了。

13. 英译本翻译原文第13页下"他走路的时候"到第15页上"他立刻付出去的"。

14. 英译本中增加了一句："Admiration and intimidation are quite different animals."

15. 英译本中翻译原文第16页"马伯乐的全身都是机警的"到"似乎很亲切但又不好表现的样子"。

16. 英译本中翻译原文第16页下方"马伯乐是悲哀的"到"读了常常感到写得不够劲"，以及第17页中间"他读高尔基"到"跟工人一路进去玩的"。这一段有很大变动，既有删也有增，也有整合重说。

17. 英译本中翻译原文第17页"比方写狱中记一类事情的"到"他决心开始写了"。

18. 英译本中翻译原文第17页"他决心写了"到"到最后他就买些白报纸来"。

19. 英译本中删掉了一句话，第17页最后"他说"到18页"好的太浪费了"，这段落前后还删掉了"若是写了抗日的"到"于

是他很庄严的用气功来"。英译本中糅合后只保留翻译了一
句原文第18页"他和朋友们谈话……"。

20. 英译本中翻译原文第18页"新买了许多书"到第19页"书多
    一点总是好看"。

21. 英译本中翻译原文第19页"不久，马伯乐就生了一点小病"，
    然后接翻译原文第一段第二句"他的身体不十分好"到第5页
    "从那时起，漂亮的雅格右眼上落了一个很大的伤疤"。

22. 英译本中翻译原文第19页中间的一句"大家是知道的"到
    "可是在病中，出乎他自己意料之外的他却写了点文章"。

23. 从第19页"他买了几本世界文学名著"到第20页第一行"那
    能被人承认吗"删掉，没翻译。

从上述整理的《马伯乐》英译本第一章中出现多处语篇整合、结构移
动与删减等情况分析来看，这应该是译者较大规模变化原文顺序与结构
的一次翻译实践。看得出，对于这样的语篇整合，译者是下了一番功夫
的。根据现有译文的语篇组合来观察，发现调整后的译文对比原文来说，
出现了一些符合情理的做法以及行文规律，共有以下几种类型：

第一，语篇挪动。译者将描写同类人或事物的语篇挪动到了一起。
属于这个类型的情况包括1、2、4、6、9、11、13、15、17、18、20、21、
22。这种类型出现的情况最多，共13处。在译文语篇整合过程中主要着
重人物描写的完整性。比如萧红原作的第一句写的是"马伯乐在抗战之前
就很胆小"。第二句紧接着描写了马伯乐的身体不太好。因此整合后译文
中关于描写"马伯乐胆小""马伯乐身体不好"的段落更为集中，使得译
作更具有整体性，同时亦不破坏局部的谋篇布局。这里边的语篇整合还
包括了集中描写"马伯乐父亲""马伯乐因为喜欢阅读小说试图尝试写
作"的描写段落、"他的个人性格色彩的描写"，比如习惯性的用语"他妈
的"等等，都深刻而集中的在译本中显示出来。

第二，添加内容。译者将部分人物介绍做了整合，这一类包括3、5、
10、14。译者考虑语篇的整体性，十分重视语篇的衔接表现。做了较大
范围的语篇移动后，译者对于某些具体的人物刻画或事件介绍，通常会
把原来段落做一些整合，再添加上一段描述。比如描述"马伯乐的小女儿

的右眼上有伤疤"的那一段之前，译文中加入了对于马伯乐一家三个孩子的描述（译本第14页）。在介绍马太太之前，也对马太太给了一个近距离的人物肖像般的描述（译本第14页）。再比如介绍马伯乐的那句口头禅"Bloody Chinese"之后，译者加入了一段关于这句的内涵语义。这些添加内容都不是译者任意而为的，而是译者通读萧红散文、小说、故事集等内化的文化认知作为支撑的[1]。有的添加都是基于一些省略的段落补回来的，有的是因为别的章节还会再提到，这里边就提前描述清楚了。比较典型的例子之一就是在马伯乐和行人发生碰撞之后会用的那句口头禅"Bloody Chinese"，在这个口头禅之后译者在译文中加了一小段（Xiao Hong，2018：16），如例1所示：

例1：

It was both an effective and a useless outburst. Those who understood the foreign words were likely to agree with the sentiments, and those who did not thought it sounded like a compliment, since the word "Chinese" would be a known and highly regarded entity.

从两个汉英文本对比看，译者的这一段加入，实际是因为原文有萧红关于马伯乐对民族担忧的那段描述（萧红，2018：11），"中国若是都这样……民脂民膏都让他们吸尽了，还他妈的加以尊敬"等等，对说明他这句口头禅佐以实证。这是一个基于语篇衔接的过渡段落。同时，这个过渡段落又具有解释功能，加速了马伯乐人物形象跃然纸上的过程。应该说这样的语篇调整及内容的增加，无疑是增加了文学阅读的吸引力的。相比而言，也许中国读者熟悉的这种人物类型，但西方读者并不了解这一历史背景或人物整体性格，这种调整是必要的，也是成功的。

第三，删减内容。有些内容是主人公自言自语，有很大重复，译者统统删掉。这种情形包括7、12、23。译文中删掉的内容，比较显眼的就

---

1 笔者于2018年9月完整版《马伯乐》在中国出版之际访谈葛浩文、林丽君女士时，译者葛浩文谈及马伯乐的人物构思时所讲。

是原文中"马家的传统就是《圣经》和外国话",因为整个邻近段落的描述都是在说明这个情况,无需多言。译者并没有选择翻译这句话,但实际的内容都已经清清楚楚写在译文的段落里边的了。比如三个孩子的名字都来自圣经故事,孩子们要读圣经故事入睡;比如他们全家要守安息日;比如孩子们问候外人都是用"How do you do!"等等。

第四,整合内容。有的地方提及的人物或事件有些零散,糅合精简放到一起。这种情形包括8、16、19。整合语篇是最难处理的。相比移动、删减、增加而言,整合需要的不仅是对人物的洞察、事件的把握,还有娴熟的语篇写作能力。译者需要把握的是深入小说文化体验之后的主线意识,这样整合起来才会得心应手。例如,原文中写道"马伯乐喜欢点文学,常常读一点小说"的时候,译者做了很多整合,在译文中增加了段落描写如例2所示:

例2:

He enjoyed literature, especially sappy romances that gained popularity after the May Fourth movement in 1919, when translated novels from the West attracted young, impressionable boys and girls. He was given to sighing emotionally in the midst of reading a novel written by someone in a foreign country. (2018: 18)

这段译文完全是增加的,原文中只是提到了"他读的大半是翻译小说。中国小说他也读,不过他常常感到写的不够劲"。紧接着原文是描述"比方写狱中记一类事情的",但是译文直接跳到"他读高尔基的《我的童年》",并增加一段描述,如下:

例3:

Over time, his reading habits underwent a change, the focus shifting from love stories to hard-edge foreign works like the Russian classics. He actually discovered many stimulating passages in these works, most notably Maxim Gorki's *My Youth*, ... (2018: 19)

译文中这段描述插入之后，才又回到原文中关于"狱中记一类事情"的描述的翻译。这部分通过增加、调整语篇等段落整合，重新把主线在语篇中突出出来。这样的尝试虽然是比较个案的，但是看得出来，译作的可读性增强了，而只有做到充分认知作者、理解原作才可能选择做出这样的语篇整合的尝试。

从以上分析可以看出，对于萧红，葛浩文是有感情的，但他绝不是从感情出发。葛浩文是用40年时间翻译、研究萧红，对于萧红他是有话语权的。在翻译这部《马伯乐》时可以说是重写与整合并用，只为维护萧红写作风格的完美呈现。在英文续写这部作品时，译者又额外做了很多研究与阅读，把研究与阅读的痕迹代入小说中，他并不是无迹可寻才做出了这样的语篇整合的。这点，在《马伯乐》英译本的后记中阐述得非常清楚：

...I then translated and included snippets from essays, stories, and occasional pieces Xiao Hong wrote during that period to include her "footprint" in the final third of the work. Beyond that, I had to follow my instincts in pulling everything together, since she left no indication of how she planned to end the work.

——摘自 *Ma Bo'le's Second Life* "Author/Translator/Author"
Afterwords (2018)

看得出，译者是内化了作者写小说、散文、故事，以及作者的亲身经历之后，将这些语篇调整到一块的。他是把"每一件事汇聚到一块，根据自己的本能"来组织语篇的，这在他续写的部分显示得更为明显。因此可以说译者主体创造性不是无据可寻，任意修改，是译者主体深入认知文本及文本外相关素材后，最后加以整合的合理再创造。关注语篇结构，重视整体性再现，是译者主体创造性在语篇循环过程的重要体现。没有译者高度内化的文化认知作为支撑，这种实现或者偏离原著太远而显得不忠，或者不顾读者需求而直接硬译，都是不利于译作接受与传播的。

6.4.2.2 译作中各个语篇的外循环过程

宏观来讲，一篇译作就是一个大语篇，由无数个小语篇组成的。译作中数个语篇之间存在的互文性，使得每个语篇之间发生关联。文化认知视阈下的翻译观认为，翻译是一种文化认知活动，因此译者的文化认知贯穿整个翻译语篇。对于一部作品的翻译，译者不可能也不需要一字不差地从头翻译到尾，因为任何一部作品的语篇之间都是具有关联性的。本节就是以葛浩文、林丽君的《青衣》译作为例，观察各语篇之间发生的外循环过程是如何成就译者主体创造性的实现的。换言之，译者主体创造性是如何在一部作品的各个语篇之间的循环而实现的。

一本小说书名的确立应该是一本小说的点睛之笔。在一次会议论坛中 (闫怡恂、徐明玉，2017)，葛浩文、林丽君二位译者谈及《青衣》书名的翻译时，可见他们是下了功夫的。对于直译成 Qingyi 二人均认为无法传递原文韵味，并认为读者可能会误认为是一个人名或一个事件，不足以撑起整个小说的主题。当时，《青衣》的法译本在先，译者就沿用法译本的书名，确立《青衣》英译本书名为 *The Moon Opera*。可见，译者是赞同这个用法的。从语篇的整体与部分之间的循环性，不难发现这一用法的合理性。书名与小说各个语篇之间是存在互文关联的。有了这种关联，书名与各个语篇之间就产生了循环关系。全书共8章，现把每一个章节视为一个独立语篇 (以下用语篇1—8标注)，考证书名与每一个语篇的关系，以及各语篇之间的关系，以此观察译者主体创造性是如何在各个语篇之间的循环中实现的。

首先分析书名和每个语篇 (章节) 中的关联。本研究自建《青衣》对齐文件，以汉语句子为划分单位，与英文对齐。以每一个章节作为一个独立的语篇，建成英汉对比文本。原文译文中多次出现"青衣""奔月""qingyi""moon opera"并以它们作为关键词输入搜索，每一个语篇的搜索结果统计如下：

表6-7 "青衣""奔月"中英文搜索结果统计表

语篇（章节）＼搜索词	青衣	Qingyi	奔月	Moon opera
语篇1	4	4	20	15
语篇2	0	0	8	5
语篇3	2	2	3	2
语篇4	30	27	0	0
语篇5	0	0	1	0
语篇6	3	3	1	0
语篇7	1	1	1	1
语篇8	3	3	4	2
总计	43	40	38	25

从表6-7可以看出，将以上四个中英文词汇输入，总计搜索结果都在20次以上。显示次数最多的是汉语原文的"青衣"，43次；依次是英译本中"qingyi"，40次；汉语原文"奔月"，38次；英译本中"moon opera"，25次。可见这四个词汇作为主题词数显示的频次，说明了原文、译文都与原文书名与译文书名存在较大关联，因而也形成了8个语篇与小说题目的循环关系。那么在这个循环关系中，译者主体创造性是如何实现的呢？译者的文化认知是如何参与其中的呢？

现对以"青衣"与"qingyi"、"奔月"与"moon opera"为关键词搜索结果不同的语篇进行进一步观察与分析其差异及原因，来考察译者主体创造性是如何在语篇循环中实现的。

在"青衣"与"qingyi"的搜索结果对比中，发现语篇4中汉英差别最为明显：以"青衣"为关键词搜索是30个，以"qingyi"为关键词则是27个，数字上有三处差异，见表6-8：

表6-8 "青衣"与"qingyi"的汉英语篇差异对比

唱**青衣**的成百上千，真正把**青衣**唱出意思来的，真正领悟了**青衣**的意蕴的，也就那么几个。	**Qingyi** performers may well have numbered in the thousands, but a mere handful understood **the role** well enough to grasp **its** true essence.
青衣是接近于虚无的女人。或者说，**青衣**是女人中的女人，是女人的极致境界。**青衣**还是女人的试金石，是女人，即使你站在戏台上，在唱，在运眼，在运手，所谓的"表演""做戏"也不过是日常生活里的基本动态。	**Qingyi** is, one can almost say, a woman in name only; or, better yet, **Qingyi** is a woman among women, the ultimate woman, and a touchstone for all others. She appears on the stage, where she sings, signals with her eyes, and gestures with her hands—all components of so-called "performing" or "acting," yet never more than simple movements from daily life.

　　这两个小段中，"青衣"在原文中出现6次，英文"qingyi"只对应出现3次；第二个小段中"女人"出现了6次，英文对应"woman"（含women）3次。可见译者并没有逐字逐句处理原文，而是把原文放在一个较大的、整体语篇中去考虑的。在这段中，集中出现了同一词汇，而译者并没有在译文中选择一一对应，而是从细节出发，注意整体效果的再现。"青衣"是京剧里的角色，此处文中例子多处重复出现的"青衣"，有时指角色本身（唱青衣的成百上千），有时指角色的文化内涵（领悟了青衣的意蕴），有时指代一个形象或概念（青衣是女人中的女人），因此译者选择了"qingyi performers""the role"，以及代词its；有时省去没有翻译，或与woman的意思整合一起用she代替等等。译者正是从语篇整体性出发，注重部分与整体的关系，巧妙地处理了多次重复出现的"青衣"和"女人"的翻译，使得整个语篇处于一个动态的、灵活的可以随时调节的格局中，恰当运用词汇重复手段，较好诠释出"青衣"的基本含义，让译文读者通过故事情节的不断深入，让不同语篇之间产生自然连贯，不留痕迹。译者主体创造性的实现是在这样一个动态的环境中完成的，让译语读者充分领会了"青衣"的意义：该词汇与女性有关，与舞台、戏剧有关，更与"接近虚无""极致境界"有关，与小说的书名形成了很好的对应关系。

　　下面再来看看"奔月"与"moon opera"的对比。从二者出现频次总量对应来看，总体差异较大。以"奔月"为搜索词共有38处，"moon opera"则出现25次。其中,语篇1、2、3、5、6、8中均出现了二者不完全对应的情况。看下表统计:

表6-9 语篇1、2、3、5、6、8中"奔月"与"moon opera"出现频次对比

频次＼语篇	语篇1	语篇2	语篇3	语篇5	语篇6	语篇8
奔月	20	8	3	1	1	4
Moon opera	15	5	2	0	0	2
次数差异	5	3	1	1	1	2

从表6-7可以看出,奔月与moon opera没有一一对应的情况主要出现在语篇1、2、3、5、6、8中,具体表现见表6-9。经过分析,可以得出以下结论。第一,在8个语篇中,"奔月"并没有完全一一对应呈现;第二,语篇1、2中"奔月"出现的次数偏多,而且译文中显示的直接对应关系次数的差异也最大,分别差了5处、3处。语篇8中有2处,其余语篇中各有1处。

考察分析语篇1、2、3、5、6、8中出现的13处没有呈现"奔月"与"moon opera"一一对应的地方,着重分析译者主体创造性在这一过程中的实现。本节整理了《青衣》语篇1、2、3、5、6、8中"奔月"的中英对比文本,并标出了有差别的13处细节,语篇文本标注如下:

语篇1:

《奔月》是剧团身上的一块疤。其实《奔月》的剧本早在一九五八年就写成了,是上级领导作为一项政治任务交代给剧团的。他们打算在一年之后把《奔月》送到北京,献给共和国十周岁的生日。

The Moon Opera, (1) long a painful memory for the troupe, had been commissioned in 1958 as a political assignment. The troupe had planned to perform (2) **it** in Beijing a year later as part of the festivities marking the Republic's tenth anniversary.

剧组在各地巡回演出，《奔月》成了全省戏剧舞台上最轰动的话题。

The cast staged performances throughout the province, and **(3) they** were the talk of the town wherever they went.

《奔月》唱红了，和《奔月》一样蹿红的当然是当代嫦娥筱燕秋。军区著名的将军书法家一看完《奔月》就豪情迸发。

The Moon Opera was all the rage,（4）**which**, naturally, flung the contemporary Chang'e, Xiao Yanqiu, into the public eye. A famous general from the military command, known for his talents as a calligrapher, praised **(5) her performance** effusively.

《奔月》公演以来，筱燕秋就一直霸着毡毯，一场都没有让过。

And she hogged the role **(6) from the beginning**, not once letting her understudy go on stage.

语篇2：

炳璋打算先和筱燕秋谈一谈《奔月》的，可《奔月》是筱燕秋**永远的痛**，炳璋越发不知道从哪儿开口了。

He'd intended to talk first about *The Moon Opera*, (7) **which** for her, he belatedly recalled, was and always had been **an open wound**; now he had no idea what to say.

"是西皮《飞天》还是二黄《广寒宫》？"《飞天》和《广寒宫》是《奔月》里著名的唱腔选段，筱燕秋因为《奔月》倒了二十年的霉，这刻儿主动把话题扯到《奔月》上去，无疑就有了一种挑衅的意思，有了一种子弹上膛的意思。

"The Xipi tune of 'Flying to Heaven' or the Erhuang aria 'The Vast Cold Palace'?" (8) By offering the two most famous pieces in The Moon Opera, (9) **which** had brought her two decades of misery, Yanqiu was being openly provocative, slamming a bullet into the chamber.

语篇3：

老板说，那时候他还在乡下，年轻，无聊，没事干，一天到晚跟在《奔月》的剧组后面，在全省各地四处转悠。

Telling her that back when he was still living in the countryside, an idle, bored young man, he had followed (10) **the troupe** as it made the rounds throughout the province.

语篇 5：

说戏阶段过去了，《奔月》就此进入了艰苦的排练阶段，体力消耗逐渐加大，筱燕秋的声音就不那么**有根**，不那么稳，有点飘。

After the opera narration was behind them, (11) **preparations** entered the dry-run stage, which meant an even greater depletion of energy. Her voice **lost its power** and sounded less steady, a bit shaky.

语篇 6：

真正反常的也许还不是筱燕秋放弃了减肥，几乎所有的人都注意到了，《奔月》刚进入响排，筱燕秋其实已经把自己**撤下来了**。

But the abandoned diet was not the greatest change in her. Nearly everyone noticed that she **took herself out of the picture** once (12) the full cast rehearsal started.

语篇 8：

后来筱燕秋上台了，筱燕秋一登台就演唱了《广寒宫》，这是嫦娥奔月之后幽闭于广寒宫中的一段唱腔，即整部《奔月》最大段、最华彩的一段唱。

Until it was time to go on stage and sing (13) the longest and most splendid aria, "The Vast Cold Palace," which Chang'e sings after flying heavenward and is alone in the palace of the moon.

经过分类归纳，这些情形主要分为五类。一是省略，比如标有（1）（11）（12）（13）都属于省略；二是使用代词，比如（2）（3）；三是用 which 代替（4）（7）（9）；四是借代用法（5）（10）；五是用状语结构来代替（6）（8）。以上五类情形都是语篇之间循环特征的集中体现，围绕"奔月"在译文中的不同处理结果，译者考虑"奔月"在不同语境、不同语篇中，最终选择如何体现译者主体创造性。因此，译者是把语篇作为翻译单位来做整体思考的，译者注意到了核心概念与整体语篇的关系，"奔月"因此才呈现了多处译者主体创造性的痕迹。不管是意译"奔月"为moon opera（意指"奔月"这出戏），还是将原文中"奔月"直译，或将其省略；还是使用which代替或是使用代词，或是使用指代手法及通过状语结构来间接传达"奔月"之意，这些其实都是建构了语篇的完整性，并使得"奔月"作为主线，完成了细节与全局、部分与整体语篇的互动循环过程，也形成了整个语篇与书名的互相呼应。译者的翻译观念其实是明晰的：翻译不是单纯的语言转换，不是结构对应，不是文字对等，是一种表达形式上创造，文化意义的构建，甚至有些时候是近乎重写。

比如现以语篇1中的"将军书法家一看完《奔月》就豪情迸发"（毕飞宇，2011：114）一句为例。仔细阅读译文会发现，译者在进行翻译时，不但"奔月"没有直译出来，"看完""豪情迸发"等也没有翻译出来，而是几乎重组语言，并用英文重写为"热情洋溢地赞美了她的表演"（praised her performance effusively）。然而，这并不是译者自己的改写。因为如果继续阅读的话，确实会发现原文中这位将军书法家不但"豪情迸发"，还用"遒劲魏体改换了"一首叶帅的诗，并落款，交由筱燕秋同志，通过这些细节描述来赞美筱燕秋的表演。因此在处理这些细节的时候，译者显然是从语篇的文化情境出发，从语篇的整体循环性考虑，来进行翻译创作的。显然，译者主体创造性是在语篇循环中完成的。就其单句翻译来评论的话，很多评论者自然会说葛浩文的翻译是"连改带译""连译带改"。实际上，译者主体创造性的实现是在整体语篇性的考虑下完成的，而这恰恰体现了一个优秀译者的创造性所在。

此处还有一个例子不得不说。在语篇2中有一个段落，描写乔炳璋从筱燕秋嘴里探话，结果筱燕秋非常直截了当直奔主题。译者在这段中连用了三个"奔月"。然而，译本中只出现了一次moon opera。其余的两处翻译处理，一个是由定语从句先行词which代替，第二个则是由一个介词短语 By offering the two famous pieces in *The Moon Opera* 与前面提到的《奔月》两段经典片段整合一起而成。真是翻译的细致入微，关键时刻见真功夫。译者把原文本身就带有的解释性注释语言"《飞天》和《广寒宫》是《奔月》里著名的唱腔选段"直接与后面出现的"这刻儿主动把话题扯到

《奔月》上去"整合起来，巧妙地通过介词短语"by offering the two famous pieces in *The Moon Opera*"来了一次彻底的"重写"，实现了译者的创造性。

下面以《马伯乐》中英两文本进行对比，再进一步验证译者主体创造性在语篇循环中的实现。在研究《马伯乐》英译本时，还发现了原文和译文之间的语篇布局有较大改动。萧红未竟《马伯乐》，只写到了第九章。后由葛浩文翻译，并用英文续写完成了后四章，后四章又由林丽君翻译成中文，把这四章和萧红原著的九章合并成完整版《马伯乐》，于2018年在中国大百科全书出版社出版。本研究中文版本采用的是2018年出版的完整版《马伯乐》。

萧红著《马伯乐》的全篇布局包含两部。其中，第一部写完的时间是1940年，这部主要是马伯乐一家从青岛逃难到上海的过程。这一部没有分章节，篇幅占据190页；第二部描述的是马伯乐一家从上海一路逃难到汉口，即将逃难到重庆的那段生活描述。第二部中最后一句是"于是，全汉口的人都在幻想着重庆"。并标注"第九章完 全文未完"的字样，时间是1941.11。译文中译者做了较大程度的谋篇布局的调整。具体见表6-10。

从表6-10中可以看出，《马伯乐》英译本（*Ma Bo'le's Second Life*）与原作结构有很大差异。姑且不去评论译者续写部分的结构，本节先来看看萧红写作部分的《马伯乐》布局与英译本的区别。萧红写作的第一部没有分设章节，但是英译本中分别做了8个章节的切分（eight chapters）。切分的时候是以时间顺序、故事情节为单元作为主线划分的。译者从篇章分布角度出发勾勒了8个章节。Chapter 1讲述马伯乐一家的情况，勾勒马伯乐的大致性格，爱好，包括口头禅等；Chapter 2是描写马伯乐和妻子之间在日常生活中的一些细节描述；Chapter 3描写的是马伯乐出身家庭及其父亲的细节描写；Chapter 4是马伯乐经营书店；Chapter 5描述他一人来到上海的逃难生活；Chapter 6是日军占领上海后马伯乐的生活；Chapter 7描述马太太一家人也逃难到上海；Chapter 8是马伯乐一家挤在旅馆里的生活。可见原文中的整体的"第一部"叙述，译文中译者采用了时间顺序为轴，以故事情节为主线的方式重新归置了原文的第一部书写。形式上是各个部分的总和，思想上与原文统一，做到了整体到局部的循环过程；同时，分开设置的对应的译文中有8个章节，在整体上具有第一部的功

表6-10　完整版《马伯乐》英译本与萧红原作结构对比

原文	第一部								第二部第一章	第二部第二章第三章	第二部第四章	第二部第五章第六章	第二部第七章第八章第九章
译文	Chapter 1	Chapter 2	Chapter 3	Chapter 4	Chapter 5	Chapter 6	Chapter 7	Chapter 8	Chapter 9	Chapter 10	Chapter 11	Chapter 12	Chapter 13
续写	英文续写开头加了4页画外音叙述。				Chapter 14		Chapter 15	Chapter 16	Chapter 17		结尾加了10页画外音叙述。		
汉译	汉语版没有翻译画外音叙述。				第十章		第十一章	第十二章	第十三章		汉语版没有翻译画外音叙述。		

效，主要是讲马伯乐一家在上海的逃亡生活，兼顾了部分到整体的循环过程。第一部中对应的8个章节译文都是既独立、又衔接，既有局部描写，又有大局观念的译文对应。译者这样的考虑至少有三个原因。一是因为萧红原作中的第一部篇幅过大，占据了190页；第二部148页，但却分为了9个章节。因此原作中两部的数量结构就显得不对等。更何况，如果译者用英文续写一部分结尾的话，还存在与原来的两部都不完全协调的情况。因此考虑到这些结构平衡，译者的选择是做了谋篇布局的整体思考的。

第二个原因是，原文中第一部其实是原作者萧红偏向马伯乐人物性格的塑造，但是英语世界读者读起来会觉得有些繁琐与重复，特别是文本描写本身就是抗战时期中国社会的缩影，通过马伯乐的一些荒诞想法衬托出来。对于了解这段历史的中国人来说，理解起来也许毫不费力。但是，就译语读者而言，在没有相对丰富的文化历史知识的情况下，对于译文的理解可能会有难度。特别是时间顺序、逃难地点的改变，战争中的乱象丛生等都会带来读者理解的难度。在翻译《干校六记》时，译者本人曾表示不建议使用过度的注释，唯恐削弱原文的文学性以及剥削读者阅读判断能力，这点在分析《干校六记》书名翻译时有所阐述。因而，译者选择将原文第一部，在英译本中划分为8个章节（Chapter 1—Chapter 8）。因此，译者并没有追加注释，而是通过段落重组的方式来安排篇章结构，这是经过了对小说的整体考虑的。

第三个原因是出于续写的考虑。葛浩文续写了4个英文章节（Chapter 14—Chapter 17），再请林丽君翻译成汉语，自然需要翻译成4个汉语章节（第十章至第十三章）才更好对应。可见，这些原因都说明了译者是出于语篇之间整体与部分的循环关系而加以考虑的。在这个过程中，可以说，把译者主体创造性表现得淋漓尽致。值得一提的是，译者为了使得小说增加可读性，在用英文续写完4个章节的基础上，在开头增加了一个情节，即在英文译本开头铺垫了有4页篇幅的画外音叙述：1984年前后，由于收听新闻得知书稿的下落，马伯乐后代认为这些写的就是自家的事情，因而引发了极大关注，引出了故事的全貌。译文中结尾处也作了呼应的处理，英文续写加了10页画外音叙述，故事十分具有戏剧性，吸引力强。然而，完整版的中文《马伯乐》不论是开头还是结尾，并没有展示画外音叙述。译者对《马伯乐》的翻译、续写、结构调整以及整合加工远远超过了译者的本分，译者的文化认知、情感认同等个人因素对译者主体创造性实现产生了重要作用。顺便说一句的是，也许，这里并不需要去评论译者是不是代劳了作者的工作，因为译者自己也对此很忐忑，不知道萧红是否满意他的续写（萧红著、葛浩文续、林丽君译，2018：iii），曾说"无法知晓萧红会有什么反应，或她是否同意我续《马伯乐》的方式，只知道我这翻译以及创作的始末是完全出于对她的尊敬"。实在是令人敬佩，难怪刘震云在这部完整版的序言中说"如萧红地下有知，当明白这情谊用心良苦"（萧红著、葛浩文续、林丽君译，2018：x）。此处的续写既是对原作在译语世界中完美呈现的尝试，又是译者发挥主体作用的高度创造之举。

综上，本节分析了一部译作是如何在每个篇章之间实现循环互动的，译者又如何在这一过程实现译者主体创造性的，这种创造性的实现使得译文看起来更具有地道的语言味道，而不是翻译腔。这种所谓的"连改带译"（连译带改），不是不尊重原文，不尊重作者，而是站在语篇整体性角度出发，从语篇中具体的情境出发，注意细节间的呼应，通过观照整体与局部的互动实现译者主体创造性。

第七章
结论

　　本研究是文化认知视阈下对译者主体创造性的研究与探索。本研究基于译者主体性、翻译创造性、创造性叛逆的文献研究，提出译者主体创造性这一说法，旨在强调译者主体的创造性特征，强调译者主体的动态研究，并论证了这一说法的合理性，讨论了译者主体创造性的定义、内涵以及表现形式。在认知语言学、文化阐释学、文化翻译以及认知翻译研究基础上，本书构建了文化认知视阈，作为译者主体创造性提出的理据，通过梳理文化认知学科属性，文化与认知的辩证关系及文化认知特征，完善了文化认知这一理据的内容建构，阐述了作为研究视角的合理性。在文化认知视阈下，翻译是一种文化认知活动，译者的文化认知会持续参与翻译活动，这也是文化认知翻译观的核心内容。在此基础上，为了进一步验证译者主体创造性的动态实现过程，基于认知翻译观并在文化认知视阈下，提炼出四个分析维度，即译者文化体验性、创造性认知、多重互动性、文化语篇性等分别加以验证。本研究以美国汉学家、翻译家葛浩文四部代表译作作为语料进行分析与对比，论证译者主体创造性如何在与分析维度一一对应的四个过程中得以实现，具体过程为译者主体体验过程、创造性认知过程、多重互动过程及语篇循环过程。研究表明，文化认知视阈对译者主体创造性研究具有很强的解释力，译者主体创造性研究对翻译研究，特别是译者主体性研究提供了丰富的理论内容与实践案例。

7.1 本研究主要观点

本研究的主要观点有：

1. 译者主体创造性的提法具有合理性。这一提法对于译者研究，特别是文学翻译的译者主体性研究具有较强的理论意义。传统译者主体性研究多是静态的宏观研究，或者是语言层面翻译策略的微观研究，一般不介入过程研究；译者主体创造性研究聚焦于译者主体的创造性，属于动态的、过程性研究，强调从译者的体验感知出发，考察译者创造性认知的翻译行为，这两个维度是内向的、指向译者本身的研究；此外，关注译者与相关外部因素的多重互动过程，关注整体语篇循环特征。这两个维度则是向外的、围绕译者指向过程的研究。这既有利于关注译者的体验感知与创造行为，也可以关注译者主体与周围外部因素的互动过程以及整体语篇循环过程。

2. 文化认知视阈是译者主体创造性的研究理据。本研究在认知语言学、文化阐释学、文化翻译以及认知翻译研究基础上，建构文化认知视阈，提出文化认知视阈是译者主体创造性研究的重要理据。认知翻译观强调翻译是一种认知过程，文化翻译观强调文化的阐释作用，文化研究对于翻译研究中关于意识形态、赞助人、诗学等研究对于丰富译者主体与多重因素的互动关系都具有启示意义。文化认知视阈下的翻译观则认为，翻译是一种文化认知活动，翻译本身就是一种文化认知行为，译者的文化认知持续参与促进了译者主体创造性的实现与发生。译者主体创造性具体在译者主体体验过程、创造性认知过程、多重互动过程及语篇循环过程等四个过程中得以充分彰显。

3. 译者主体创造性首先是通过译者主体体验过程完成的。承认翻译是一种文化认知活动，就可以从翻译活动的不同阶段来证实译者主体体验过程，具体包括对原文的阅读体验、对译文的翻译创作体验及对译文的阅读体验等体验过程。

4. 译者主体创造性其次是通过创造性认知过程完成的。译者主体创造性不仅仅是译者作为原文读者、译文创作者、译文读者的体验感知的过程，还是一个译文的创作过程，借用巴斯奈特与勒菲弗尔（Bassnett & Lefevere，1990）的说法，译文的创作就是一个"重塑"（recreate）一件艺术品的过程。在文学作品的"重塑"过程中,译者必须有自身的文化认知行为,而这种文化认知行为必须具有创造性方能完成,不然就成了一个机械模仿的复制品,没有了创作与美感的生命,是无法谈及译作的重生或永生的(afterlife)。创造性认知过程在译作中表现为译者选择,译者选择会逐渐内化为译者翻译观。

5. 译者主体创造性实现还是通过多重互动过程完成的。本研究首先肯定译者是与其相关外部因素存在多重互动性的。然而,并不能单纯地认为这就会导致译者主体的受限或者具有制约性。相反,这些互动的因素是译本生成的外部因素,也是译者与多方相关因素进行互动,并将译者文化认知外化的过程,也就是说,多重互动过程是译者主体创造性实现的外部环境或外化行为,这些外化行为与译者一道完成了译者主体的创造性活动。把外部因素单纯理解成为制约译者主体创造性发生的因素,是消极的、片面的、不符合实际的。因此,多重互动过程是译者主体创造性实现的生态土壤,译者与周围环境一道完成了译者主体创造性的实现。肯定多重互动过程,有利于进一步挖掘译者主体创造性实现的外部原因,有利于摆脱传统的译者研究范式,从而进一步关注对译者主体的动态观察。

6. 最后,译者主体创造性是通过语篇循环过程实现的。译作是由大大小小的语篇组成的。译者主体在进行创造时,是离不开语篇环境的。语篇内循环强调的呼应,以及语篇外循环强调的整合都是译者为了更好的译文呈现的尝试,译者主体创造性也在这样一个个循环过程中得以实现。

7.2 译者主体创造性——最后的思考

译者主体创造性的提出是在译者主体性研究基础上的反思与探索。反思的出发点是译者主体性研究中呈现的或是概念层面的描述与诠释,或是语言层面的翻译策略与技巧。在历经了阐释学、后殖民话语、文化翻译中意识形态等操纵派研究以及女性主义研究的成果,译者主体性研究必须重拾视角,换位出发,这样才能使译者主体性研究进入一个全新的局面。本研究探索性地提出"译者主体创造性"这一提法,充分肯定译者主体性，强调译者主体的创造性特征，定义译者主体创造性，明确其内涵及特征，并用例证论述译者主体创造性的实现过程。这样的反思、探索及论证推动了译者主体性研究的进程，建构了译者主体创造性的理论研究及实践研究框架。巴斯奈特与勒菲弗尔曾经谈到（Bassnett & Lefevere，1990：13）：

> A translation is not a copy of a painting in which the copier is willing to follow the lines, the proportions, the shapes, the attitudes of the original he imitates. A translation is entirely different: a good translator does not work in such constraints. At most he is like a sculptor who tries to recreate the work of painter, or like a painter who tries to recreate the work of sculptor.

他们指出，翻译并不是临画，译者一笔一画的按照线条、比例、形状小心复制原画，一个好的翻译是应该超越这些框框的规定的，译者应该是"重塑"或"重新创造"一件艺术品。

无独有偶，我国著名翻译家傅雷曾说，"翻译似临画"，这仅仅是他考虑译者身份的出发点，他的那句"所求的不在形似而在神似"才是译者角色的关键——形似只是外观看起来接近，而神似则要求更高。虽然傅雷先生没有明确说明到底何为神似，但是，他对"传神"的细致表达，主张"任何作品，不精读四五遍绝不动笔"的态度，才能完成将原作"思想、感情、气氛、情调化为我有，方能谈到迻译"，道出了"神似"的最佳境界（傅雷，2014：3）。可见翻译似临画的关键在于"传神"的表达，译者需要进一步琢磨与反思，方得其意。

不论是巴斯奈特与勒菲弗尔关于译者角色是"重新创造"的描述，还是傅雷的"神似"说，都可以说是对译者主体创造性的经典诠释。巴斯奈特与勒菲弗尔的"翻译并不是临画"，傅雷的"翻译似临画"是两个看上去完全对立的描述。但进一步挖掘其内涵语义，却可以看到两个描述近乎一致的说法，一是重新创造一件艺术品，另一个是在创造一幅作品的时候强调神似而不是形似。说他们描述近乎一致，因为他们都强调了创造性，强调了译者主体创造性的高度参与。这个过程不是一个机械的、照搬照抄的复制过程，而是一个富有创造力的、强调神韵、富有美感的艺术创作过程。

因此，对于译者主体创造性研究的思考要避免两个极端。一是不能简单将其理解为译者主体性研究的一个方面，即创造性研究；也不能理解为创造性就是与原作的对抗与叛逆。本研究所强调的译者主体创造性首先从文化认知视阈出发，认为翻译是一种文化认知活动，即文化认知视阈下的翻译观。译者的文化认知参与是译者主体创造性的操作基础，也是操作工具。其次，在文化认知视阈下，本研究强调译者主体创造性这一行为，以及这种创造性是如何实现的。因此，译者主体创造性研究是一个反思与探索结合的研究过程。

7.3 本研究的局限性与未来展望

本研究选题具有一定的难度。译者主体创造性这一提法涉及一些理论原创性研究，文化认知的梳理可能还不够完善，再加上个人的学术能力及视野以及开展研究的时间限制等等，本研究还存在一些不足之处。一方面文化认知这一视阈的梳理以及译者主体创造性的提法还有待于进一步细化、补充与完善。特别是随着认知科学的进一步发展，包括体认语言学研究成果的进一步完善，都会对本研究的理论基础有更丰富的补充。另一方面葛浩文翻译的研究语料浩瀚，时间与篇幅关系，不能使用更多的语料来进行更为丰富的实证研究。此外，从研究方法上本研究并没有选择使用语料库，主要原因是研究对象涉及的内容不是机器容易识别的一些翻译现象，因而需要依靠大量的手动标注，不但费时费力，主要对本研究要回答的研究问题没有实际意义。因此，本研究主要以定性描述性翻译研究方法为主。但是，也鉴于此，本研究希望今后不断探索，期待在这方面有所尝试。

在未来研究中，还有诸多问题需要进一步探索。第一，译者主体创造性研究视角可以进一步打开，在文化认知视阈的基础上，用其他多个视角进一步论证译者主体创造性提出的合理性，验证译者主体创造性研究的必要性。第二，文化认知视阈的提出，不仅仅适用于文学翻译的译者主体性创造性研究，也可能适用于文化翻译、科技翻译、外事翻译等多种文体翻译中。希望本研究能够抛砖引玉，把文化认知视阈的研究引向多种不同文体的研究中，进一步证明文化认知视阈的普遍应用价值。第三，进一步完善译者主体创造性的四个分析维度，将其进一步理论化、模式化，为译者主体创造性研究提供方法论研究以及范式研究。

参考文献

Albir, A. Hurtado. 1990. *La Notion de Fidelite en Traduction* [M]. Paris. Didier Erudition.

Anderman, G. & M. Rogers. 2006. *Translation Today: Trends and Perspectives* [M]. Beijing: Foreign Language Teaching and Research Press.

Atkinson, D. 2002. Toward a Sociocognitive Approach to Second Language Acquisition [J]. *The Modern Language Journal* 4: 525-545.

Baker, M. 1992. *In Other Words: A Coursebook on Translation* [M]. London: Routledge.

Baker, M. 2000. *In Other Words: A Coursebook on Translation* [M]. Beijing: Foreign Language Teaching and Research Press.

Baker, M. 2004. *Routledge Encyclopedia of Translation Studies* [M]. Shanghai: Shanghai Foreign Language Education Press.185.

Bassnett, S. 2004. *Translation Studies* [M]. Shanghai: Shanghai Foreign Language Education Press.

Bassnett, S. & A. Lefevere. (eds). 1998. The Translation Turn in Cultural Studies [A]. *Constructing Cultures: Essays on Literary Translation* [C]. Clevedon: Multilingual Matters: 123-140.

Bassnett, S. & A. Lefevere (eds). 1990. *Translation, History and Culture* [M]. London: Printer.

Bhabha, Homi K. 2004. *The Location of Culture* [M]. London & New York: Routledge.

Beaugrande, R. de & W. Dressler. 1981. *Introduction to Text Linguistics* [M]. London & New York: Longman.

Bell, R. T. 2001. *Translation and Translating: Theory and Practice* [M]. Beijing: Foreign Language Teaching and Research Press.

Benjamin, W. 2000. H. Zohn (trans.). The Task of the Translator [A]. In L. Venuti (ed.), *The Translation Studies Reader* [M]. London and New York: Routledge, 15-25.

Berman, A. 1995/2009. Toward a Translation Criticism: John Donne (Pour une Critique des Traductions: John Donne), ed. & trans. Francosie Massardoer-Kenney: Ohio: The Kent State University Press: xii-248.

Bi Feiyu, 2009. Goldblatt, H. & S. Li-chun, Lin (trans.). *The Moon Opera* [M]. New York: Houghton Mifflin Harcourt.

Bowker, L. 2007. *Unity in Diversity? Current Trends in Translation Studies* [M]. Beijing: Foreign Language Teaching and Research Press.

Brekhus, H. W. 2015. *Culture and Cognition: Patterns in the Social Construction of Reality Polity* [M]. Croydon, the UK: Polity.

Chamberlain, L. 2000. Gender and the Metaphorics of Translation [A]. In Lawrence Venuti (ed.) *The Translation Studies Reader* [M]. London: Routledge.

Conway, K. 2012. Translation and Hybridity [A]. In YVES Gambier & Luc van Doorslaer (eds.). *Handbook of Translation Studies* (Vol. III) [C], Amsterdam & Philadelphia: John Benjamins.

Cronin, M. 2003. *Translation and Globalization* [M]. London: Routledge.

D'Andrade, R. G. 1981.The Culture Part of Cognition [J]. *Cognitive Science* 5: 179-195.

Davis, K. 2004. *Deconstruction and Translation* [M]. Shanghai: Shanghai Foreign Language Education Press.

Derrida, J. 1985. J. F. Graham. (ed. and trans.). Des tours de Babel [J]. *Difference in Translation*. New York: Cornell University Press: 3-34.

Fawcett, R. P. 1980. *Cognitive Linguistics and Social Interaction: Towards an Integrated Model of a Systemic Functional Grammar and the Other Components of a Communication Mind* [M]. Heidelberg: Julius Gross.

Fillmore, C. 1976. Frame Semantics and the Nature of Language [A]. In S. R. Harnad, H. D. Steklis, and J. Lancaster (eds.). *Origins and Evolution of Language and Speech* [C]. New York: New York Academy of Sciences.

Fillmore, C. 1982. Frame Semantics and Linguistics in the Morning Calm [J]. *Linguistic Society of (South) Korea* (ed.) Seoul: Hanshin Publishing Company: 111-137.

Fillmore, C. 1985. Frame Semantics and the Semantics of Understanding [J]. *Quadernidi Semantica* 2: 222-254.

Gardner, H. 1985. *The Mind's New Science* [M]. New York: Basic Books.

Gardner, H. 1999. Joel W, Marshall G, revs. *Truth and Method* [M]. London: Sheed & Ward Ltd.

Geertz, Clifford. 1973. *The Interpretation of Cultures: Selected Essays* [M]. New York: Basic Books.

Gentzler, E. 2004. *Contemporary Translation Theories* (reviesed 2nd edition) [M]. Shanghai: Shanghai Foreign Language Education Press.

Goldblatt, H. & S. Li-chun Lin (eds.). 2011. *Push Open the Window* [M]. Washington: Copper Canyon Press.

Halliday, M.A.K. 1970. Language Structure and Language Function [A]. In J. Lyons. (ed.). *New Horizons in Linguistics* [C]. Harmondsworth: Penguine.

Halliday, M.A.K. 1994. *An Introduction to Functional Grammar* [M]. London: Edward Arnold.

Halliday, M.A.K. & C. M. Matthiessen. 1999. *Constructing Experience through Meaning: A Language-based Approach to Cognition* [M]. London: Cassell.

Halliday, M.A.K. 2001. Towards a Theory of Good Translation [A]. In E. Steiner & C. Yallop (eds.). *Exploring Translation and Multilingual Text Production: Beyond Content* [C]. Berlin: Moutonde Gruyter. 13-18.

Hatim, B. & I. Mason. 1997. *The Translator as Communicator* [M]. London: Routledge.

Hatim, B. & I. Mason. 2001. *Discourse and the Translator* [M]. Shanghai: Shanghai Foreign Language Education Press.

Hermans, T. 2007. *Cross-cultural Transgressions—Research Models in Translation Studies II: Historical and Ideological Issues* [M]. Beijing: Foreign Language Teaching and Research Press.

Holmes, J. S. 2007. *Translated! Papers on Literary Translation and Translation Studies* [M]. Beijing: Foreign Language Teaching and Research Press.

Hsiao Hung, 1979. Goldblatt, H. & E. Yeung. (trans.). *The Field of Life and Death & Tales of Hulan River* [M]. Bloomington & London: Indiana University Press.

Hutchins, E. 1995. *Cognition in the Wild* [M]. Cambridge: MIT Press.

James, H. 1972. The Name and Nature of Translation Studies [J]. *Translated! Papers on Literary and Translation Studies*. Amsterdam: Rodopi: 173-193.

Johnson, M. 1987. *The Body in the Mind: The Bodily Basis of Meaning, and Imagination and Reason* [M]. Chicago & London: The University of Chicago Press.

Johnson, M. & G. Lakoff. 2002. Why Cognitive Linguistics Requires Embodied Realism [J]. *Cognitive Linguistics* 13-(3): 245-263.

Kluckhohn, Clyde. 1949. *Mirror for Man* [M]. New York: Fawcett.

Lakoff, G. & M. Johnson. 1980. *Metaphors We Live By* [M]. Chicago & London: The University of Chicago Press.

Lakoff, G. 1987. *Women, Fire, and Dangerous Things: What Categories Reveal about the Mind* [M]. Chicago & London: The University of Chicago Press.

Lakoff, G. 1988. Cognitive Semantics [A]. In U. Eco et. Al. (ed.). *Meaning and Mental Representation* [M]. Bloomington: Indiana University Press.

Lakoff, G. & M. Turner. 1989. *More than Cool Reason: A Field Guide to Poetic Metaphor* [M]. Chicago: University of Chicago Press.

Lakoff, G. & M. Johnson. 1999. *Philosophy in the Flesh—The Embodied Mind and Its Challenge to Western Thought* [M]. New York: Basic Books.

Lamb, S. 1998. *Pathways of the Brain: The Neurocognitive Basis of Language* [M]. Amsterdam: John Benjamins.

Langacker, R. W. 1987. *Foundations of Cognitive Grammar (vol. I): Theoretical Prerequisites* [M]. Stanford: Stanford University Press.

Langacker, R. W. 1990. Subjectification [J]. *Cognitive Linguistics* (1): 5-38.

Langacker, R. W. 1999. Assessing the Cognitive Linguistic Enterprise [A]. In T. Jassen & G. Redeker (eds.) *Cognitive Linguistics: Foundation, Scope, and Methodology* [M]. Berlin: Mouton de Grutyer.

Langacker, R. W. 2000. *Grammar and Conceptualization* [M]. Berlin: Mouton de Gruyter.

Langacker, R. W. 2001. Discourse in Cognitive Grammar [J]. *Cognitive Linguistics:* 12-22.

Lefevere, A. 2004. *Translation, Rewriting and the Manipulation of Literary Fame* [M]. Shanghai: Shanghai Foreign Language Education Press.

Li Ang, 1986. Goldblatt, H. (trans.). *The Butcher's Wife* [M]. London and Chester Springs: Peter Owen.

Loffredo, E. & M. Perteghella. (eds.). 2006. *Translation and Creativity: Perspectives on Creative Writing and Translation Studies* [M]. London: Continuum.

Majbroda, K. 2016. Clifford Geertz's Interpretive Anthropology: Between Text, Experience and Theory [J]. *Pl Academic Research:* 20-43.

Malinowsky, B. 1923. The Problem of Meaning in Primitive Languages [J]. In C. K. Ogden, & I. A. Richards (eds.). *The Meaning of Meaning.* London: K. Paul, Trend, Trubner: 296-336.

Mo Yan, 2001. Goldblatt, H. (trans.). *Shifu, You'll Do Anything for a Laugh* [M]. New York: Arcade Publishing.

Mo Yan, 2004. Goldblatt, H. (trans.). *Big Breast & Wide Hips* [M]. New York: Arcade Publishing.

Mo Yan, 2012. Goldblatt, H. (trans.). *Sandalwood Death* [M]. Norman: University of Oklahoma Press.

Newmark, P. 2001. *A Textbook of Translation* [M]. Shanghai: Shanghai Foreign Language Education Press.

Newmark, P. 2001. *Approaches to Translation* [M]. Shanghai: Shanghai Foreign Language Education Press.

Nida, E. A. 2001. *Language and Culture—Contexts in Translating* [M]. Shanghai: Shanghai Forgien Language Education Press.

Nida, E. A. 2004. *Toward a Science of Translating* [M]. Shanghai: Shanghai Foreign Language Education Press.

Pym, A. 1998. *Method in Translation History* [M]. Manchester: St. Jerome Publishing Ltd,.

Robinson. D. 2006. *The Translators' Turn* [M]. Beijing: Foreign Language Teaching and Research Press.

Robinson, D. 2007. *Translation and Empire: Postcolonial Theories Explained* [M]. Beijing: Foreign Language Teaching and Research Press.

Rose, M. G. 2007. *Translation and Literary Criticism: Translation as Analysis* [M]. Beijing: Foreign Language Teaching and Research Press.

Rubin, G. 1975. *The Traffic in women: Toward an Anthropology of Woman* [M]. New York: Reuter.

Schaffner, C. 2007. *Translation and Norms* [M]. Beijing: Foreign Language Teaching and Research Press.

Schulte, R. 1992. *Theories of Translation: An Anthology of Essays from Dryden to Derrida* [M]. Chicago and London: University Press of Chicago.

Slingerland, E. (trans.) 2003a. *Confucius Analects* [M]. New York: Hackett Publishing Company, Inc.

Slingerland, E. 2003b. *Effortless Action: Wu-wei as Conceptual Mteaphor and Spiritual Ideal in Early China* [M]. London: Oxford University Press.

Snell-Hornby, M. 2001. *Translation Studies: An Integrated Approach* [M]. Shanghai: Shanghai Foreign Language Education Press.

Steiner, G. 2001. *After Babel: Aspect of Language and Translation* [M]. Shanghai: Shanghai Foreign Language Education Press.

Taylor, J. 1989. *Linguistic Categorization—Prototypes in Linguistic Theory* [M]. OUP.

Taylor, J. 1993. Some Pedagogical Implications of Cognitive Linguistics [A]. In R. A. Geiger. & B. Rudzka-Ostyn(eds.). *Conceptualizations and Mental Processing in Language* [C], Berlin/New York: Mouton de Gruyter.

Tylor, E. B. 1871. *Primitive Culture* [M]. New York: Anchor Books.

Ungerer, F. & H. J. Schmid. 1996. *An Introduction to Cognitive Linguistics* [M]. London: Longman.

Vaisey, S. 2010. Socrates, Skinner, and Aristotle: Three ways of thinking About Culture in Action [J]. *In Sociological Forum.* 23(3): 603-613.

Venuti, L. 1986. *"The Translator's Invisibility", Criticism* [M]. London: Routledge.

Venuti, L. 1988. *Translation and Minority Special Issue of the Translator* (vol.4.) London: Routledge.

Venuti, L. 1995. *The Translator's Invisibility* [M]. London: Routledge.

Venuti, L. 2004. *The Translator's Invisibility: A History of Translation* [M]. Shanghai: Shanghai Foreign Language Education Press.

Vermeer, H. J. 1989. *Skopos and Commission in Translational Action* [M]. Amsterdam & Philadephia: Benjamins.

Wilss, W. 1984. *Translation Theory and Its Implementation* [M]. Tubingen: Narr.

Xiao Hong, 1979. Goldblatt, H. (trans.). *The Field of Life and Death and Tales of Hulan River: Two novels* [M]. Bloomington: Indiana University Press.

Xiao Hong, 2002. Goldblatt, H. (trans.). *The Field of Life and Death & Tales of Hulan River* [M]. Boston: Cheng & Tsui Company.

Xiao Hong, 2018. Goldblatt, H. (trans.). *Ma Bo'le's Second Life* [M]. New York: The University of Rochester.

Zanettin, F. 2007. *Corpora in Translator Education* [M]. Beijing: Foreign Language Teaching and Research Press.

Zerubavel, E. 1999. *Social Mindscapes: An Invitation to Cognitive Sociology* [M]. New York: Harvard University Press.

阿瑞提著、钱岗南译，1987，《创造的秘密》[M]。沈阳：辽宁人民出版社。

埃斯卡皮著、于沛译，1987，《文学社会学——现代社会学比较研究丛书》[M]。浙江：浙江人民出版社。

爱德华·霍尔著、何道宽译，2010，《超越文化》[M]。北京：北京大学出版社。

贝尔著、秦洪武译，2005，《翻译与翻译过程：理论与实践》[M]。北京：外语教学与研究出版社。

毕飞宇，2011，《青衣》[M]。杭州：浙江文艺出版社。

蔡曙山，2015，论人类认知的五个层级 [J]，《学术界》（12）：5-20。

蔡曙山、薛小迪，2016，人工智能与人类智能 [J]，《北京大学学报》（哲学社会科学版）（4）：145-154。

曹顺庆，2011，翻译文学与文学的"他国化"[J]，《外国文学研究》（6）：111-117。

曹顺庆、王苗苗，2015，翻译与变异——与葛浩文教授的交谈及关于翻译与变异的思考[J]，《清华大学学报》（哲学社会科学版）（1）：124-128。

柴橚、袁洪庚，2013，伽达默尔阐释学理论对翻译研究的贡献 [J]，《兰州大学学报》（9）：116-121。

常晖、黄振定，2011，翻译"主体间性"的辩证理解 [J]，《外语学刊》（3）：113-116。

陈波，1998，《奎因哲学研究——从逻辑和语言的观点看》[M]。北京：生活·读书·新知三联书店。

陈大亮，2004，谁是翻译主体 [J]，《中国翻译》（2）：3-7。

陈大亮，2005，翻译研究：从主体性向主体间性转向 [J]，《中国翻译》（2）：3-9。

陈大亮，2007，翻译主体间性转向的再思考——兼答刘小刚先生 [J]，《外语研究》（2）：75-80。

陈洁，2012，《浪淘沙词·九首之六》英译的主体间性理论评析包通法 [J]，《外语学刊》（5）：113-116。

陈卫红，2014，女性主义翻译理论视角下的译者主体性 [J]，《教育理论与实践》（21）：54-56。

陈先达，1991，关于主体和主体性问题 [J]，《哲学原理》（9）：12-17。

陈永国，2010，《翻译与后现代性》[M]。北京：中国人民大学出版社。

陈永国，2004，翻译的文化政治 [J]，《文艺研究》（5）：29-37。

程平，2011，论翻译的主观性 [J]，《外国语文》（3）：100-104。

成晓光，2005，《西方语言哲学》[M]。大连：辽宁师范大学出版社。

戴浩一、黄河译，1985，时间顺序和汉语的语序 [J]，《国外语言学》（1）：10-19。

戴浩一、叶蜚声译，1990，以认知为基础的汉语功能语法刍议（上）[J]，《当代语言学》(4)：21-27。

戴浩一、叶蜚声译，1991，以认知为基础的汉语功能语法刍议（下）[J]，《国外语言学》(1)：25-33。

戴浩一，2002，概念结构与非自主性：汉语语法概念系统初探 [J]，《当代语言学》(1)：1-12。

董洪川，2004，《荒原》早期译介：文化语境与译者阐释——兼论文学翻译与文学接受[J]，《外语与外语教学》(11)：42-46。

董明，2006，《翻译：创造性叛逆》[M]。北京：中央编译出版社。

封宗颖,2014，文学翻译中译者的创造性叛逆——实为深度的忠实[J]，《华东理工大学学报》（社会科学版）(1)：110-116。

傅雷著、傅敏编，2014，《翻译似临画》[M]。北京：外语教学与研究出版社。

高严梅，2015，语篇语义框架研究 [M]。北京：北京大学出版社。

格尔茨著、韩莉译，2017，《文化的解释》[M]。江苏：译林出版社。

葛浩文著、史国强编、闫怡恂译，2014，《葛浩文文集：论中国文学》[M]。北京：现代出版社。

葛浩文著、史国强编、闫怡恂译，2014，《葛浩文随笔》[M]。北京：现代出版社。

葛浩文著、王敬慧译，2013，作者与译者：一种不安、互惠互利，且偶尔脆弱的关系 [J]，

《中国梦：道路·精神·力量——上海市社会科学界第十一届学术年会》(11)：270-282。

宫军，2010，从翻译的不确定性看译者主体性 [J]，《外语学刊》(2)：128-130。

郭建中，1999，《当代美国翻译理论》[M]。武汉：湖北教育出版社。

郭建中，2014，创造性翻译与创造性对等 [J]，《中国翻译》(4)：10-16。

郭湛，1999，人的认识的主体性 [J]，《长春市委党校学报》(2)：10-15。

郭湛，2001，论主体间性或交互主体性 [J]，《中国人民大学学报》(3)：32-38。

郭湛，2002，无法消解的主体性 [J]，《湘潭师范学院学报》（社会科学版）
　　（6）：5-9。

哈蒂姆、梅森著，王文斌译，2005，《话语与译者》[M]。北京：外语教
　　学与研究出版社。

哈钦斯著，于小涵、严密译，2010，《荒野中认知》[M]。浙江：浙江大
　　学出版社。

贺爱军，2012，译者主体性的社会话语分析——以佛经翻译和近现代西
　　学译者为中心 [D]，苏州大学。

贺爱军，2015，《译者主体性的社会话语分析——以佛经翻译和近现代西
　　学译者为中心》[M]。北京：科学出版社。

何卫平，2001，《通向解释学辩证法之途》[M]。上海：三联书店。

胡东平、魏娟，2010，翻译"创造性叛逆"：一种深度忠实 [J]，《湖南农
　　业大学学报》（社会科学版）（1）：82-86。

胡庚申，2004，从"译者主体"到"译者中心"[J]，《中国翻译》（3）：
　　10-16。

胡庚申，2013，生态翻译学建构与诠释 [M]。北京：商务印书馆。

胡少红，2014，主体间性视域中的译者主体性反思 [J]，《外语学刊》（1）：
　　108-111。

胡壮麟，2000，《功能主义纵横谈》[M]。北京：外语教学与研究出版社。

黄振定，2005，解构主义的翻译创造性 [J]，《中国翻译》（1）：19-22。

霍姆斯，2007，《译稿杀青：文学翻译与翻译研究文集》[M]。北京：外
　　语教学与研究出版社。

江枫，2009，《论文学翻译及汉语汉字》[M]。北京：华文出版社。

金洁、吴平，2016，基于《骆驼祥子》英译本序言的译者翻译理念及其主
　　体性研究 [J]，《浙江大学学报》（人文社会科学版网络版）（5）：1-9。

金胜昔、林正军，2016，译者主体性建构的概念整合机制 [J]，《外语与外
　　语教学》（1）：116-121。

莱考夫、约翰逊著，何文忠译，2015，《我们赖以生存的隐喻》[M]。浙
　　江：浙江大学出版社。

莱肯著，陈波、冯艳译，2010，《当代语言哲学导论》[M]。北京：中国人
　　民大学出版社。

李放春，2008，从 les damnés 到"受苦人"：《国际歌》首句汉译的历史演变 [J]，《开放时代》（4）：33-47。

李海军、蒋晓阳，2012，论科技翻译中的译者主体性 [J]，《中国科技翻译》（3）：42-44。

李民，2013，论译者角色的伦理特性 [J]，《外语与外语教学》（6）：77-80。

李明，2006，从主体间性理论看文学作品的复译 [J]，《外国语》（4）：66-72。

李冀、马彩梅，2010，广告翻译中的矛盾及译者的抉择 [J]，《西北大学学报》（4）：165-167。

李庆明、刘婷婷，2011，译者主体性与翻译过程的伦理思考——以文学翻译为例 [J]，《外语教学》（4）：101-105。

李翔一，2007，文化翻译的创造性叛逆与最佳关联 [J]，《中国科技翻译》（6）：203-206。

李莹，2010，论旅游资料翻译中译者主体性的发挥 [J]，《西南民族大学学报》（11）：226-229。

廖七一，2004，《当代英国翻译理论》[M]。武汉：湖北教育出版社。

廖七一，2010，《当代西方翻译研究原典选读》[M]。北京：外语教学与研究出版社。

廖秋忠，1991，也谈形式主义与功能主义 [J]，《国外语言学》（2）：31-33。

连建华，2011，成文法翻译中译者主体性产生的原因及其限制 [J]，《理论导刊》（4）：107-112。

刘爱华，2011，生态翻译学之"生态环境"探析 [J]，《东疆学刊》（10）：104-107。

刘畅，2016，阐释学理论视野下译者主体性的彰显 [J]，《上海翻译》（4）：15-20。

刘宓庆，2005，《中西翻译思想比较研究》[M]。北京：中国对外翻译出版公司。

刘润清，2004，西方语言学流派 [M]。北京：外语教学与研究出版社。

刘小刚，2006，翻译研究真的要进行主体间性转向了吗？——兼与陈大亮先生商榷 [J]，《外语研究》（5）：72-74。

刘小刚，2006，创造性扳叛逆：概念、理论与历史描述 [D]（博士学位论文）。上海复旦大学。

柳晓辉，2010，译者主体性的语言哲学反思 [J]，《外语学刊》（1）：122-125。

刘心莲，2001，理解抑或误解 [J]，《外国文学》（6）：73-78。

刘月明，2015，接受美学视野下的译者与译文本——以古诗英译过程中的虚实关系嬗变为例 [J]，《中国文学研究》（4）：124-128。

罗丹，2009，翻译中交互主体性的理论渊源、内涵及特征探析 [J]，《外语与外语教学》（2）：57-60。

罗新璋，1984，《翻译论集》[M]。北京：商务印书馆。

马海燕，2009，论古汉语诗词翻译的"阈限"性——从主题与主题倾向看译者主体艺术性的发挥 [J]，《外语与外语教学》（7）：48-51。

马骁骁、张艳丰，2002，论翻译的创造性 [J]，《山西大学学报》（哲学社会科学版）（6）：76-78。

莫言，2000，我在美国出版的三本书 [J]，《小说界》（5）：170-173。

莫言，2012，《丰乳肥臀》[M]。上海：上海文艺出版社。

穆雷、诗怡，2003，翻译主体的"发现"与研究——兼评中国翻译家研究 [J]，《中国翻译》（1）：12-18。

倪良康，2004，译者的尴尬 [J]，《读书杂志》（11）：90-97。

诺德著，张美芳、王克非译，2005，《译有所为——功能翻译理论阐释》[M]。北京：外语教学与研究出版社。

潘文国，2002，当代西方的翻译学研究 [J]，《中国翻译》（3）：18-21。

彭启福，2007，"视域融合度"伽达默尔的"视域融合论"批判 [J]，《学术月刊》（8）：51-56。

秦恺，2017，翻译学中语言的认知机制与创新——评《认知翻译学探索：创造性翻译的认知路径与认知制约》[J]，《中国教育学刊》（5）：封三。

裘禾敏，2008，论后殖民语境下的译者主体性：强势文化与弱势文化 [J]，《浙江社会科学》（3）：86-128。

阮咏梅，1997，人类学研究对语言学家的启示 [J]，《宁波大学学报》（人文科学版）（3）：27-30。

阮玉慧，2009，论译者的主体性 [J]，《安徽大学学报》(6)：85-89。

森舸澜著、史国强译，2017，《为与无为：当现代科学遇上中国智慧》[M]。北京：现代出版社。

森舸澜著，闫怡恂、史国强译，2018，作为概念隐喻的无为 [J]，《沈阳师范大学学报》(2)：112-123。

单宇、范武邱，2017，身份演变过程中的译者伦理变革 [J]，《中南大学学报》(社会科学版)(6)：192-196。

史国强，2013，葛浩文的"隐"与"不隐"：读英译《丰乳肥臀》[J]，《当代作家评论》(1)：76-80。

束定芳，2008，《认知语义学》[M]。上海：上海外语教育出版社。

苏珊·巴斯内特，2010，《翻译研究》[M]。上海：上海外语教育出版社。

孙利，2011，译者主体能动性的耗散结构探究 [J]，(3)：71-75。

孙艺风，2003，翻译规范与主体意识 [J]，《中国翻译》(3)：3-9。

孙艺风，2016，《文化翻译》[M]。北京：北京大学出版社。

谭业升，2012，《认知翻译学探索：创造性翻译的认知路径与认知制约》[M]。上海：上海外语教育出版社。

唐子茜、丁建新，2017，《水浒传》英译本的复调研究——文化批评视角 [J]，《江西师范大学学报》(6)：132-139。

滕威，2006，翻译研究与文化研究的相遇——也谈翻译中的"文化转向" [J]，《中国比较文学》(4)：126-135。

佟晓梅，2010，"文化转向"视阈下译者的主体性研究 [J]，《社会科学辑刊》(2)：207-209。

屠国元、朱献珑，2003，译者主体性：阐释学的阐释 [J]，《中国翻译》(6)：8-14。

万江松、冯文坤，2009，"去蔽"却未"澄明"的译者主体性——体验哲学视角中的译者主体性研究 [J]，《西南民族大学学报》(3)：267-271。

王秉钦，2004，《20世纪中国翻译思想史》[M]。天津：南开大学出版社。

王秉钦，2007，《文化翻译学》[M]。天津：南开大学出版社。

王东风，2009，连贯与翻译 [M]。上海：上海外语教育出版社。

王东风，2014，跨学科的翻译研究 [M]。上海：上海复旦大学出版社。

王凤兰，2010，论译者主体间性 [J]，《南昌大学学报》（人文社会科学版）
　　（3）：136-138。

王宏志，2014，翻译与近代中国 [M]。上海：上海复旦大学出版社。

王建平，2006，从主体性到主体间性：翻译理论研究的新趋向 [J]，《学术
　　界》（1）：274-276。

王静，2009，女性主义翻译观照下的译者性别意识显现 [J]，《外语与外语
　　教学》（11）：43-45。

王宁，2005，翻译的文化建构和文化研究的翻译学转向 [J]，《中国翻译》
　　（6）：5-9。

王宁，2014，比较文学、世界文学与翻译研究 [M]。上海：上海复旦大学
　　出版社。

王心洁、王琼，2007，翻译与创造性 [J]，《外语教学与研究》（外国语文
　　双月刊）（3）：237-239。

王湘玲、蒋坚松，2008，论从翻译的主体性到主体间性 [J]，《外语学刊》
　　（6）：106-108。

王向远，2008，译介学及翻译文学研究界的"震天"者——谢天振 [J]，《渤
　　海大学学报》（哲学社会科学版）（2）：53-57。

王向远，2014，"创造性叛逆"还是"破坏性叛逆"？——近年来译学界
　　"叛逆派""忠实派"之争的偏颇与问题 [J]，《广东社会科学》（3）：
　　141-148。

王寅，1998，"现实—认知—语言"三因素间的反映与对应滤减现象 [J]，
　　《四川外语学院学报》（3）：70-74。

王寅，2007，《认知语言学》[M]。上海：上海外语教育出版社。

王寅，2012，认知翻译研究 [J]，中国翻译（4）：17-23。

王寅，2014，后现代哲学视野下的体认语言学 [J]，《外国语文》（双月刊）
　　（6）：61-67。

王玉樑，1995，论主体性的基本内涵与特点 [J]，《天府新论》（6）：34-
　　38。

王正良、马琰，2010，译者主体性的多维度构建与博弈 [J]，《外语教学》
　　（5）：108-110。

王志强，2005，文化认知与跨文化理解[J]，《德国研究》（3）：71-76。

王志强，2008，跨文化诠释学视角下的跨文化接受：文化认知形式和认知假设 [J]，《德国研究》（1）：47-54。

王佐良，2016，《译境》[M]。北京：外语教育与研究出版社。

魏家海，2015，《九歌》英译中的阐释行为与交往行为 [J]，《山西大学学报》（7）：56-61。

文旭，1999，国外认知语言学研究综观 [J]，《外国语》（上海外国语大学学报）（1）：34-40。

吴家清，1999，从普通认识论到文化认识论：认识论视角的新转换 [J]，《现代哲学》（1）：28-32。

伍铁平，1994，《语言学是一门领先的科学》[M]。北京：北京语言学院出版社。

吴雨泽，2013，在"忠实"标准的观照下：重释文学翻译中的创造性叛逆 [J]，《西安外国语大学学报》（4）：123-126。

西风，2009，阐释学翻译观在中国的阐释 [J]，《外语与外语教学》（3）：56-60。

萧红，2018，《呼兰河传》[M]。北京：中国大百科全书出版社。

萧红，2018，《生死场》[M]。北京：中国大百科全书出版社。

萧红著、葛浩文续、林丽君译，2018，《马伯乐》（完整版）[M]。北京：中国大百科全书出版社。

谢天振，1992，论文学翻译的创造性叛逆 [J]，《外国语》（1）：30-37。

谢天振，1999，《译介学》[M]。南京：译林出版社。

谢天振，2003，《翻译的理论建构与文化透视》[M]。上海：上海外语教育出版社。

谢天振，2009，《中西翻译简史》[M]。北京：外语教学与研究出版社。

谢天振，2012，创造性叛逆：争论、实质与意义 [J]，《中国比较文学》（2）：33-40。

谢天振，2014，隐身与现身：从传统译论到现代译论 [M]。北京：北京大学出版社。

谢志辉，2014，哲学阐释学和阐释者的主体性 [J]，《求索》（7）：59-62。

许建忠，2009，《翻译生态学》[M]。北京：中国三峡出版社。

徐珺、肖海燕，2018，《论语》英译的改写与顺应研究 [J]，《外语学刊》
　　（4）：95-101。

许钧、袁筱一，2001，《当代法国翻译理论》[M]。武汉：湖北教育出版社。

许钧，2003，"创造性叛逆"和翻译主体性的确立 [J]，《中国翻译》（1）：
　　6-11。

许钧，2014，翻译论 [M]。南京：译林出版社。

许钧，2014，从翻译出发——翻译与翻译研究 [M]。上海：上海复旦大学
　　出版社。

许诗焱，2016，基于翻译过程的葛浩文翻译研究——以《干校六记》英译
　　本的翻译过程为例 [J]，《外国语》（5）：95-103。

徐艳利，2013，论"翻译的不确定性"论题中的译者主体性问题 [J]，《外
　　语研究》（1）：81-83。

严春友，2000，主体性批判 [J]，《社会科学辑刊》（3）：25-29。

闫怡恂、葛浩文，2014，文学翻译：过程与标准——葛浩文访谈录 [J]，
　　《当代作家评论》（1）：193-203。

闫怡恂、潘佳宁，2017，发展译论，反思实践，共建翻译学科未来——
　　"大数据时代下的翻译"高层论坛会议综述 [J]，《东方翻译》（6）：
　　90-92。

闫怡恂，2018，贾平凹《废都》英译出版及其他 [J]，《当代作家评论》（5）：
　　167-176。

闫怡恂、成晓光，2018，译者选择的场景框架认知模式分析 [J]，《东北大
　　学学报》（社会科学版）（6）：640-648。

杨仕章，2018，文化翻译学的学科体系构建 [J]，《中国外语》（4）：91-95。

杨武能，1987，阐释，接受与创造的循环 [J]，《中国翻译》（1）：3-6。

杨武能，2003，再谈文学翻译主体 [J]，《中国翻译》（3）：10-12。

杨义，2008，文学翻译与百年中国精神谱系 [J]，《学术界》（1）：7-27。

杨忠、张绍杰，1998，认知语言学中的类典型论 [J]，《外语教学与研究》
　　（2）：1-7。

尹富林，2007，论概念整合模式下翻译的主体间性 [J]，《外语与外语教学》
　　（11）：41-44。

余光中，2014，《翻译乃大道》[M]。北京：外语教学与研究出版社。

于洁、田霞、李红绿，2013，论译者主体性的不同发挥 [J]，《外语教学》（6）：110-112。

于沛，2003，历史认识：主体意识和主体的创造性 [J]，《历史研究》（1）：4-12。

袁红艳，2006，科技翻译的创造性叛逆与最佳关联 [J]，《中国科技翻译》（4）：7-9。

袁莉，1996，也谈文学翻译之主体意识 [J]，《中国翻译》（3）：4-8。

袁毓林，1994，关于认知语言学的理论思考 [J]，《中国社会科学》（1）：183-198。

曾春莲，2016，镜、灯或其他：译者的心灵研究 [J]，《外语学刊》（1）：102-105。

曾剑平，2002，论文学翻译的创造性 [J]，《江西社会科学》（11）：91-93。

曾利沙，2005a，主题关联性社会文化语境与择义的理据性 [J]，《中国翻译》（4）：36-40。

曾利沙，2005b，论翻译艺术创造性的本质特征——从译者主体思维特征看艺术再现于艺术表现的典型性 [J]，《四川外语学院学报》（社会科学版）（5）：114-118。

曾利沙，2006a，论翻译的艺术创造性与客观制约性——主题关联性社会文化语境下的译者主体性个案研究 [J]，《广东外语外贸大学学报》（社会科学版）（2）：5-7。

曾利沙，2006b，古典诗词互文性解读的"阈限"问题——兼论文本（翻译）阐释的主题与主题倾向关联性语境融合 [J]，《修辞学习》（1）：65-67。

曾利沙，2007，主题与主题倾向关联的概念语义生成机制 [J]，《外语教学》（3）：83-87。

查明建、田雨，2003，论译者主体性——从译者文化地位的边缘化谈起 [J]，《中国翻译》（1）：19-24。

张艳丰，2007，翻译主体性的界定问题研究 [J]，《兰州大学学报》（社会科学版）（4）：26-31。

郑春，2017，再谈鲁迅的翻译以及"硬译" [J]，《广西师范学院学报》（哲学社会科学版）（2）：6-11。

中国社会科学院语言研究所词典编辑室，2013，现代汉语词典（第六版）[Z]。北京：商务印书馆。

仲伟合、周静，2006，译者的极限与底线——试论译者主体性与译者的天职 [J]，《外语与外语教学》(7)：42-46。

周红民、程敏，2012，论译者隐身——一个社会性视角 [J]，《上海翻译》(4)：18-22。

朱献珑、廖晶，2005，论译者身份——从翻译理念的演变谈起 [J]，《中国翻译》(3)：14-19。

朱献珑、屠国元，2009，译者主体的缺失与回归——现代阐释学"对话模式"的启示 [J]，《外语教学》(5)：97-108。

朱玉敏、周淑瑾，2010，认知、功能视角下的翻译研究 [J]，《福州大学学报》(6)：84-88。

祖志，2007，"忠实"，还是"叛逆"？——与倪梁康先生商榷 [J]，《外语与外语教学》(12)：58-封底。

附录
葛浩文主要文学翻译作品

序号	中文作品名称	英文翻译	翻译年代	作者
1	尹县长	*The Execution of Mayor Yin*（合译）	1978，Re. 2004	陈若曦
2	生死场	*The Field of Life and Death*（合译）	1979	萧红
3	呼兰河传	*Tales of Hulan River*	1979，Re. 1988	萧红
4	溺死一只老猫	*The Drowning of an Old Cat*	1980	黄春明
5	萧红小说选	*Selected Stories of Xiao Hong*	1982	萧红
6	干校六记	*Six Chapters from my Life "Downunder"*	1984	杨绛
7	商市街	*Market Street: A Chinese Woman in Harbin*	1986	萧红
8	杀夫	*The Butcher's Wife*	1986	李昂
9	红夜	*Red Night*	1988	端木蕻良
10	沉重的翅膀	*Heavy Wings*	1990	张洁
11	孽子	*Crystal Boys*	1990	白先勇
12	浮躁	*Turbulence*	1991	贾平凹
13	红高粱	*Red Sorghum*	1994	莫言
14	黑的雪	*Black Snow*	1993	刘恒
15	血色黄昏	*Blood Red Sunset*	1995	马波
16	天堂蒜薹之歌	*The Garlic Ballads*	1995	莫言
17	米	*Rice*	1995	苏童
18	贞女	*Virgin Widow*	1996	古华
19	玩儿的就是心跳	*Playing for Thrills*	1997	王朔

（待续）

（续表）

序号	中文作品名称	英文翻译	翻译年代	作者
20	旧址	*Silver City*	1997	李锐
21	玫瑰玫瑰我爱你	*Rose, Rose, I Love You*	1998	王祯和
22	饥饿的女儿	*Daughter of the River*	1998	虹影
23	荒人手记	*Notes of a Desolate Man*	1999	朱天文
24	第四病室	*Ward Four*	1999	巴金
25	酒国	*The Republic of Wine*	2000	莫言
26	千万别把我当人	*Please Don't Call Me Human*	2000	王朔
27	苹果的滋味	*The Taste of Apples*	2001	黄春明
28	仓河白日梦	*Green River Daydreams*	2001	刘恒
29	师傅越来越幽默	*Shifu, You'll Do Anything for a Laugh*	2001	莫言
30	尘埃落定	*Red Poppies*（合译）	2002	阿来
31	吉陵春秋	*Retribution: Jiling Chronicles*（合译）	2003	李永平
32	北京娃娃	*Beijing Doll*	2004	春树
33	丰乳肥臀	*Big Breasts and Wide Hips*	2004	莫言
34	我的帝王生涯	*My Life as Emperor*	2005	苏童
35	染布匠的女儿	*The Dyer's Daughter*	2005	萧红
36	香港三部曲	*City of the Queen*	2005	施叔青
37	古都	*The Old Capital*	2007	朱天心
38	碧奴	*Binu and the Great Wall*	2007	苏童
39	青衣	*Moon Opera*（合译）	2007	毕飞宇
40	狼图腾	*Wolf Totem*	2008	姜戎
41	生死疲劳	*Life and Death Are Wearing Me Out*	2008	莫言
42	古船	*The Ancient Ship*	2008	张炜
43	鹭鸶湖的忧郁	*The Sorrows of Egret Lake*（合译）	2009	端木蕻良
44	河岸	*The Boat to Redemption*	2010	苏童
45	变	*Change*	2010	莫言
46	玉米	*Three Sisters*（合译）	2010	毕飞宇

（待续）

（续表）

序号	中文作品名称	英文翻译	翻译年代	作者
47	骆驼祥子	*Rickshaw Boy*	2010	老舍
48	手机	*Cell Phone*	2011	刘振云
49	四十一炮	*POW!*	2012	莫言
50	檀香刑	*The Sandalwood Death*	2012	莫言
51	格萨尔王	*The Legend of King Gesar*	2013	阿来
52	我不是潘金莲	*I Didn't Kill My Husband: A Novel*	2014	刘震云
53	推拿	*Massage*	2014	毕飞宇
54	1988我想和这个世界谈谈	*1988: I Want to Talk with the World*	2015	韩寒
55	我叫刘跃进	*The Cook, the Crook, and the Real Estate Tycoon*	2015	刘震云
56	废都	*Ruined City: A Novel*	2016	贾平凹
57	一九四二	*Remembering 1942*	2016	刘震云
58	一句顶一万句	*Someone to Talk to*	2018	刘震云
59	马伯乐（完整版）	*Ma Bo'Le's Second Life*（续写）	2018	萧红
60	大漠祭	*Desert Rites*	2018	雪漠
61	猎原	*Desert Hunters*	2018	雪漠

Updated: 13 November, 2018